AF289700

OPERATION
MONA

LARS C HOLMBERG

OPERATION MONA

en kriminalroman

Boken tillägnad min kära hustru, Anita Holmberg

*Boken kriminalkommissarie Pierre Sigurd Svanstrand läser som kvälls-
lektyr i inledningskapitlet av denna bok, är skriven av William Whar-
ton, en pseudonym för Albert William du Aime, Philadelphia USA
1925 - 2008. Romanen han läser heter, I månens klara sken. Origi-
naltiteln vid filmatiseringen är, A Midnight Clear. Svanstrand föredrar
dock boken, av den enkla anledningen att han anser filmen var en slags
korvstoppning och endast ett sammandrag av förlagan som så vanligt blir
med filmatiserade böcker.*

*Han drar paralleller med bokens gruppchef och dennes ledarskap, jämte
sin egen grupp av brottsutredare inom polisregion Stockholm. Därför har
han svårt att släppa boken och dess analogier.*

1

"Den tjugoettårige nyutnämnde furiren och gruppchefen Will Knott och hans fem kamrater, återstoden av en grupp som decimerats vid den allierade offensiven i Saar, har fått i uppdrag att från ett övergivet slott djupt inne i Ardennerskogarna bedriva spaning mot tyskarna. De befinner sig långt från den spaningsbataljon de tillhör och som de bara har sporadisk radiokontakt med. Känslan av övergivenhet och tvivel på möjligheten att med de små resurser de har, kunna lösa sin uppgift, växer sig allt starkare. De känner sig inte alls som soldater och på frivakterna gör de allt för att glömma kriget. De läser böcker, diskuterar teologi, skriver poesi, tecknar och spelar schack och bridge. De tyr sig till varandra som om de vore medlemmar av samma familj, en sådan familj de alltför tidigt tvingats lämna. De två äldsta som fyllt 22 år, fungerar som en sorts föräldrar. Det är "mamma" Wilkins, han städar och lagar mat, och fader Mundy, en avhoppad katolsk seminarist, som ser till att ingen använder "runda" ord. Till "barnen" i familjen, hör Miller, mekaniskt geni och poet, Shutzer, organisatör och blivande reklamman, Gordon, som är hälsoprofet och tänker bli läkare samt till sist, Will Knott, som vill bli målare och är den genom vars ögon de andra ses.

Så kommer tyskarna och situationen utvecklar sig på ett sätt som ingen kunnat ana..."

Sigurd vek ihop boken och tittade på bokomslaget. Ett vintrigt skogslandskap med snöhöljda berg. Det är månsken och det föreställer natt och det är långtifrån den varma ombonade, mysiga natt han själv omger sig med nu. Duntäcke med hans älskade Britta på armlängds avstånd. Han läser boktiteln igen, "I månens klara sken". Månsken stämde inte heller, men natt, det var de. Han ansåg det var sovdags nu. Sträckte sig för att släcka läslampan vid sänggaveln och lade sig på sin vänstra sida som vanligt medan han drog upp täcket kring axlarna. Ett välbefinnande spred sig genom hans kropp men han hade svårt att släppa tanken på soldaterna som stod där ensamma på vakt i en lerig grop med blötsnö kring sina kängor. Stampade antagligen med fötterna för att försöka hålla sig något sånär varma. Fyratimmars pass, var en oändligt lång tid utan att få prata med varandra, bara frysa. Ringa in en kortfattad lägesrapport via fälttelefonen varje halvtimma till den som hade jouren vid telefonen nere i slottet, bland de övriga i gruppen. Sigurd ryste till, frös liksom fast han inte frös under sitt duntäcke.

Han hörde snusandet från sin kära Britta. Britta Gustavsson, hans narkossköterska som arbetade på Södersjukhuset, Sös och som numera förgyllde tillvaron för honom med endast sin närvaro. Sigurd och hon var fortfarande särbos och trivdes bra med det, diskuterade aldrig något alternativ. Men, de var mer sambo, än särbo. Kanske rent av närbo, om det nu till äventyrs finns något som heter så?

Han hade flyttat upp en våning från sin ungkarlslya där han bott tidigare. Nu hade han en fyrarummare. Fru Gustavsson, bodde kvar på tre trappor, men vistades oftast uppe hos sin kommissarie. Hon pysslade och fixade inredningen i en smakfull stil så inredarna Simon & Tomas, skulle te sig som rena nybörjare i förhållande, ansåg Sigurd själv. Problemet med Brittas kärestas yrkesval, var ju att han var kommissarie vid polisens nationella operativa avdelning, den så kallade NOA, där han har en chefsposition.

Det hände att Sigurd fick något brådskande meddelande via sin mobiltelefon och for iväg hastigt, men mindre lustigt. Där låg då kanske ett par vitlöksmarinerade lammkotletter och väntade... Ibland kunde det inträffa mitt i natten, ja inte att där låg några vitlöksmarinerade lammkotletter, men att mobilen gav ljud ifrån sig, outtröttligt till och med. Och det hände väl kanske inte stundligen, men det hände. Sigurd kände sig som bokens gruppledare, furir Will Knott, som ledde sin spaningsstyrka där ute i natten. Han kunde dra flera likheter med denne furir. Han hade svårt att delegera, tog gärna över hela ansvaret själv så behövde ingen i hans grupp väckas.

Nu låg han dock på väg in i John Blunds stjärnbeströdda och trötta himmel när hans telefon ringde.

– Ja, Svanstrand, sa han och satte sig upp!

Han sneglade på Britta om hon hade störts av telefonsignalen. Men det verkade lugnt. Han såg var samtalet kom ifrån med en snabb blick på displayen. Vad har hänt nu, tänkte han?

– God morgon kommissarien, LKC här!

Hoppas jag inte förstörde din nattro nu?

– Jo!

Han såg sig om efter något att anteckna på.

– Jo, började vakthavande…

– Ett ögonblick, sa Svanstrand!

Han brukade alltid ha ett block vid sitt nattygsbord? Var låg det nu då? Där!

– Kom igen, sa han!

– Jo vi har, berättade kortfattat det vakthavande befälet på länskommunikationscentralen och den som jobbade i LKC denna natt, ett spaningsmord i upprinnelse som de verkar.

Vakthavande är själva spindeln i nätet. Den som styr och ställer. På kommunikationscentralen finns dessutom flera kc-operatörer. Man har även yttre befäl, som dirigerar polisen i den yttre tjänsten i deras arbete. Så det är en hel del kvarnar som börjar mala när något har hänt som fodrar polisens insats och snara ingripande. Men det är vakthavande befäl som beslutar vad de olika patrullerna ska göra.

– Något har tydliga spår av mord ute i en av våra södra förorter. Hagsätra, fortsatte han.

– Hagsätra, sa Svanstrand? De är väl på Fredrikssons hemmaplan, väl?

– Det stämmer kommissarien. Kriminalinspektör'n är där redan och det var han som konstaterat att det sannolikt handlar om mord.

– Några fler där, eller på väg?

– Tekniker på väg och om du befinner dig i din bostad, så kommer du ha en tjänstebil vid din port inom det närmaste.

Om den inte redan är där!

– Ekholm?

– Ja, Ekholm skall också vara på väg enligt kriminalinspektör Fredriksson.

– Bra, tack! God morgon!

– Morron, kommissarien!

Hans Britta sov vidare utan att ha störts som det verkade och Sigurd satte fötterna i tofflorna och hasade iväg ut i badrummet för att blaska sömnen ur ansiktet och ögonen.

På med kläder i en hast och ut i trapphuset. Han tog hissen ner och utanför hans port stod mycket riktigt en polisbil till hans tjänst.

Medan han tog de få stegen över trottoaren till den väntande polisbilen, ringde hans telefon.

– Ja, kommissarie Svanstrand, sa han?

2

– God morgon kommissarien, Nicke på Expressen.

– Jaha, sa Svanstrand lite avvaktande. Vad kan jag hjälpa dig med då?

– En liten fågel viskade i mitt öra, att kommissarien har ett mord på gång i Hagsätra. Kan det vara så, undrade Nicke?

– Inget jag känner till i nuläget, sa Svanstrand. Jag kan varken bekräfta eller dementera.

I Hagsätra höll kriminalinspektör Sivert Fredriksson i trådarna till en början och var den från Svanstrands grupp som varit först på plats. Det hade varit ordentligt avbandat med polisens blåvita band. Tekniker hade anlänt och satt upp ett tält över den påträffade kroppen. Vittnet som upptäckt brottsoffret under byggnadsställningarna på Sätrahagsgatan 62 hade dock av okända skäl, avvikit från platsen.

En byggfirma höll på med fasadarbeten på hus 62 – 64 och byggställningar upptog det mesta utrymmet av trottoaren.

Gående hänvisades därför till gångbanan på andra sidan gatan.

Det var allehanda bråte runt om byggställningarna så det var egentligen ett under, att någon sett kroppen ligga där bland allt byggmaterial. Mitt i natten, till på köpet. Gatubelysningen var skuggad av byggställningarna och deras vindskyddande fladdrande plastväv. På motsvarande sida av gatan, i korsningen till Ängsgatan, fanns en tobaksaffär med ATG och Svenska Spel. Sådant är väl den enda chansen för en tobakshandlare idag att klara sig, tänkte Fredriksson när han såg butiken. Bredvid tobaksaffären låg Pizzeria Bussola. Men i näringsstället var det nedsläkt och stängt. Invid pizzerian, låg porten till lägenheterna i 53:an. Huset hade fyra våningar med burspråk i lägenheterna ovanför porten. Säkert dyrare att bo där med en lägenhet som har burspråk, tänkte Fredriksson. I någon liten butik, eller om det var verkstad av något slag på andra sidan fastighetens port, sysslade man tydligen med mekaniska detaljer till lås av olika slag och till dörrar och av säkerhetstyp.

Den som ringt 112 och berättat vad han i stort sett nästan snubblat över för larmcentralen, hade direkt blivit vidarekopplad till polisen och den stora länskommunikationscentralen, LKC.

Vittnet som larmade, fanns inte kvar på platsen trots uppmaning av vakthavande på LKC. Det fanns därför ingen som kunde berätta varför personen uppmärksammade kroppen, eller på vilket sett man blev uppmärksammad på att det låg en kropp, där den låg. Att det var en mansperson som hade ringt 112, sa sig LKC ha hört på rösten och förstått genom dennes berättelse. Så polisen utgick ifrån att det varit en mansperson som ringt och larmat om den markabra upptäckten.

Klockan var nu tjugo minuter över två redan, så Fredriksson huttrade lite för det var ingen åskvärme ännu. Han hade varit igång strax efter ett på natten och längtade efter en varm kopp kaffe.

Han lade sig inte i vad teknikerna pysslade med där inne i tältet. I sinom tid och så fort det fanns något att rapportera, skulle man ringa efter honom. Han gick bort till sin bil och satte sig. Han sjönk ner bakom ratten och blundade.

Två minuter senare stannade en bil bakom hans egen. Ekholm klev ur och gick fram till Sivert som vevade ner sidorutan.

– Morron Sivert, sa han. Har du inte något hem du?

– Morning, Tryggve! Du verkar vara hemlös du också. Du ser tältet va, där det är lite upplyst? Bara att stiga på. Själv ska jag invänta chefen. Han är på ingång.

– Fint, då kör vi sa Ekholm!

Under deras artighetsfraser hade Tryggve krängt på sig en vit skyddsoverall av engångsutförande och med huva över skallen samt skoöverdrag för att inte sprida sina egna DNA omkring sig. Ljusblå latexhandskar samt sin vanliga väska med sådant i, som troligen endast en rättsläkare har.

Så kom en målad polisbil och klämde sig in, halvt upp på trottoaren, framför Fredrikssons civila tjänstebil. Fredriksson klev ur och gick för att möta kommissarie Svanstrand.

– Morron chefen, sa han och nickade mot Svanstrand.

– Morron, upprepade Svanstrand och nickade även han medan händerna for genom fickorna efter sina cigaretter.

– Dygnets första, undrade Sivert och nickade åt Sigurds letande efter röka?

– Andra, sa han och log.

– Får du röka för Britta?

– Vad då får, sa Sigurd med höjda ögonbryn?

– Ja, jag tänker på din hälsa och det gör säkert Britta också. Jag skulle kunna berätta för dig hur farli…

– Ja tack, stopp det räcker. Den monologen du är på väg att dra, får jag höra allt som oftast och påminner om en gammal raspig 78'a varvare som hakat upp sig.

Har de vart' nåt' på tal om vårt arbete menar jag?

– Ekholm kom strax före dig och är där inne i tältet nu, plus två tekniker. Och man längtar onekligen efter lite varmt kaffe.

Svanstrand vände om och tog några steg tillbaks mot polisbilen han kommit i.

– Kan de här passa, sa han då han återvände?

Han hade kommit tillbaka med två muggar ångande kaffe i pappmuggar, sådana där med lock på.

– Välsignande med nattöppna bensinmackar, sa Sivert när han såg Sigge komma tillbaka med kaffemuggarna.

– Ja, jag höll ju på att glömma de här, sa han och räckte Sivert en pappmugg kaffe. Tur du påminde mig.

– Strålande! En skänk liksom någonstans ovanifrån.

– Sitter fint med lite fika till rökat, sa Sigge.

– Livet är rätt härligt ändå, trots allt sa Sivert och hade nickat mot det upplysta tältet på andra sidan gatan.

Han lutade sig mot polisbilen och såg Sigge tända ett röka. Smuttade på kaffet, höjde i samma stund blicken upp mot byggställningarna. Undrar om det bor folk här, tänkte han? Men det får väl morgondagen utvisa.

– Dörrknackning, undrade Sigurd?

– I morgon bitti. Ingen idé mitt i natten. Men jag har snackat med områdets befäl, så den biten är klar. Dom tar det.

– Vi får bara vänta på den första diagnosen från Ekholm.

– Precis, sa Sivert och gäspade.

– Och så drar vi ett möte efter lunch där han får möjlighet att ge oss lite mer kött på benen. Hoppas få något positivt från teknikerna. Sedan, kan vi börja jobba. Känns som det blir både yttre och inre spaning som får köra för fulla dragbasuner, sammanfattade Sigurd.

Han hade muttrat lite annat utan större betydelse antagligen medan han smuttade på kaffet.

Fredriksson hade bara nickat kollegiealt.

Han smuttade även han på det sista i pappmuggen. Funderade samtidigt varför kaffe alltid luktar apa när det blir kallt.

Efter denna avslutade tanke, kom Ekholm ut ur tältet och stegade fram mot Fredrikssons bil där både han och Svanstrand nu hade satt sig.

– God morgon Svanstrand, eller ska jag säga, god natt?

– Beror nog närmast på vad du har att berätta för oss, sa Sigurd och log?

Han undrade samtidigt var alla tidningar höll hus? Dom brukar ju vara på plats när vi kommer. Inte så att vi är långsamma på det viset, men likt förbannat hänger några kända ansikten ifrån tidningar på plats. Det måste finnas en läcka någonstans som får en hacka varje gång för tipsen han eller hon lämnar till media. Men det var ju inget nytt i och för sig.

– Märkligt sa han till Ekholm, jag menar att ingen från media är här? Ändå ringde Nicke på Expressen, strax efter de jag fått samtal från NKC. Sorry, jag tänkte bara högt.

Vad är det du har åt oss då Tryggve, undrade Svanstrand med viss spänning och i samma andetag?

3

– Ja, då kanske det är god natt, ändå som gäller? Herrarna får avgöra.

– Okej, vad får dig att tro det och vad har du åt oss?

– Jo för det första. Det handlar om en mansperson som är skjuten med tre skott. Ett i nacken och två i vänster underben. Det är kraftigt blodigt runt vaden där en av kulorna troligen slitit sönder ett större kärl och passerat genom underbenet och ut på framsidan av vaden, medan den andra kulan satt i knävecket och passerat ut genom knäskålen. Ingångshål som sagt var i knävecket. Skotten i benet är med sannolikhet avlossade som skott ett och två i den ordningen. Detta på grund av den stora blodmängden.

Det tredje skottet, jag är övertygad om att det är i den ordningen skotten avlossats, sitter mitt i nacken som en ren avrättning. Kulan finns med all sannolikhet kvar inne i skallen för något utgångshål fann jag inte. Emma kommer att pilla ut kulan i så fall. Skotten har inte avlossats där inne bland byggställningarna, så mycket kan jag säga. Avrättningen, för det är vad det handlar om, en ren avrättning, har skett på annan plats och på nära håll. Sedan har kroppen planterats där den nu ligger, sa Tryggve och pekade bort mot tältet.

– Kan du säga något om ålder?

– Åldern på liket är någonstans mellan 20 och 25 år. Han har inte nordiskt utseende. Mörk hy, muskulös kropp och speciell klippt frisyr i svart kraftig hårväxt. Som en logotype!

– Tack, sa Fredriksson! Jag förmodar du dyker upp på mötet.

– Ja, vi har möte efter lunch, det vill säga 12.00 förtydligade Svanstrand och vinkade mot Ekholm.

– Jag ska göra vad jag kan, sa Ekholm, men kan inte lova något ännu i den riktningen. Jag har en del att stå i.

Svanstrand klev ur bilen och äntrade bort mot tältet för att själv skaffa sig en överblick på kroppen och skaffa sig en egen bild. Han vände ganska snart åter mot den polisbil som fört honom till platsen och nu skulle köra honom hem igen för några timmars sömn om det nu gick.

– Vi syns, sa han över axeln mot Fredriksson som vevade upp sidorutan och drog på sig säkerhetsbältet. Förhoppningsvis kanske han hinner få sig några sömntimmar av natten.

Stjärnorna hängde kvar där uppe, så kanske…

Sivert startade upp sin bil för att köra därifrån mot hemmets härd på Siste Riddarens väg, inte så långt därifrån. Han har funderat många gånger var vägnamnet härstammar ifrån. Det finns flera vägar med likartade namn i området där han bodde. Han visste att August Strindberg skrivit en dramapjäs med just namnet Siste Riddaren runt 1908. Dramat skulle tillhöra en av Strindbergs historiska pjäser och handlar om Sten Sture den yngre, han var en svensk riddare och blev Sveriges Riksföreståndare på femtonhundratalet. Sten Sture den yngre dog av en kanonkula som han antagligen, tänkte Fredriksson, fick i nacken. Elaka tungor talar om att han träffades i knävecket, vilket jag tror är lappri, funderade han. Sten Sture den yngre, hette egentligen Svantesson. Han dog av skadorna på väg hem då han fraktades till Stockholm. Vilken historia, tänkte Fredriksson och gäspade, när han körde hem mot den härd vars härd var just guld värd. Sivert bodde egentligen bara någon kilometer ifrån döden, fågelvägen.

Eller rättare, där man funnit kroppen på en död person som någon via 112 larmat. Ibland har man nära både till och hem ifrån jobbet.

Det vara bara södra stambanan, som hindrade Sivert från att ta fågelvägen hem med bil. Han kände väl till skogen som låg där på andra sidan järnvägen. Numera ett naturreservat som han kunde och kände, både utan och innan, sedan han var liten.

Ska bli skönt att komma hem tänkte han där han rullade fram på Herr Stens väg för att ta till höger in på Kärrbössevägen. Vem var Herr Sten, egentligen… så fick han svänga höger till Drabbningsvägen och så höger igen… det var ett av de vanligaste vägvalen han brukar välja. Ja, beroende på från vilket väderstreck han kom ifrån. Detta gamla villaområde, är som labyrinter med äldre fina villor. Sommartid är området översållat med syrener, pion och spireabuskage samt stora gamla äppelträd som ger massor av frukt.

Hoppas man kan somna om och få sig några timmar i sköna drömmars värld innan det är dags igen. Men, han var van. Knepiga arbetstider, var en del av hans vardag. Även familjen var van. Arbetet vid polisen, var inget kneg med *nine to five*, som hon sjunger om, hon som bara kan ligga på rygg och sova. Naturligtvis kommer jag inte på hennes namn nu. Sjunger country, tror jag. Från Tennessee, tror jag.

Han rullade in på den grusade uppfarten och ställde bilen framför carporten utan att köra in. Han hörde grannens hund gläfsa som vanligt. Grattis, tänkte han om sin granne. Hoppas bara du inte vaknade nu.

Själv dråsade han ihop och somnade på tre minuter om han startat en kronometer som kunde bevisat detta. Drömlikt blev det också.

... han skrittade fram för lösa tyglar och såg sig om vid stallet efter någon gårdskarl. Han kunde möjligen lämna hästen åt någon av drängarna om han fann någon som var skapligt nykter.

De danska krigarna fanns nu som det verkade i varenda buske. Han var på sin vakt mot studsande blykulor från musköter och slangbellor. Kanonkula efter kanonkula kom också flygande genom luften och han försökte hinna fånga dem som en handbollsmålvakt och stapla dem som pyramider, precis som han gjorde en gång då han var liten och spelade kula. De var inte så tunga som han trodde. Var det verkligen kanonkulor? Påminde mer om sådana där bouleklot eller storleksmässigt som tennisbollar.

Han fick en jäkla utskällning av någon när han tog upp en kanonkula för att stapla den bland de andra. Några understödstagare höll tydligen på att spela boule och han hade uppenbarligen tagit någons klot. Han tyckte sig se prins Bertil i brun basker både med ett bouleklot samt en cigg, i sin högra hand. Kan det vara så? Det var något oklart där.

Ovett fick Fredriksson hur som helst, helt klart. Men hur kunde man understå sig att kasta glåpord efter honom, en riddare, funderade han?

Jag undanber mig i den heliges sakrament sådant från slödder och skarn. Kliv inte för gudars skymning på lillen, ropades någonstans ifrån! Vad då lillen, tänkte Sivert? Det fanns en bland hans undersåtar som kallades lillen, men honom var det omöjligt att kliva på, för det var istället en riktig rese. Han arbetade vid ordningen på Södermalms polisdistrikt och tillhörde fotfolket som jagade patrasket och pöbeln på gator och torg.

Han såg nästa kanonkula komma farande genom det dimmiga töcknet av krutrök. Men, han såg den försent. Den träffade honom förargligt nog i nacken. Aj som fan, tänkte han, men högt skrek han, jag är blesserad må Gud hjälpe mig. Sivert låg som fjättrad av danskarnas fångstlinor... Han skulle antagligen slås i järn eller så skulle det bära av mot stupstocken, red maran honom.

Någon greppade om hans såriga nacke. En smekande sval hand som för att bota. Undrar om det är morgon eller om det är kväll, vad visar timglaset? Men å andra sidan, får man en kanonkula i nacken förstår man kanske ändå vad klockan är slagen, tänkte han där han låg insnörd i sitt lakan. Jag har nog kanonkulor i hela sängen.

– Dags att kliva upp, min lille konstapel. Sigge är i telefon!

Han satte sig upp och såg något förvirrat rätt in i en ängels fysionomi. Serafen påminde starkt om ängeln Annefrid, hans älskade hustru, Frida.

– Så, upp å hoppa nu. Sigge och jag väntar på konstapeln. Jag vid frukostbordet, Sigge i telefon.

4

– Månen, hade Sigge undrat, efter deras telefonsamtal?

Han vände sig frågande mot Sivert som nu anlänt det stora stallet på Kungsholmen, efter ridturen av maran under natten och nämnt Månen som hastigast, då han anlände.

Min bok, hade Svanstrand tänkt? *I månens klara sken...*

– Ja, Månen, kallas en serbier som kör taxi och som lite vid sidan av, kursar resor till Mellersta Östern!

– Och i huvudsak vart då?

– Vi kollar just det, förklarade Fredriksson.

– Har han något att göra med nattens fynd? Men fortsatte Svanstrand, "Månen" varför kallas han så? Kan det möjligen ha att göra något med att hans hjässa har en tätare hårväxt som omsluter ett område på skulten utan hårväxt? Vanligt förekommande för övrigt hos äldre män, sa Svanstrand och plirade på Fredriksson och harklade sig som för att betona.

– Nej, han heter Mjesec i förnamn på serbokroatiska, eller mer som det separata språket, serbiska. Det är folk i branschen taxiåkare, som kallar honom för Månen i stället för Mjesec.

Det är också dessa taxiåkare som hört att han jobbar med resor eller vad det är, lite vid sidan av.

– Okej, det var inte krångligare än så?

– Nej, det behöver inte vara krångligare än så. Du ser aningen besviken ut, sa Sivert och log?

Sigge sträckte sig efter sina cigaretter för att förpesta rummet med lukten av en pyrande gammal halmmadrass, ett tag. Han påstår sig tänka bättre i denna osande odör. Inte konstigt om han hostar som han ju så ofta gör.

– Det skulle betyda sa han, om all statistik talar sitt tydliga språk, att denne hyrkusk är av något äldre årgång.

– Och hur menar du då undrade Sivert, vad då äldre?

– Det behöver ju inte alls vara så naturligtvis, inga fördomar efter mig! Statistik kan man ju oftast vända åt det hållet det blåser minst ifrån. Men lugn Sivert, jag tycker du möjligen är lite tunnhårig, inte mer än så.

Sivert drog med handen över hjässan för att försöka känna om Sigge talade sanning. Det gjorde han intalade han sig och kände sig genast på bättre humör.

– Vet vi vad han heter, eller vet vi bara vad han kallas, ja förutom Mjesec? Men det kanske är hemligt, fortsatte Svanstrand sitt orerande.

De båda kriminalarna satt på Svanstrands rum och funderade innan det var dags för mötet. Sigurd gnuggade händerna för han förutspådde mängder med information. Antagligen hade hans osande på halmmadrassen satt snurr på tankeverksamheten. Han kände sig taggad.

Både Ekholm, deras rättsläkare på plats i Hagsätra, liksom teknikerna borde ha en del intressant och spaningsbart att berätta. Det kan inte vara en bättre början med denna serbiske chaufför, till exempel.

– Men han kan knappast vara inblandad på något vis. Jag menar, man dumpar väl inte ett lik framför sin egen port?

– Rätt, men varför är han med i vår utredning då, Sivert?

– Jo Månen verkar bo i fastigheten Sätrahagsgatan 62 där kroppen hittades. Jag säger, verkar, bo. Idag ska teknikerna med hjälp av en låssmed, medan åklagaren blundar, ta sig en titt i den lägenhet som skall vara den utpekade taxichaffisens. Men det är lite märkligt för vad dörrknackarna berättat, så känner ingen av dem som öppnat dörren och fortfarande bor kvar i huset trots den omfattande renoveringen, inte till någon Mjesec som ska bo som deras granne i huset samt köra taxi. Ingen har sett honom eller hans taxibil. Kanske är hans lägenhet bara en brevlåda? Men vi jobbar på dessa frågetecken. Vi vet bara att taxichaffisen heter Mjesec Jovanovic, men kallas för Månen. På svenska betyder Mjesec, måne, som jag tidigare sa. Och Jovanovic är lika vanligt där, som Johansson är här. Lite slarvigt kan man säga att han heter Månen Johansson. Vi knackar dörr just nu som sagt var. Men det är tomt i många lägenheter på grund av renoveringen som utförs. Putsar fasaden, stambyte, nya fönster och lite sådana småsaker.

– Jaha ja, detta har du jagat rätt på redan?

Sivert ryckte på axlarna.

– Ja, det gäller att hänga på innan det berömda tåget går, sa han. Och kanske är det sådant jag kvitterar ut apanaget för?

– Så sant, mumlade Svanstrand. Tåget till Vännäs?

– Vilka är på ingång till dagens sammankomst, Sigge?

– Ja, det vanliga från tekniska, såklart.

– Är Karlsson grabbarna klara redan?

– Jag tror det, fanns inte mycket spår. Vi hoppas på något dna… Sedan är det rättsmedicin och så har jag bett Annica Nielsen kommissarie ifrån SPAN, titta in för jag har lite funderingar där och kan behöva hjälp från hennes rotel.

– Man slutar aldrig förvånas i detta kneg, sa Sivert. Vad har du nu på gång, eller är det hemligt, knorrade han till det på slutet?

Passningen satt fint, som att ge betalt för gammal gorgonzola.

Sigge tänkte, det måste vara en jävla dyr brevlåda om man bara har lägenheten som sådan? Vem kan betala en hög hyra för bara en brevlåda? Nu höjs väl också hyran efter renoveringen av huset. Och, hur kommer man åt att byta fönster i denna lägenhet om ingen är hemma och det är sjutillhållarlås eller liknandet, ett kort kanske som på hotell?

Undrar om man inte sa att det var ett sådant där tittöga i dörren också samt en dekal om larm? Vad döljs där egentligen? Behöver inte betyda ett vitten, men man undrar helt klart. Det kanske bara är en liten hemlig lägenhet, yvigare än så behöver det inte vara. En lite lya för lite intima möten. Ett larm kombinerat med kamera möjligen, sådant har ju blivit ganska utbrett i fastigheter och hos villaägare.

– Om vi ska ha mötet efter lunch Sivert, så vore det kanske bra om vi började masa oss iväg mot Bakfinkan. Kanske har man något kulinariskt i bakfickan, ja som extra god överraskning?

– Jag har naturligtvis botaniserat lite i dagens traktering. Det finns en tiopoängare som blir svår att motstå och som jag absolut och tveklöst tänker välja.

– Låt höra gamle vän, kom igen nu?

– Inte blir det pastarätten som idag är lasagne. Det blir inte heller fisken som är laxkotletter, vad det nu är för något...

– Men kom igen för helvete Sivert, vad är det för ätligt du håller inne med?

– Lever Anglaise, si bon si bon!

– Är vi så privilegierade idag? Du skämtar väl inte nu?

– Skämtar aldrig om gastronomi, väsentligheter och det inre. Har du någon aning om vad namnet på den kulinariska maträtten betyder, Sigge?

– Inte ett spår, Sivert. Du sätter mig, en enkel odalman i förskingringen, till grund och botten en simpel gårdfarihandlare ifrån Mjölby, på hårda prov. Vem är väl jag, om endast en kriminalkommissarie till låns, att yttra mig om det obekanta och okänt lukulliska sfärerna?

– Oj, vilken plötslig prosa. Poetiskt så jag har väl aldrig hört på maken. Men, vad gäller dagens kaloriintag, så kan man väl säga så här. Först och främst är det just kalvlever Anglaise, som vunnit mitt hjärta. Det betyder egentligen att när det heter Anglaise, så är kalvlevern tillagad på engelskt vis, vilket innebär kalvlever med bacon och kapris. Om rätten heter lever Suédoise, är det den klassiska svenska varianten på grislever med gräddig sås och lingonsylt, ofta serveras den även som gräddstuvad lever. Men nu kommissarien, är det kalvlever Anglaise, det handlar om, my God!

– Okej Sivert! I så fall, vad fan väntar vi på? Mot Bakfinkan!

5

Radarparet Sivert & Sigge, hade tydligen kommit i rättan tid för det var ganska glest med folk i serveringen. Man morsade på några kollegor som hastigast och styrde stegen mot sitt favoritbord.

– Känns som dagen innan löning, här gapar det tomt. Men, proppen har kanske inte gått ur ännu?

– Så är det nog. Men vi klarar oss väl bra ändå tror jag.

Man lät sin Lever Anglaise fyllas av sinnlig njutning. Under tystnad till en början, innan Sigge verkade samlat sig till något tankeväckande, nåja?

– Mmmm… det här är så jäkla gott att det kan man äta om man är aldrig så hungrig. En maxim som någons morfar lär ha myntat en gång i tiden. Oklart när och vems morfar.

– Rättare än så kan du inte ha, Sigge. Ett understatement minst sagt vad gäller denna anrättning. Trestjärnigt!

– Men du Sivert, du som har koll på gastronomi å sådant. Vad kan du om en drink som heter Martini? Ja du vet, den där som James Bond ville ha skakad, inte rörd, Dry Martini?

– Jaha, du menar nog en, Vesper Martini?

– Hysch…

Sigge såg sig om och gjorde en dämpande gest med handen för han ansåg Sivert talade för högt.

– Nej, jag menar en Dry Martini.

– Är det tillämpad diskretion, viskade Sivert tillbaka? För han var på det humöret idag. Du viskar?

Sigge såg orolig ut, folk tittade åt deras håll fick han för sig och försökte få Sivert att fatta det genom hans gest att Sivert skulle dämpa sig.

– Folk stirrar ju på oss!

– Du kanske har glömt att knäppa gylfen, log Sivert? Men Sigge, du undrade över något om en Vesper Martini, sa han med så gemena bokstäver han kunde, för du nämnde filmagenten 007?

Innan Sigge svarade fumlade han med händerna över platsen där gylfen befann sig och till sin lättnad, var den korrekt förseglad.

– Ja, hur gör man en sådan, sa han sedan med viss lättnad?

– En Vesper Martini, rörd eller skakad?

– Spelar det någon roll?

– Det har jag ingen om. Sådant kallas överkurs.

– Men är den svår att göra, menar jag?

– Att göra en sådan som Bond drack, menar du? Är det verkligen en sådan du tänkt dig?

– Jag vet bara att man skall ha gin och martini och en massa is.

– Men den drink Bond körde med i början, innehöll både gin, vodka och lite spad från oliver. Men, jag tycker du ska köra en klassiker. Det är antagligen detta du undrar över.

– Ja men det jag ju sagt hela tiden!

– Okej Sigge. Jag skriver ned receptet senare.

– Men Sigge, helt kort. Frida säger att det som är poppis idag, är att skaka ihop en Vodka Martini. Det är inne nu mer än den där urgamla drinken på gin.

– Vilket ska jag välja nu då?

– Är det Britta som ska uppvaktas, flinade Sivert frågande?

– Ja, ja tänkte servera henne en sådan på lördag som överraskning, kan det vara fel?

– Varför detta plötsliga intresse för alkoholhaltiga drycker av ädlare slag? Någonstans i min skalle minns jag hur en liten gosse tassade till söndagsskolan i Mjölby och kunde inte stava till alkoholhaltiga drycker och fick inte heller, innan han blev kommissarie. Men det verkar som han lärt sig ett och annat på sista tiden. Nå?

– Jo, vi är några uvar som brukat träffas en gång i månaden hemma hos vår gamla, nåja, gamla och gamla, åklagare som du säkert minns, Ann-Sofie Hamilton. Då äter vi tillsammans lite gott i hennes residens ute på Lidingö. Och vanligt är att det startas upp med en Dry Martini. Har blivit lite vanebildande så varför inte prova själv att blanda denna dekokt och bjuda Britta på, är min tanke. Fjärran från Mjölby och söndagsskolan samt även, IOGT. Kan det som sagt, vara något fel?

– Inte fel för femtio öre, Sigge. Men, samla ihop dig nu chefen, plikten eller vad han heter, kallar till möte!

Man tog sig sin vana trogen en promenad över parken från Bakfinkan till bakdörren i polishuset som vakten fjärrkontrollerade och med en enkel, troligtvis, knapptryckning öppnade dörren åt dem. Sedan blev det bara några steg ytterligare.

– Upp till mig först. Upp till toppen av bygget!

– Sigge, sa Sivert lite dämpat. Jag har ingen koll på den nye chefsåklagaren i huset. Ändå har han funnits tillgänglig sedan något år minst. Har aldrig haft den äran. Vad heter han, för jag vet att det var ett maskulinum som efterträdde fru Hamilton.

– Han heter, Krister Wickström, åklagare. Kommer ifrån Falun om jag inte missminner mig. Har åkt Vasaloppet tre gånger, är gift och har två barn. Bott i Stockholm i 17 år på Södermalm i ett av de gamla kulturhusen. Ja, det är väl i stort sett det jag vet om honom. Vi kommer bra överens och talar så att säga, samma språk. Chefsåklagare, till och med, tror jag.

Sivert tittade på klockan...

– Du kommer gilla honom, Sivert. Han är en matälskare även han, men inte omfångsrik alls.

– Låter som en mycket sympatisk man, måste jag säga. Vi kommer säkert att jobba bra ihop. Det underlättar sannerligen om vi har samma mål och mening samt snackar samma språk och om samma saker.

De klev ur hissen och svängde in i korridoren där sammanträdesrummen radade upp sig.

– Okej, det ser ut som alla verkar samlade, sa Sigge då han såg mängden av utredare utanför deras sammanträdesrum.

Sivert nöjde sig med att nicka kollektivt, medan han öppnade dörren så alla kunde kliva in.

6

– Okej, gott folk. Då ska ni känna er välkomna allihop till första mötet och till det spaningsmord vi har på bordet. Det blir inte fler artighetsfraser än så, nu är det gasen i botten som gäller. Jag föreslår att vi får grunden berättad för oss av Sivert som var tidigt på plats efter det att han väckts av LKC.

– Ja, började Sivert. Klockan noll ett sjutton, fick LKC larm om att det låg en manskropp på Sätrahagsgatan 62 i Hagsätra. Den låg skymd mellan byggnadsställningar och en massa bråte så den var inte helt lätt att se för någon som passerat förbi antingen till fots eller med bil. Den som hade ringt in till 112, fanns inte kvar på platsen. För oss alltså ännu okänd. På plats kunde jag ganska omgående konstatera att brottsoffret inte var kontaktbar på grund av en skottskada i nacken och skottskador i benet. Det fanns inga identitetshandlingar som kunde berätta vem den döde var, eller hade varit och inget annat heller som kunde hjälpa oss på traven med identifikationen.

Det vi har att gå efter är en speciell klippt frisyr. Han hade centimeterkort snagg med en inrakad stjärna på vänster sida av skallen.

Det finns också en tatuering som vi kan gå efter, men det kommer teknikerna antagligen berätta om.

Området där kroppen påträffades är lite vid sidan av allstråket genom Hagsätra. De ligger lite vid sidan av och just nu genomgår huset en större renovering med stambyten och byte till nya fönster och lite annat. Det är en lite rörig plats med byggställningarna och möjligen en planerad dumpningsplats, där jag tror vi kan glömma den rena tillfälligheten.

Det är inte många som bor i husen under tiden man renoverar. De har fått andra tillfälliga bostäder, men några bor ändå kvar. Bland annat en taxiägare som fortfarande lär bo kvar. Men vid dörrknackningen var det ingen som hade sett honom någon gång över huvudtaget. Men, visst det stod på hans dörr Mjesec Jovanovic. Men det är också den ende kontakten grannarna hade med denne man, hans namnskylt på dörren.

Vi har snackat runt bland taxiåkare och funnit att, jo men absolut, visst finns han! Alla vi talat med säger att han bara kallas Månen. Det härrör ifrån hans förnamn Mjesec, som ju på svenska betyder just, måne. Han lär sälja resor till Mellersta Östern också. Vi kollar som bäst upp hur det ligger till med detta. Vi söker naturligtvis Månen också, eller Mjesec. Annars finns det som ni förstår, inga vittnen. Den som ringde SOS alarm, har vi inte heller funnit. Vi undrar ju hur han fann kroppen och varför? Ni ser, vi har nu en del att bita i.

– Tack så länge, sa Svanstrand. Det är här vi står just nu.

Han knäppte händerna över magen medan han såg relativt nöjd ut. Gungade tillbaka i stolen och spanade över gruppen. Liksom skannade av sin trupp som Will Knott, skulle gjort.

Spanade över gruppen visuellt för att finna nästa föredragshållare. Den observante kunde se att deras kriminalkommissarie gillade vad han såg. Svanstrand kände sig trots allt som furiren och gruppchefen Will Knott, i den bok han läste som kvällslektyr och som handlade om en spaningsbataljon djupt inne i Ardennerskogarna för att bedriva spaning...

– När vi ändå har så att säga byxorna nere, ska det bli intressant att lyssna på vad Tryggve har att säga, sa han lite fumligt oplanerat. Tryggve Ekholm, vår rättsläkare som var på plats i natt, var så god. Ge oss gärna en tråända att dra i.

– Tack kommissarien, sa Ekholm. Jo, ni har hört vad det handlar om och jag tänker därför bara dra i de medicinska trådarna. För det första kan jag säga att fyndplatsen inte är ekvivalent med brottsplatsen. Och jag kommer bara berätta för er rent generellt om sådant som kan vara till nytta för er. Detaljer om det medicinska, överlåter jag med varm hand till Emma att förklara när hon är klar med sitt jobb.

Vad jag kan säga är att offret är skjuten med tre skott, varav det tredje var det dödande. Skottet i nacken var som en ren avrättning, medan det första av det två skott som avlossats innan, bara har tagit i mjukdelen av underbenet. Kula nummer två, har gått igenom vänster knäskål. Ingen av dessa två kulor har vi funnit. Dom ligger troligen någonstans på avrättningsplatsen. Den tredje kulan, återfinns inne i skallen och den kommer skickas till NFC och forensikerna där. Vad gäller ammunitionen då? Jag skulle vilja säga att man använt sig av en pistol och kommit fram till att det är den vanliga typen, 9mm. Alltså, pistol med kaliber 9 mm.

Hur är det då med modus operandi?

Jo, jag tror att brottsoffret har försökt fly undan ifrån sin gärningsman, eller gärningsmän och då blivit skjuten i vänster ben med två skott samt har då fallit framåt, där har han sedan helt kallt avrättats med ett skott i nacken. Lagts i skuffen på någon bil och körts till adressen där sedan någon hittat honom.

Emma Winston kommer som sagt var att plocka ut kulan och skicka den till NFC i Linköping.

Och när kan då avrättningen ägt rum, för det är så jag ser detta mord som, en ren avrättning. Ja preliminärt, är det nästan bara 2 timmar innan kroppen påträffas, det vill säga vid klockan 23.00 plus – minus, femton - tjugo minuter, som det dödande skottet avlossades.

– En fråga, Tryggve, sa Anton?

– Visst, kom igen?

– Har vi någon aning om åldern på offret?

– Ja, en aning har vi nog, men inte mer än så. Jag tror att det handlar om någonstans mellan 20 och 25 år.

– Bra, tack!

– Är klar i så fall för min del, sa Ekholm vänd mot Svanstrand och reste sig. Man har ju en del annat att stå i.

– Jamen visst, sa Svanstrand. Tack så länge och ha en bra dag, om man nu kan säga så?

– Gott folk, sa Sivert! Vad kan vi tänka oss för skjutvapen med en ammunition 9 mm? SIG Sauer? Den vi själva för tillfället har numera… Fler tillverkare?

– Då finns väl även den österrikiska Glock 17, om vi nu är inne på kaliber 9mm?

Och Glocken tror jag försvaret använder om jag inte är ute på den vanliga cykelfärden.

– Kanske är det ändå bäst att invänta Emma Winston och vad hon har att säga om den kula hon plockar ut. Då kanske vi får reda på också vilken typ av kula det är. Har vi då tur, kanske den visar oss en färdriktning som vi kan ställa in kompassen efter.

– Exakt, sa Sivert. Det låter sansat och genomtänkt, vi inväntar Emma i steg 1, sedan NFC i Linköping i steg 2.

– Under tiden. Vad har våra tekniker att berätta då, undrade Anton Franke som alltid hade en fråga på gång?

Sigge tittade sig om för att hitta teknikerna. Ah, där satt de och kurade. Han pekade åt deras håll med hela handen så de kunde inte missförstås.

– I detta skede har vi inte mycket att berätta. Vi har skickat en del för analys till Linköping. Men vi kan säga så här rakt av, att inga fotspår eller annan liknande vägledning fanns. Inga ID-handlingar hade han på sig. Det finns egentligen ingenting konkret vi i dag kan tillföra utredningen. Förhoppningsvis har vi något mer konkret efter svar från NFC… förhoppningsvis.

Parhästarna Sigurd och Sivert, vände åter till Svanstrands kontor och deras högkvarter, för att gå igenom vad mötet hade gett och var man stod.

– Var står vi nu, anser du Sivert. Är det fortfarande på ruta ett?

7

Sigurd passade på att plocka fram sina röka.

– Ja, ännu står vi och stampar på samma fotblad, utan att låta alltför pessimistisk, berättade Svanstrands kalfaktor.

Vi har inre, som jobbar med försvunna. Från dem fick jag lite info i morse. Vi kommer få upp lite material strax, sa han och tittade på klockan lite teatraliskt, vilket jag tycker verkar lovande. Intressant om man hittat några försvunna eller saknade i vårt område.

Utöver det, har ordningen och brandförsvaret släckt en bilbrand ute på Södertörn vid avtaget in på Fitunavägen. Inte mycket att släcka när de kom fram efter sin långa transportsträcka för utryckningen. Kanske var det också meningen när man valt platsen för brasan. Någon, eller några, har eldat upp en gammal tvåfyrtiofemma, så det blev bara plåten kvar. Det behöver inte vara vår bil, men vi sätter teknikerna på den. Skulle vara för bra för att vara sant i så fall. Tycker därmed det känns okej, Sigge.

1: vi får när som helst upp listan, hoppas jag, på försvunna.

2: vi har en utbränd bil hos teknikerna.

3: vi har en del nere i Linköping som väntar på svar. Bilen kan ju vara vår där man eldat upp den för att sudda ut eventuella spår. Eller, så råkar det bara vara en bil av samma typ som kan vara aktuell för oss.

Under tiden Sivert gjort föredragningen av händelseutvecklingen, hade Sigge sin vana trogen tänt ett röka och sänt ett par ringar upp mot taket med välformade läppar.

– Hur går det med dörrknackningen och har vårt folk tagit sig en titt i den där taxiåkarens lägenhet?

– Både ja och nej, kan man väl säga. Dörrknackningen har vi avslutat och där har inte framkommit någonting som stör eller hjälper oss på traven. Titten inne hos Månen, var svårare än vi anade ifrån början. Där sitter nämligen ett digitalt kodlås i själva dörrhandtaget. Det finns ett tittöga i dörren och en dekal om att det är ett bevakningsföretag som håller kollen på lägenheten och spelar in överträdelse med kamera.

– Jaha, ett digitallås hos någon som aldrig verkar vara närvarande, plus kameraövervakning hos någon som inte verkar bo i fastigheten? Hemlighetsmakerier som i alla fall får mina adrenalinkörtlar och endokrina celler att blomma. Men varför kan inte en låssmed öppna?

– Jodå, låssmeder har de flesta firmor med kunskap och utrustning idag för att lösa detta lilla problem. Men vi hade ingen sådan låsexpert med oss, vi har våra egna som kan öppna vanliga lås men som inte hade fått informationen att det var ett digitalt kodlås det handlade om. Nu får vi göra om försöket men med en fackman med oss. Så svaret på din fråga blir nej, som du redan förstått. Vi har alltså inte varit inne i Månens, taxiägarens, lägenhet.

Vad gäller dina endokrina celler eller vad det nu var och om de blommade eller har vissnat, vet jag verkligen inte. Men se till att pyssla om dem så de håller sig vid liv. Låtom oss hoppas Sigge, att det är till ditt fromma i vilken skepnad de än nu befinner sig. I alla fall för syster Brittas eufori.

– Du låter som pastorn nere i Mjölby, Sivert. Visste du det?

– Nej, Sigge, jag har inte haft den äran, men jag tror det var en fridens man, halleluja!

– Jo han var en fridens man, därav prästyrket.

– Jag trodde du var omvänd, Sigge?

– Omvänd?

– Ja, nu är det ju full fart hela tiden som det verkar. På lokal i Paris, Dry Martini på ingång, med mera och så rullar det på. Söndagsskolan nere i Mjölby var bara en parentes på vägen.

– För att återgå, hur kommer gubbarna som renoverar huset in i Månens lägenhet tro? Jag menar, stambyte gäller väl även den lägenheten liksom byte av fönster. Har dom koden?

– Naturligtvis är det så. Vi borde kanske kollat hur det är med den saken. De kanske har koden till Månens digitala lås?

– En annan sak Sigge. Du hade kallat in chefen för SPAN till vårt möte. Annica Nielsen, tror jag du sa hon hette?

– Stämmer! Hyfsat minne du har. Det är ju i alla fall tjugo minuter sedan jag välkomnade henne till mötet.

Svanstrand hade alltid betraktat poliskommissarie Annica Nielsen, som en nära medarbetare på spaningsroteln och han hade ett gott öga till henne. Hon var numera chef, för roteln.

– Jo, jag har talat med henne om att ordna en spaningsplats, en holk, i huset mitt emot Sätrahagsgatan 62. Vi kanske skulle hålla lite koll på det huset ett tag, tyckte både jag och Annica. Jag ville inte dra detta på mötet för ju färre som känner till att vi har satt span på huset, ju bättre är det enligt Annica. Läckorna blir lätta att täta, om man säger. Hon menade att, har man för avsikt att släppa loss en katt i duvslaget, så skickar man inte ett vykort innan för att tillkännage sina avsikter. Jag förmodar du fattar andemeningen. Hon vill inte sprida onödig information om vad som är på gång och jag håller med. Jag litar till hundra på mina medarbetare, men vet likväl att det lätt slinker ur ett ord nere på Bakfinkan exempelvis, eller vid någon bensträckare. Ju färre som vet, ju bättre resultat kan vi få.

– Vi lägger locket på vår verksamhet medan jakten pågår. Som att sitta på pass vid vildsvinsjakt. Kanske är bra, vid närmare eftertanke.

– För min del vet jag inte ens vilka som kommer befolka holken. Annica kommer rapportera direkt till mig.

Kriminalkommissarie Svanstrand hann tända ett röka igen och göra någon liten anteckning, innan det knackade på dörren och in kom hans allt i allo både med kaffe samt en mindre trave papper. Trave förresten, det var bara tre A4-ark.

– Tack, precis detta vi suttit och väntat på.

– Ja du Sigurd, då ska vi se om detta kan ge oss någon ledtråd?

Ja om det nu finns någon ledtråd överhuvudtaget, tänkte Sivert. Inre span hade ju checkat av försvunna personer den aktuella dagen eller dagen innan.

– När vi fann kroppen under tisdagsnatten i Hagsätra, fanns det inga id-handlingar som kunde avslöja likets identitet. Efter slagningarna ser jag nu att vi har tre som kan vara intressanta, faktiskt.

– Hur pass intressanta, Sivert?

Sigge antecknade en del igen samt satte fyr på ytterligare ett röka.

– Alla tre saknade var män och naturligtvis i rätt ålder samt migranter, som de verkade och intressanta ur den sidan.

– Men tillför det något konkret för vår del? Dom kanske inte vill synas hos myndigheter för att riskera att bli utvisade, hemkörda eller, kalla de vad du vill. Man har gått under jorden, helt enkelt. Sådant känner vi ju till sedan tidigare.

– Nå, hur var de?

– En av dessa tre, är högintressant och pekar på skarpt läge. Det är en 22 åring från Iran som bott i Sverige två år, plus/minus 1 år och arbetade svart på en bilbudfirma i Norsborg samt saknade körkort. Innehade dock ett förfalskat iranskt körkort, som de verkar.

– Ursäkta jag avbryter. Men detta låter intressant både med ursprung samt ålder. Förlåt Sivert, jag tänkte bara högt.

– Denne iranier hade av allt att döma och enligt anmälaren av försvinnandet, fått besök av några landsmän för två dagar sedan vid lunchtid och som han sedan verkade hänga med på lunch. Han hade också sagt på firman, de sista han sa, att han skulle dra på lunch! Sedan har man inte sett till honom och inte hört av honom heller. De hade varit på måndagen.

– Han kom alltså aldrig tillbaka efter lunchen? Vet man på budfirman i Norsborg vilka de var som kom för att träffa den där iraniern?

– Nej, ingen hade sett dem tidigare.

– Mysko, grymtade Sigge!

– Man trodde bara att det var landsmän till deras budchaufför.

– Du talar i pluralis Sivert. De var alltså fler än, en?

– Ja, de hade varit tre stycken.

– Ålder?

– Tja, de hade varit runt samma ålder som iraniern.

– Sedan har han alltså bara försvunnit och återfanns av någon på Sätrahagsgatan i går natt, right?

– Ja, det är rätt.

– Namn, för det måste man väl haft på honom om han körde deras budbil? Borde stått på körkortet, även om det var förfalskat, eller?

8

– Aria Ahmadi, stod det.

– Men vi vet väl inte om detta är korrekt?

– Nej, naturligtvis, Sigge. Här finns de en del att jobba på.

– Bil?

– Dom hade åkt iväg på lunch i en häckig tvåfyrtiofemma!

– I mina öron låter detta som heta grejer, Sivert!

– Han hade, för identifikation, som ett tydligt kännetecken en speciell klippt frisyr och har en tatuerad halvmåne med en femuddig stjärna i, på vänster lårs utsida. Samma ben han blev skjuten i. Kan det ha något sammanhang, tro?

– Det finns en del gemensamma nämnare i detta, sa Sigge. Men vilken typ av sammanhang, kan man ju bara gissa.

– Och det är, menar du?

– Vad hette taxiåkaren i förnamn?

– Du menar, Mjesec, Månen?

– Exakt, Sivert!

– Då drar du en suddig parallell med hans tatuering på låret där månen står i ny, månskäran?

– Ursäkta, men mordet utfördes på en mån-dag.

– Men, det är ju alldeles lysande. Detta kallar jag för snillen spekulerar. Månskäran med stjärnan, är ju en symbol för islam har jag läst någonstans. Men det där är lite krångligt för oss vanliga gräsrötter i läran. Månskäran är också en, tidsmätare. Du behöver i stort sett ingen klocka, eller timglas. Det gäller bara att se och förstå hur månen visar sig för att tyda tecknen och vad som gäller, sa Fredriksson. Som att läsa av tiden från ett solur.

– Börjar bli lite häxkonst, Sivert!

– Jag förstår vad du menar. Vi har nymåne nu, om man kollar i kväll, om vi får molnfritt alltså, kommer vi kunna konstatera detta. Tatueringen var ju också en nymåne! Tror du detta kan ha något sammanhang?

– Nja, se det vet jag inte. Jag tycker bara att det är saker och ting som trillar in på ett visst sätt, i ett visst mönster. Vi kan ha detta i minne, jag ska skriva ett pm om våra tankar och mejla våra tappra spanare. Men först, måste jag få höra vad du har för synpunkter på varför kroppen placerades där den gjorde. Vad var anledningen, orsaken tror du?

– Oj, vad jag har grunnat på detta må du tro. Ska jag vara är-lig, så har jag inte den ringaste aning. Kan inte gissa och om jag skulle vädra mina funderingar, är det inget att torgföra.

– Men kom igen, nog kan du klämma ur dig någon tanke om du ändå har funderat?

– De första som slår mig, om nu Månen är inblandad på nå-got vis och då menar jag Mjesec Jovanovic, är att det är ämnat som någon form av varning. Typ, ”titta här, så kan de gå även för dig din jävel.”

– Min tanke också Sivert! Bra då är vi två även här, samma snillen.

– Men, de som dumpat kroppen på Sätrahagsgatan, kan också ha tänkt, "ska fan åka omkring med den här döingen längre. Vi tippar liket bland byggställningarna."
Kanske gör man tillägget, "sedan eldar vi upp skrotet."

– Ja, sådana tankar finns de ju också med flera likartade - oj de var inte meningen - varianter, menade Sivert. Men, vi kan ju låta gruppen få komma med sina synpunkter på morgondagens bönemöte.

– Vi tar de alltså i morgon. De blir klockan nio väl, undrade Sivert?

– Jo, vi kör tidigt så folk hinner jobba lite också. Allt är inte bara kaffe och wienerbröd med mormors hosta.

– När kommer Annica sätta upp holken tror du, undrade Sivert vidare?

– Holken är redan uppe, sa Sigge och log.

– Snabbt gasat. Annica kör rally väl?

– Nää, men rally cross. De är en tuff tjej vi har att göra med. Hon undrade bara om vi kunde avvara någon för hon har ont om folk för tillfället. Hon ställer såklart en inspektör från span, på startlinjen. En kvinnlig förresten, Jonna Edelman. Har vi, någon som kan ställa upp? Man får erfarenhet hur det är att sitta i en holk och glo timme efter timme, på en mörk lägenhet på andra sidan gatan som i det här fallet. Kanske kommer det inte hända ett skit, oftast är de så, kanske kommer det bli dess motsvarighet. Man vet aldrig i förväg. De senare är ju betydligt trevligare om man har något att göra och spana på.

– Vad tror du om Tessan?

– Tessan Lövgren – Kneck menar du, förstår jag? Tja, inte vet jag. Men varför inte? Tror du hon kan vara intresserad, undrade Sigge? Jag tycker ju det är bättre med en intresserad än kommenderad.

– Absolut! Inga barn, duktig som få. Jag ska kolla med Tessan om hon kan ha ett eventuellt intresse att flyttas över till span en kortare tid och hålla den där lägenheten under uppsikt dygnet runt som assistent då. Vi blir av med en resurs, men å andra sidan kommer hon tillbaka med nya vyer.

När kriminalinspektör Fredriksson senare på dagen talat med Tessan om deras önskemål, hade hon svarat omgående utan betänketid, "med glädje, när ska jag börja?"

– Sigurd Svanstrand hade blivit nöjd med hennes medverkan och sprudlande iver att få jobba hos span. Det har hon önskat länge och när chansen nu kom, ville hon inte missa möjligheten och inte minst den extra inkomst detta skulle innebära. Får hon chansen kommer hon säkert flytta över till Annica och hennes spaningsrotel.

– Hej, hade Jonna Edelman, kriminalinspektör på span sagt när hon mötte Tessan första gången. Kul att få jobba med någon från en annan rotel. Tror de kommer bli alldeles utmärkt. Ställ bara in dig på att det inte kommer hända någonting, så blir det lättare och intressantare när, eller om, de händer något. Vi kommer fotografera händelser, bilar som kanske kommer, folk som kanske kommer till porten. De mesta kommer inträffa då byggjobbarna knallat hem efter dagens jobb, spring och skubb. Ja, de som håller på med fastigheten, alltså.

Det intressanta för vår del, brukar alltid inträffa efter mörkrets inbrott, om uttrycket tillåts?

De mer praktiska sakerna klarar vi av utan att protokollföra. Vi har ändå tur med att vår spaningsplats, eller holk vi brukar kalla den för. Det är en lägenhet och inte någon fejkad firmabil av något slag. Där är det alltid kallt och jäkligt utan kaffebryggare och toalett. Nu kommer vi vistas i slottsmiljö, i förhållande. Tessan, var de så, undrade Jonna?

– Rätt, sa Tessan med ett leende.

– Vi kommer alltså installera oss redan idag, klockan 15.00 via källardörren på baksidan av fastigheten. Sedan upp två trappor till en trerumslägenhet där vi kommer ha den lägenhet vi är satta att hålla uppsikt över, i samma våningsplan på andra sidan gatan. På vår lägenhetsdörr där vi ska sitta och spana, kommer stå, Holkén på dörren.

– Allt klart i så fall. Vi kommer alltså köras ut till platsen så vi är där klockan tre?

– Ja just de, eller femton noll, noll. För alla eventuella missförstånds skull, sa Jonna.

Oj, hade Tessan tänkt. Här gäller de att vakta sin tunga. Men de här kan bli hur bra och intressant som helst.

9

Svanstrand vecklade ut sitt senaste tortyrredskap, tidigare hade han bara haft ett par joggingskor. Dessa var mer för att antyda vilken sportsman han var. Men nu var det dags att köra dagens promenad på en halvtimma och svära över gåbandet eller tortyrredskap som han kallar det. Det var egentligen inte så mycket att veckla ut. Bara att placera helvetesmaskinen på golvet och kliva på. Annars stod hans gåband lutat mot väggen i hobbyrummet. Det här bandet var utrustat med innovativ teknologi! Lättaste gåbandet på marknaden kunde reklamen berätta, även om vikten var hela 25 kilo. Men han skulle ju inte bära omkring på redskapet. Tekniken hade utrustat den med ett intuitivt startsystem och modern styrning av hastigheten, men gå, se de var Sigurd tvungen att göra själv. Det flöt trots allt upp en massa tänkvärda tankar, där han gick. Samtidigt tyckte han, att det var att slösa bort en massa tid att bara gå där till det monotona surrandet av elmotorn och frasandet av det roterande bandet. Han kom ju ingenstans, bara i sina tankar.

Britta och han hade börjat tala om att skaffa sig en sommarstuga.

Ja, om han nu kunde ha ro med de att bara sitta och glo ut över guppande vågor. Att bara förmå sig att, bara vara?

Fan, tänkte han och såg sig om innan han började, hur lång kan en halvtimme få vara egentligen? Dom är på tok för långa, vart är jag på väg, tänkte han? Ingenstans, som de verkar och ser ut. Samma gråmelerade finskbensmönstrade tapet.

Britta var förstås förtjust i detta nya tortyrredskap och hade börjat tala om en roddmaskin också. Stopp, stopp, stopp… man kan väl inte göra om lägenheten till ett jävla gym? Men detta rysansvärda om roddmaskinen, lyckades han elegant avstyra genom att humma om en roddbåt till sommarstugan. Även om han samtidigt tänkte… att det skulle nog tillhöra en aktersnurra i så fall. Annat var inte tänkbart. Men, de sa han naturligtvis inte till Britta. Och medan han började gå, tänker han på vad han under denna halvtimma egentligen kunde ha gjort av betydligt behagligare slag.

Han kanske skulle lägga av med rökat? Ja, Britta hade talat en hel del om vådorna av att röka. Han hade ju sett varningstexterna på cigarettförpackningarna, men blundade för vad det där stod. Han var ju inte borttappad på det viset.

Att sluta röka, var ju enkelt, problemet var att inte börja igen.

Han sneglade ner på displayen längst fram på gåbandet för att se hur länge han travat på. Vad, måste vara något fel på den här maskinen redan ifrån början. Jag menar, tolv minuter bara, de kan inte vara sant, tänkte han? Jag måste ha gått en timma, minst. Samtidigt som han försökte kika på displayen, var han tvungen att böja sig framåt och därmed gå lite snabbare och då ökade hastigheten även på bandet. Ja, det skötte ju den där moderna styrningen av hastigheten. Ju längre fram på bandet han gick, ju fortare snurrade bandet, och tvärt om. För att kunna se displayen, var han ju tvungen att gå längre fram på bandet för att avläsa tiden. Nu var det nästan så han fick jogga för att hinna med.

Detta är inget att berätta för Fredriksson, bestämde han.

Nu hade han i alla fall passerat halva tiden och klockan stod på sjutton minuter. Bravo! Snart är pinan över.

Tankarna föll över honom igen. När han började intressera sig för mat var det hans första milstolpe. Sedan kom utflykter och resor med sin Britta och nu snacket om att skaffa ett sommarhus vid havet, som resultat av detta rullband. Ska han sedan sluta röka också, då vete fan om inte allt rasar.

Bara fem minuter kvar. Men dessa fem minuter kom att bli väldigt långa. Den sista minuten var närmast outhärdlig. Så var de varje dag han traskade fram över bandets rullande. Men under de där sista fem, då började han fundera som skarpast.

Den där som körde taxi, han som aldrig var i sin lägenhet, som det verkade, hur såg han till att betala exempelvis hyran? Tror jag ska ventilera detta med Britta vid middagen, så där lite i förbigående. Samma sak med vad hon tror om posten. Hon kanske har någon eftertänksam, klok idé?

Vi känner ju varandra så väl och kvinnor kan ha en sådan där magkänsla och logisk meditativt tänkande. Ja, om vi nu sållar bort sådana som spåkärringar och de som absolut måste ta resan till Blåkulla, på kvast med kaffepanna och katt!

Undrar förresten vad hon tänker koka ihop till dagens välfägnad? Det doftar inte oävet alls, så kanske kan man förvänta sig något extra, ordinärt. Är de nu dagen före helgdag så är de, tänkte Svanstrand där han knallade på under den sista minuten. Gick snabbare än han var van vid. Finns det olika långa och korta minutrar, funderade han?

Han körde sitt stretchprogram som var viktigt för sina bens muskler och för att kroppen ska må bra efter hans promenad.

– Bra, Sigurd! Efter duschen så äter vi, sa Britta då hon såg honom stretcha.

– Vad tänker du bjuda på för gott? Det doftar fantastiskt gott!

– Det kommer bli Piccata Milanese med tomatsås, älskling!

Sigurd undrade vad detta nu var för något? Han försökte erinra sig om Fredriksson och han ätit detta på lunch någon gång på Bakfinkan? Det gör inget om det är gott, hur som helst, tänkte han. Men, tisdag, dag för helgdag, brukar de äta fisk, funderade han. Okej, vi får se.

Vid matbordet förklarade Britta för sin lilla kommissarie vad det var han åt efter hans något frågande ansiktsuttryck.

– Piccata Milanese är en klassisk italiensk rätt, en schnitzel av kalvfilé, panerad med ost och serverad med tomatsås. Idag är det ju fiskdag och då har jag använt mig av rödspätta istället. Var det inte bra, tycker du?

– Jo, detta var alldeles fantastiskt gott. Detta har vi inte ätit på jobbet någon gång. Ja, inte som jag minns i alla fall. Hade vi de skulle jag tveklöst kommit ihåg detta. Ja, med reservation för att kocken lyckades göra anrättningen så som du har gjort.

– Dina ärliga blå ögon Sigurd, säger mig att du verkligen menar de. Tack Sigurd!

– Ja men lilla Britta, man kan inte säga något annat. De skulle vara tjänstefel i så fall.

Straffsatsen skulle säkert bli 12 månader på vatten och bröd på Hinsan.

– Hinsan, undrade Britta?

– Ja, Hinseberg då, några mil utanför Örebro.

– Men, är inte Hinseberg enbart ett fängelse för kvinnor?

– Stämmer precis de, sa Sigurd. Då förstår du säkert själv vilket hemskt straff det skulle vara. Tolv månader bland bara fruntimmer? Huga!

– Då har du ju tur då min lilla konstapel. Eftersom det som sagt var är tisdag, som är fiskdagen samt dag före helgdag, så var väl detta inte att rynka på näsan åt.

– Nej, exakt så skulle jag kunna uttryckt det. Nej, här rynkas de inte Britta.

Måste lyssna med Sivert om denna anrättning.

– Är det vanlig Herrgårdsost du använt dig av?

– Nej, det går inte. Jag använde Grana Padano.

– Oj, jag förstår precis!

– Nej det hör jag att du inte gör. Det är en parmesan, som är ganska vällagrad och fint riven.

– Aha! Kul, ska försöka komma ihåg för att sätta Fredriksson lite på det hala. Detta var roligt. Inte alla gånger man kan slå honom på fingrarna när det gäller mat.

– Måste vuxna gubbar alltid försöka tvåla till den andre på detta vis? Låter aningen omoget.

– Du Britta, sa Sigurd, det där vi jobbar på nu i Hagsätra. Om ingen bor i sin lägenhet, hur betalas hyran då?

– Du behöver väl inte bo i lägenheten för att betala hyran? Han kanske har autogiro som sköter detta ifrån hans bank?

– Så om man har sin bank i exempelvis Turkiet, Istanbul och gör sina bankärenden därifrån, betalas hyran via autogiro?

– Ja, ifrån Istanbul så är det Western Union, som sköter detta. Men, enbart i Euro!

– Aha sa Sigurd, på så vis. Jättegod fisk lilla du, som sagt var. Denna rätt har du lyckats med till hundratio procent, passade han på att prisa igen. Rödspätta, sa du?

– Tack! Jag, är inte hundra på detta, men något åt de hållet, försökte Britta förklara. Western Union, WU, förtydligade hon för sin kommissarie. Och rödspätta, ja!.

– Western Union, antecknade Sigurd för att inte glömma bort till nästa möte med spaningsgruppen. Men posten då. Han måste väl få en massa post som alla andra? Reklam, om inte annat? Vem tar hand om det? Det måste ju bli drivor av post innanför hans dörr om ingen kontinuerligt tar hand om drivorna. Vem plockar upp dessa drivor?

– Låter som kommissarien har lite att jobba på under morgondagen? Eftersänd post kanske? Pröva med det!

Sigge funderade skarpt och antecknade i samma takt.
Mer att kolla upp. Vem hos oss letar efter den som ringde in om det funna liket på natten, vittnet? Är det någon bland mitt folk över huvudtaget, skrev han?

10

– Då ska ni känna er välkomna till dagens möte. Vi måste stämma av var vi befinner oss och peka med hela handen vad vi ska ta för nästa steg och i vilken riktning. Fredriksson som ju vanligen har allt på sina fem fingrar, och var förste man på plats i Hagsätra, kan säkert guida oss fram till dagsläget där vi sitter just nu, rum S-423:1 sammanträdes.

Ett svagt fnissande spred sig i lokalen. Vad har tagit åt Sigge Banan? Så här brukar han inte snacka!

– Den 5 maj, började Sivert, för två dagar sedan alltså, fick LKC ett larm klockan 01:17 om en människokropp som av allt att döma inte längre var i livet. Kroppen hade legat bland byggställningar på Sätrahagsgatan 62 i den södra förorten, Hagsätra. Vid adressen, innefattande även fastighet 64, var det en större renovering av dessa fastigheter på gång och det var byggnadsställningar uppsatta på gångbanan utefter hela fasaderna. Ställningarna upptog bredden av gångbanan som var två meter och femton centimeter och där ställningarnas yttre stolpar stod utanför kantstenen på gångbanan. Gående var hänvisade till gångbanan på andra sidan gatan. Kroppen visade sig tillhöra en man i 20 – 25 års ålder som var skjuten med flera skott. Bristen av en defibrillator, kunde göra det samma, menade Fredriksson. Mannen hade tagits av daga cirka tre timmar innan jag kom till platsen vilket begynnande rigor mortis bekräftar och som även Ekholm förklarade för mig. Så när mannen då skulle mördats, är vid cirka tjugotre noll noll kvällen innan, det vill säga måndagen den fjärde maj. En i sammanhanget intressant taxiägare, med invandrarbakgrund, bor i fastigheten Sätrahagsgatan 62. Intressant på ett sådant vis som jag ska gå in på senare. Vi har ännu inte lyckats få kontakt med taxiföraren. Vi tror han kan ha en del intressant att berätta. Han är inte, misstänkt för samröre med det spaningsmord vi utreder. Taxiägaren heter Mjesec Jovanovic men kallas för "Månen" och är ifrån Serbien.

Vårt offer har jobbat på en bilbudfirma i Norsborg i ett par år och jobbat svart. Han är alltså ifrån Iran och har använt sig av ett falskt körkort. Han hade ingen formell utbildning för körkort enligt Trafikverket. Idag är vi inte säkra på hans riktiga namn. Vi har lämnat frågan till Migrationsverket som skulle återkomma så fort de bara kunde.

Iraniern försvann samma dag, det vill säga under måndagen den 4 maj tillsammans, också enligt ägaren på budfirman, då han åkt iväg med förmodade landsmän för att äta lunch. De hade färdats i en äldre Volvo 245 men återkom aldrig till sin arbetsplats efter lunchen. Bilen har sedan brunnit ute på Södertörn, i korsningen Pålamalmsvägen mot Fituna, under natten till tisdagen den 5 maj, långt ifrån närmaste brandstation. Den var totalt utbränd när Brandförsvaret och trafikpolisen anlände. Bilen ja, den var stulen någon gång under helgen i Tullingeberg. Ja, det är väl där vi står idag, sa Fredriksson och lutade sig tillbaka i stolen.

Vi söker vittnet som ringde in anmälan 01:03 måndagsnatten den 5 maj, men avvek sedan ifrån platsen. Vi hoppas han hör av sig när han läser kvällstidningarna idag där vi söker honom och har lämnat numret till vår tipstelefon.

Ett svarthål har jag lämnat i föredragningen, som ni kommer efter lunchen få utfyllt av Emma Winston. Det kan vara bra att då ha avverkat kaloriintaget om ni har en instabil mage. Efter den sista meningen, log Svanstrand bortifrån kortänden på bordet.

– Ja, gott folk. Då gör vi så, sa han. Vi passar på att med god aptit, innan föredragningen av Emma som kanske får oss att tappa aptiten. Inta lite extra kalorier så huden håller sig slät och fin. Dags för lunch med andra ord. Vi ses här igen klockan tretton noll noll och då kommer som sagt även vår rättsmedicinare närvara samt köra sin föredragning för att lätta på våra funderingar.

– Vad har vi på matsedeln idag, Sivert, undrade Svanstrand när folket skingrats och de var på väg mot hissen för färd ner och en kort promenad över gården till Bakfinkan.

– Det blir en väldigt typisk svensk husmanskost idag.

– Och?

– Och då blir det Raggmunk med fläsk och rårörda lingon.

– Är de enda valet?

– Enda valet Sigge. De är också något som måste passa dig.

– Passa mig, vad menar du med de?

– Du var ifrån Mjölby va?

– Ja, hur så?

– Raggmunk är Östergötlands landskapsrätt!

– Är det sant? Detta hade jag i så fall inte den vildaste... och ingen aning om.

– Man lär så länge man lever, Sigge.

– Märkligt egentligen. Så till Mjölbys ära, kan de väl inte vara bättre än att hedra byn på detta vis Sigge?

– Där sa du ett sant ord Sivert.

– Mot Östergötlands förlovade raggmunk, sa Fredriksson och pekade med hela handen mot kvarterskrogen Bakfinkan.

11

– Då kan vi hälsa Emma Winston välkommen som nu kommer stilla vår nyfikenhet… hon kommer berätta för oss en del om den rättsmedicinska delen och vad hon och Tryggve Ekholm kokat ner åt oss.

Jag tror nog att Sivert är klar, sa Svanstrand och tittade bort mot Fredriksson som nickade.

– Varsågod Emma, ordet är ditt!

– Tack, Sigurd!

Man flackade med blicken, klämde nervöst på sin nu tomma kaffemugg och önskade sig någon annanstans.

– Jag ska inte bli långrandig, började Emma. Utan mer eller mindre endast bekräfta vad vår vän Tryggve redan konstaterat. Offret har alltså blivit skjuten med tre skott. Storleken på ammunitionen man använt sig av, är 9 mm. Första skottet har träffat vänster underben, i vaden, i 60° snett uppifrån alltså. Kulan har därmed trasat sönder en större ven. Jag ska förklara för er hur detta fungerar rent anatomiskt på ett så enkelt sätt jag bara kan. Det finns flera system i benvenerna.

Någon som kanske har läst anatomi?

Okej, det gör inget. Vi ska här knappt snudda vid ämnet.

Det finns alltså flera system i benvenerna. Större delen av återtransporten i benen till hjärtat sker via de djupa venerna i benen som löper genom musklerna. Resten av blodet rinner tillbaka genom de ytliga venerna i benet som löper från anklarna upp till knävecket eller ljumsken, där de ansluter till de djupa venerna i benet. För att klara av stigningen på ungefär en och en halv meter från benet, har venerna utrustats med en briljant lösning. I venernas hålrum finns klaffliknande konstruktioner som endast tillåter blodet att passera i riktning mot hjärtat, ungefär som båtar i en sluss. Tänk er Göta kanal, eller varför inte skilsmässodiket vid slussen här Stockholm. Ni som kör bil, vet hur hopplöst det kan vara med enkelriktade gator. Om blodet rinner uppåt i benet som en följd av trycket som utövas av led- och muskelpumparna, så öppnas klaffarna – men om blodet vill rinna nedåt i benet på grund av tyngdkraften, så stängs klaffarna. Fiffigt tycker jag.

Då är ni nu klara över hur det fungerar sådär på en höft och hur man kan dra slutsatser ifrån detta då både jag och Tryggve är överens om i vilket ordning offret blivit skjuten. Första skottet har alltså passerat genom underbenets laterala muskelgrupp fibula och passerat ut på framsidan av underbenet med krossfraktur som resultat. Här har en ven slitits av och därför den större blödningen. Andra skottet, som säkert avlossats strax efter det första skottet, har ett ingångshål i knävecket och passerar ut genom sinister patella. Ja, vänster knäskål, kanske jag skulle sagt. Därför, igen, har offret under den tiden tappat avsevärda mängder blod då ven-pumparna jobbade på, för att pumpa blod upp till hjärtat igen.

En i sanning sinnrik konstruktion vi går omkring och bär på.

Sedan följer det tredje skottet som är det avgörande och dödande. Här släcks allt ned och pumparna stannar. Så även huvudpumpen stannar. Därmed har av naturliga skäl, blödandet upphört då hjärtat stannat. Mycket krångligare än så har det inte varit i detta fall.

Skottet har avlossats på relativt kort avstånd då offret legat på mage och med ett ingångshål i cervikal columna.

En mycket direkt orsak till att döden inträtt, är även den halvmantlade blykula med diametern 9 mm. Kulan har träffat kotpelaren som splitrats och passerat snett uppåt i 30° cirka 19 centimeter och något åt vänster. Kulan är, så vitt jag kan bedöma, en kon av kopparkransat bly och som satt på tvären efter att den passerat pannloben, mot pannbenstaket. Troligen har underlaget pannan vilat mot varit av hårt underlag, sten eller betong eftersom kulan fanns kvar i skallen, dock med en lätt utbuktning i kraniet. Kulan satt alltså på tvären innanför pannbenet och finns nu hos NFC i Linköping. Då får ni veta den exakta typen av ammunition och möjligen typ av vapen. Jag har bara mellan tummen och pekfingret analyserat kulan. Men det är en fingervisning vad det handlar om. Rigor mortis har utvecklats på den plats där kroppen hittades.

Svanstrands utredare såg ut att pusta ut när de förstod att föreläsningen var slut i det närmaste.

– Kriminalinspektör Tessan Lövgren – Kneck, hade lutat sig fram mot Janne Klinga, även han kriminalinspektör numera, och sa, tur man åt lunch innan!

Janne hade nöjt sig med att le och nicka.

– Vilket jävla jobb, sa hon igen och nickade åt Emma.

Tessan var inte avundsjuk på Emma Winstons arbete ute på rättsläkarstationen i Solna. Fy fan, tänkte hon!

– Tycker du vårat är så mycket bättre då, undrade Janne?

– Ibland kan det väl vara mindre lustigt, men annars så tycker jag det är mera raka puckar, liksom.

– Några frågor på detta, undrade Emma?

Det var knäpptyst i rummet. Vad frågar man om efter denna målande föredragning?

– Jag tror vi sitter nöjda, sa Svanstrand. Du ska ha tack för en föredömligt kort men målande och givande beskrivning av läget. Nu kan vi luta oss tillbaka och bara vänta på NFC, sa han mer på skoj.

– Ja, då ses utredarna här i morgon klockan nio. God middag, sa Fredriksson och nickade till gruppen!

12

Hur går vi vidare härifrån, tänkte kriminalkommissarie Sigurd Svanstrand när han även denna dag vek ut gåbandet över golvet för sin halvtimmeslånga promenad.

Är vi på rätt spår? Har vi något spår över huvudtaget?

Hans tankar snurrade i takt med bandet. Händelser och skeenden virvlade bort som löv i glömska, eller bara drog förbi utan att man ens hann uppfatta dem. Inte hann lägga märke till dem. De senare är mer som en regel tror jag, tänkte han.

Med sin erfarenhet av hur lång tid 30 minuter i verkligheten är när man knallar på ett gåband, sneglade han inte på sin armbandsklocka för att se hur mycket tid som offrats på denna monotoni. Det skulle bli alltför deprimerande. Som tur var hade molnen där ute, såg han med en snabb blick genom fönstret, hopat sig och det visade sig vara mer läge för inomhusaktiviteter än dess motsvarighet med promenad utomhus.

Gåbandet var ju en bra plats för kontemplation och tänkande utan störande moment. Han hörde bara att hans kära Britta stökade med något ute i köket. Doften verkade lovande.

Kanske blir något trevligt att förtära? Han ställde förväntningarna på en redig bit Västerbottenpaj med kantareller.

Tankarna snurrade vidare, ut mot skogarna i Ardennerna där en tysk förpost troligen hade intagit en större jaktstuga.

De amerikanska soldaterna, som skulle försöka hålla kollen på tyskarna och vad de hade på gång, hade tagit sig in i en tillbommad byggnad, ett château möjligen. Till skillnad mot Sigurd fick soldaterna lösa upp sin pulvermat i vatten och röra till något som mer liknade gröt. Helst varm förstod Sigurd, som hade testat deras matranson en gång. När den var varm, luktade det faktiskt som något matliknande. Kall, var den med våra mått mätt, oätlig. Skillnad mot vår Bakfinka, tänkte han.

Men intressant när han läste boken ändå. Det var väl Hitlers sista ryck för att försöka behålla masken, var hans tanke. Det var ju vad historien berättade. En ganska panikartad lösning från Adolfs sida, visade det sig. Som rysk roulett!

Oj, bara femton minuter kvar, såg han på sin klocka. Gåbandet skulle pipa när det var dags att kliva av, nåja i varje fall om inte bandet, så elektroniken.

Undrar var Ardennerna låg eller ligger, egentligen? Låter mer som hästar i mina öron.

Ardennerhästar har han ju faktiskt hört talas om. Kommer troligen från Ardennerna också.

Jag ska nog höra med Britta.

– Hallå, fru Gustavsson!

– Är det mig du menar, undrade Britta när hon plötsligt stod i dörren?

– Rättare kan det inte vara. Kan du kolla i uppslagsboken var Ardennerna ligger?

– Ardennerna?

– Korrekt uppfattat.

Han såg henne stega bort mot bokhyllan och plockade ner ett tjockt band ur raden av böcker på den nedersta hyllan.

Hon återvände till Sigurd och hans gåband med en i raden av Svensk Uppslagsbok AB, Abstinens till Argbigga sidan 24.

Britta bladade en stund. Verkade så hitta ordet, Ardennerna.

– Läs gärna vad det står om Ardennerna.

– Britta läste: "Ardennerna är mestadels ett skogsbeklätt bergland som bildar den västliga avslutningen av berglandet och täcker sydöstra Belgien. Vidare gränsar det till Tyskland i öster och Frankrike i söder.

De största höjderna ligger nära tyska gränsen. Belgiens högsta punkt är den skogsklädda bergstoppen på 694 meter. De högsta regionerna har en mycket rå och ogästvänlig karaktär och är därför inte uppodlade."

– Står det något om andra världskriget där också? För i boken handlar det till viss del om Adolfs misslyckande.

– Vi ska se... "Ardenneroffensiven var den månadslånga motoffensiv som den tyska armén, ingående i Heeresgruppe B, utförde i Ardennerna i södra Belgien. Det var mot de västallierades styrkor den 16 december 1944 till den 25 januari 1945, under slutet av andra världskriget."

Det står också som du sa, "där gjorde Hitler sitt sista försök att vinna kriget. I skogarna mellan Tyskland och Belgien drog två pansardivisioner fram för att försöka vända kriget till nazisternas fördel."

Ja, det var väl det hele, kan man säga, Sigurd.

– Tack lilla du.

Och tack bästa gåband för att du signalerade eld upphör och stannade, tänkte han. Pust!

– Varför ville du veta detta?

– Det handlar om den bok jag just nu har som kvällslitteratur. Där finns en del paralleller om mitt eget ledarskap i vår grupp med brottsutredare.

– Och detta var till gagn för min lilla konstapel?

– Gagn? Ja så skulle man också kunna uttrycka det. Tack för hjälpen, som sagt var.

– Så lite så Sigurd. Roligt att hjälpa till med lite högläsning.

Sigurd såg efter henne då hon smög ut ur rummet. Allt en liten godbit, tänkte han. Som en god arraksrulle med mycket arrak!

Måste påminna Sivert om beskrivningen hur man rör ihop en dry martini, eller skakar… eller rör, på tal om arrak.

Medan han stretchade, virvlade tankar upp han måste dra på morgondagens möte. Varför hör inte vittnet, som hittade brottsoffret bland byggställningarna, av sig? Är han kanske rent av inblandad? Han kanske återfinns i Hagsätras sociala utkant? Vi måste också lyssna med Pizzeria Bussola på andra sidan gatan, mitt emot sextiotvåan där kroppen hittades. Dom tror jag har öppet till klockan tjugotvå. Varje grässtrå är viktigt att släpa till stacken. Kanske finner man ett strå som är frodigt så det knakar av genombrottskaraktär.

Har teknikerna kommit in i taxiåkarens lägenhet ännu? Har vi förhört dem på den där bilbudsfirman? Känns som om de vet mer, än man är villiga att berätta. Har vi hittat taxiåkaren, han Månen? På tok för många frågetecken fortfarande.

Operation Mona, tänkte kriminalkommissarien.

Ja, "Operation Mona" får samlingsnamnet av utredningen gå under, bestämde han.

Högintressanta är också de där tre, eller om de var två personer, troligen ifrån Iran som tog med sig sitt offer på hans fiktiva måltid som blev hans sista.

Vi behöver också finna brottsplatsen, där börjar tiden rinna ut.

Någon bör kanske ha hört eller sett något, om inte platsen ligger avsides, vill säga.

Frågor, frågor, frågor och frågor!

När man som bäst behövde det, kom ett samtal ifrån LKC.

13

– Välkomna till morgonbönen allihop och Operation Mona, sa Svanstrand och log mot de närmast sörjande.

Han såg sig om bland församlingen.

– Operation Mona, med den stavningen, sa han och pekade på blädderblocket. Det är den benämning vi ska använda oss av i fortsättningen. Jag har talat med åklagaren om detta och han samtyckte. Några frågor på det?

Sigurd såg sig om igen bland sina utredare, men ingen hade något att erinra vad gäller Operation Mona. Inte ens Anton Franke.

– Jag anar ni förstått vad som menas med det operativa namnet? Bra!

Man nickade lite runt om som om man förstått.

– Jag fick ett samtal ifrån NKC, det är därför våra duktiga tekniker fick annat att tänka på och är på väg ut på ett tips som hade ringts in av en pensionär i Hemfosa.

– Något som rör Operation Mona, undrade Anton?

– Ja, det vet vi inte i nuläget men jag har en förhoppning. Det kan handla om mordplatsen för de brott vi jobbar med. Det är en övergiven gammal järnvägsstation som heter Hemfosa och ligger utefter Nynäsbanan. Stationen ligger avsides utan boningshus i närheten. Det finns en gård för travhästar på vägen dit, men mycket mer än så är det inte. Mest hästhagar och liknande och så då den övergivna gamla järnvägsstationen.

– Det låter som någon är bevandrad i detta område på Södertörn, yttrade Anton igen. Jag menar, först en uppeldad gammal Volvo vid Pålamalmsvägen, sedan nu den övergivna järnvägsstationen i Hemfosa, inte särskilt långt ifrån. Någon som befinner sig på hemmaplan, någon med god lokalkännedom och är väl bevandrad i dessa trakter. Eller är det bara tillfälligheter?

– Kan också vara någon inom något serviceområde, ansåg Tessan Lövgren - Kneck.

– Du får gärna utveckla din tankegång där Tessan, sa Svanstrand?

– Ja, kanske någon som jobbar inom posten, vägverket, sopåkare, Telia och av den typen av servicefolk.

– Bra tänk där, sa Svanstrand. Idag kör vi så det osar katt. Jag vill ha in förhör med folket på bilbudföretaget i Norsan, ja Norsborg alltså. Samma med pizzabagarna på Bussola i Hagsätra. Och vi kör som vanligt. Är de alltför fåordiga, plockar vi in dem hit om de tycker de är bättre, vilket de sällan brukar tycka. Okej?

Alla nickade!

– Bra! Fredriksson kommer delegera.

– Allt klart, förtydligade Sivert?

– Yes, sa Anton!

– Vi skulle fått en rapport av teknikerna vad gäller besöket i taxiåkarens lägenhet, men det smög sig alltså.

Innan vi drar åt alla håll och kanter kanske Sivert, som var med vid besöket, vill dra det i kortversion så vi får ett hum om vad det handlar om. Ja eftersom nu Karlsson & Karlsson fick annat att göra av akut karaktär på annat håll.

– Ja, sa Sivert. Finns inte så mycket att berätta. Det var jag och grabbarna Karlsson och förutom oss var lägenheten i det hela taget, tom. Persienner i fönstren som var lite svagt snedställda. Inga lampor. När vi öppnade kylskåpet i köket, så tändes kylskåpslampan som vanligt och blev den enda ljuspunkten den dagen. Men i övrigt, inte en Luma. Det ekade ödsligt när vi kom in. Inga mattor. Lite kusligt, för att förklara hur öde det var. Lite gatljus spred ett skugglikt sken genom persiennerna. Vi fann bara ett endaste skåp i hela lägenheten. Ett värdeskåp från Robur Grade klass 12. Hade kanske varit roligare med ett Franz Jäger, men nu var det inte det.

Kylskåpet hade varit tomt, kanske jag sa. Det fanns inget toalettpapper på muggen. Det fanns ingenting. Inget, förutom detta kassaskåp. Det låg lite reklamblad innanför dörren, som legat länge där. I reklamen kunde man beställa julbord, som berättade att de vi var sent ute för att beställa bord. De satt några övervakningskameror på ett par ställen i hallen, men som sagt, i övrigt var det tomt!

– Så ni kom ingenstans då, undrade Anton?

– Nej, vi gjorde inte det. Men, vi satte förstås upp en egen övervakningskamera kopplad till holken på andra sidan gatan som Span har, sa han och log.

– Fick ni verkligen tillstånd av åklagaren för detta?

– De där var ingen fråga jag hörde, sa Sivert och log igen.

Ett allmänt flinande spred sig i rummet.

– Nä, sa Janne. Skulle man be dem om allt, fick man inget gjort.

Svanstrand hade passat på att flytta runt en del papper under en stund, så han hade inte hört någonting på ett tag. Kanske bäst så.

– Jo chefen, sa Anton. Kan du berätta vad för typ av tips vi fick om den där gamla stationen?

– Den som ringde in tipset, hade tittat in i det gamla stationshuset för dörren hade stått och slagit i vinden. Man hade sett en större mängd intorkat blod på golvet och man hade undrat var detta kom ifrån. Vi får invänta Karlssonpojkarna och deras kalkyl vad som kan ha föranlett denna blodpöl.

– Det är väl Viktor Karlsson, som brukar kallas professor kalkyl?

– Ja, sa Svanstrand. Det stämmer. Han brukar räkna ut vad de eller det kan bero på och varför. Göra kalkyler, diagram och staplar av de mesta.

– Känns annars konstigt med Hemfosa, sa Fredriksson som suttit tyst en stund. Något som inte stämmer där. Vem känner till den gamla stationen? De flesta ser den väl som en gammal kåk bland alla andra i området. Tror den öppnades för en sådär hundratio år sedan. Kan inte vara någon yngre förmåga. Något säger mig, de är något som inte stämmer. Men vad?

14

Något är fel, tänkte Fredriksson när han slog sig ner i en av fåtöljerna på kriminalkommissarie Pierre Sigurd Svanstrands kontor. Medan de väntade på att kaffeautomaten skulle servas och fyllas på, satt de mest tysta. Sigurd formade ett valv med sina fingertoppar och blickade tomt ut över taken mot Fredhäll där han såg en av kärrorna från Malmö Aviation vara på väg ner för landning på Bromma Airport. Han visste av erfarenhet att de precis hade korsat Essingeleden och skulle strax slå hjulen i banan och landa med en ny omgång pärmbärare.

Kriminalinspektören Sivert Uno Fredriksson, följde också inflygningen mot bana trea nolla, som man antagligen sa där uppe i cockpit nu, fast på engelska, eftersom det var på den banan man skulle landa, trea nolla.

Tankarna var kvar i hans huvud om vad det var för något som inte stämde, förutom saknaden av kaffet, då? Jo, ingen rökte?

Sigge såg aningen frånvarande ut där han nu satt, till synes disträ och knäppte lite irriterande för Siverts öron, på en kulspetspenna... klickklick, klickklick, klickklick, klickklick...

Det ideliga klickandet med pennan, blev en i aning enerverande för att inte säga störande.

Strax därpå, övergick han planlöst som det verkade, att trava om de papper han hade på skrivbordet. Återtog sedan de påfrestande klickande med pennan.

Då, kom det förlösande ordet... som bröt tystnaden.

Äntligen! Sigge fick en vink från servicekillen att det gick bra nu att hämta kaffe i automaten.

– Kaffe!

Kaffeautomaten var igång igen och man kunde fylla upp ett par muggar nybryggt kaffe i korridoren utanför Sigges kontor.

– Vårt vittne har hört av sig sa plötsligt Sigge, nu mer talför.

– Vilket vittne... ah, du menar väl inte den person som hittade vårt brottsoffer?

– Jo, exakt densamme, Sivert. Stämmer på öret.

– Vad sa han, vem är han? Berätta för gudars skymning.

– Det var, först och främst, mycket riktigt en mansperson. Han befinner sig också mycket riktigt som jag trodde, på samhällets B-sida och lever ute i den sociala marginalen. Han har sin adress till ett boende för hemlösa missbrukare med drog- och alkoholproblem i Skarpnäck.

Han heter Rolf Granqvist 42 år, men kallas av alla för Kotten. Han hade läst i tidningen och sett på Efterlyst i TV att det var kanske honom vi eftersökte och önskade kontakt med. Så när han rättat till anletsdragen beslöt han sig för att ta T-banan till Kungsholmen för att lätta sitt hjärta och berätta om sitt makabra fynd av den fimpade blatten, som han sa.

– Har vi honom i något register, går han liksom hemtam här i huset?

– Inre, håller på att kolla honom. De var ganska nyss detta hände. Allt har sin tid, sa han och log.

Inte vardagligt att se Svanstrand le, men nu kostade han på sig det. Man jobbar ju inte sämre för att man ler, tänkte Sivert.

– Hur vet vi att det var den personen vi söker som nu anlänt och vikt ut sig? Jag menar det finns ju alltid en del förvirrade som tar på sig saker och ting för att hamna på blaskornas löp och kunna läsa om sig själv i tidningen.

– Jo, det är rätt gubbe, det står utom allt tvivel, Sivert. Det han berättade kan ingen känna till som inte var på platsen.

– Okej, klienter från Skarpnäcksgården har vi haft att göra med tidigare.

– Ja, han hade varit på väg hem och skulle ner till Huddingevägen för att ta nattbussen, då han såg byggställningarna. Hans första tanke var att han där kanske hittade något som han kunde avyttra. Verktyg, bly- eller kopparkabel eller liknande var säljbara varor visste han. Han hade klivit in bland ställningarna i just detta syfte och trevade sig fram bland allt byggbråte för att hoppas kunna hitta något att lägga vantarna på. Men det han fann, var de lik vi idag utreder som mordoffer, under byggställningarna. Han hade snubblat över kroppen och blivit förbannad. Kotten var på väg att tända av efter ett kalas han hade varit på i Hagsätra Centrum, då är det lätt att snetända, berättade han. På festen hade han nöjt sig med att röka på lite försiktigt, för han fick inte komma in på Skarpnäcksgården om han var hög som ett hus.

– Låter nästan som om vi kan skriva av honom, sa Sivert?

– Gör det, undrade Sigge?

– Ja, han verkar ju ren som en oskuldsfull lilja.

– Hur vet vi att det inte är Kotten som sänkte iraniern, Aria Ahmadi?

– Hur vet vi att det inte var Kotten som plockade åt sig guldet ur brottsoffrets fickor då? Plånbok, klocka, ringar eller liknande? Märk väl att mordoffret saknade ring eller liknande i ena örat samt id-handlingar, rubbet? Där gapade bara ett tomt hål. Han var ju ute för att försöka komma över något att saluföra på plattan dagen efter. Om han var ute efter att sno en rulle kopparkabel, tror du då han inte kollat likets fickor efter möjliga kontanter eller busskort?

– Vet vi var han höll hus under kvällen?

– Han kommer inte ihåg. Han minns bara att det var någonstans i Hagsätra Centrum.

– Vi kanske också ska invänta inre, på deras koll av denne gosse. Möjligen finns det något på honom, sa Sivert förhoppningsfullt. Den här veckan började ju egentligen inte så bra, sa han som hängde sig på en måndag, men sedan har vi haft lite flyt, väl? Nu kan vi också sitta och invänta rapporten ifrån den gamla stationen Hemfosa.

– En nåd att stilla bedja om, att dö. Att sova, sova! Kanske också drömma Sivert, reciterade Sigurd fritt ur Hamlets varamonolog, är ju att stationen är brottsplatsen vi letat efter. Men, fan tro't sa Relling. Det skulle vara som rosen i prinsesstårtan i så fall.

– Det är ju ett sätt att uttrycka sig på Sigge, men i en prinsesstårta, den där med grön marsipan, är det ingen ros på toppen egentligen. Det är en sådan där sjukhusblomma, en nejlika. Om vi ska vara lite petiga. Men man har alltid sagt att det är en ros i prinsesstårtor. Jag skulle kunna berätta för dig hur man gör en marsipanro...

– Bra Sivert, avbröt Sigge. Inte den ramsan igen. Fixa det där receptet på en Dry Martini, som vi talat om istället.

– Inte *vi* talat om Sigge, *du* talat om!

Svanstrands telefon ringde sådär lite krävande, infernaliskt uppfordrande, eller så var det bara en skrämmande känsla. Kanske var det ett besked om att Hemfosa var platsen de hoppats på?

– Det ringer, sa Sivert! Och såg förvånad ut varför inte Sigge svarade.

Han såg Sigge sitta som ett urholkat utropstecken och bara stirra på sin telefon som påkallade hans uppmärksamhet. Så plötsligt och äntligen, sträckte han ut handen och greppade sin mobil.

– Kommissarie Svanstrand!

15

– Svanstrand, upprepade han?

– Viktor Karlsson här, störde jag?

– Nej din röst var efterlängtad, Viktor.

– Tack kommissarien, det var trevligt att höra.

– Så lite så, hoppas du har något trevligt att berätta för mina öron också?

– Då får jag nog göra dig besviken, chefen.

– Berätta varför, Viktor?

– Det blev en kort visit vid den där gamla järnvägsstationen Hemfosa. Vi har tagit oss därifrån och nu sitter vi och äter lunch på Lizas Mäss på gamla F18 i Tullinge du vet. Det blev dagens, Pljeskavica. Nu skulle man bara behöva en eldsläckare.

– Vari ligger besvikelsen i Hemfosa Viktor, undrade Svanstrand och ignorerade hans snack om mat?

– Besvikelsen, tja… vi fick en fin åktur ut på landet, men det var ju ingen besvikelse, tvärt om. Man rensade lite i skallen. Jo, Hemfosa var vekligen en gammal stationsbyggnad. Grå/brun i två våningar med en helt ovanlig fasadbeklädnad för mig i alla fall. Det såg ut som stora fiskfjäll. Här kan man snacka fjällpanel. Alla stationer utefter Nynäsbanan har samma arkitekt. Har chefen hört talas om Ferdinand Boberg?

– Jo det har jag Viktor, men kan du kläcka ur dig något som har med vårt jobb att göra.

Viktor hade lagt handen över telefonen medan han skrattade.

– Han verkar stressad, viskade han till sin namne, Karlsson!

– Nämen Svanstrand, jag har aldrig sett något liknande. Panelen påminde kanske en del om ett tvåkupigt taktegel, men som nu alltså satt på väggarna. Ja, vad detta nu har med vår utredning att göra, det vet jag verkligen inte, precis som du antydde. Det var bara synintryck som assimilerades i ord.

– Såg ni något som kunde vara orsaken till anmälan? Och träffade ni pensionären som ringde in anmälan?

– Jo, vi såg orsaken och vi träffade källan, ja. På golvet i det som tidigare varit en vänthall, fanns en större intorkad blodpöl helt riktigt. Fläcken var cirka, en meter gånger, en och en halv meter stor, där vi kunde konstatera att fläcken inte var människoblod efter lite enklare analys. Det fanns också spår av päls i det intorkade.

– Hade anmälaren något att berätta av värde som gällde larmet till 112?

– Jo, han hade någon dag innan han upptäckte blodpölen i stationsbyggnaden, hört en knall som från något gevär. En grävling har synts på trakten under några år och troligen haft ett bo under huset. Nu hade den tagit sig in i den gamla väntsalen och antagligen där, blivit skjuten med ett hagelgevär.

– Jaha, sa Svanstrand. Så var det med det alltså.

– Skjuten från 15 – 20 meter, gissar jag.

– Jaha, sa Svanstrand igen…

– Man kan inte ha matjord i fickorna varje dag, kommissarien. Lagoma korvar är bäst.

– Nä kanske inte varje dag, men det underlättar oftast vårt dagliga knog med lite flyt och stolpe in istället för, ut. På väg in, kan ni väl titta till en utbränd bil vid Bergaholms Gård på Bergaholmsvägen. Den står lite vid sidan av på en infart till en åker, men går inte att missa.

– Är det ett gammalt fynd eller nybrunnen?

– Fordonet är ganska nyeldad. En dag gammal bara. Så den har väl precis hunnit svalna. Men ni kommer både finna fordonets färg och klädsel, så det kanske finns en del att hämta där.

– Och varför är detta vrak intressant nu då?

– Det är en Volvo av modell 245!

– Hoppsan!

– Jag tycker denna verkar betydligt hetare än denna på Pålamalm. Kan tagit runt tio minuter, en kvart ifrån Norsborg för de där lunchkamraterna om man kört raka vägen.

– Låter som hot stoff, sa Viktor. Vi tar den på väg in.

– Bra grabbar och fortsatt smaklig måltid.

– Testa en "Juggeburgare" nån gång, chefen. Men, ha en eldsläckare i beredskap. Men inte med skum eller pulver, räcker bra med vatten. Over and out!

Karlssons grabbar satt kvar ytterligare en stund med var sin kopp fika. Hos Svanstrand satt Fredriksson och höll i ett förhörsprotokoll från Bilbudsfirman, il med bil. Där stod en del av intresse, tänkte han.

– Du kan läsa om dagens förhör ifrån Norsan, sa Sivert. En del av intresse anser jag.

– Du får gärna dra det för mig så slipper jag leta efter glasögonen.

– Jamen visst! Jo, vi drog alltså till Norsborg för att lyssna med ägaren, eller bossen på platsen som hade sett de där två iranierna hämta Aria Ahmadi. Från början påstod han att de var tre stycken, nu var det två? Svårt att återberätta hur det var, om man inte talar sanning från början.

– Vem var chefen, bossen… har han något namn?

– Han heter Gösta Gustavsson, men kallas för ”Gösen”. Och när jag hörde vad han kallades och såg alla hans tatueringar på underarmarna, ringde en liten klocka.

– Här pinglar det inte ens de minsta, Sivert.

– Jo, det är en kille i 40 års åldern, som jag tror vi har en skaplig dossier på i arkivet. Jag ska kolla sedan, har inte hunnit för detta är purfärskt. Det verkar som det rör sig.

– Sa han något om vad det var för färg eller liknande på den där Volvo kombin?

– Jodå, det hade varit en röd kombi med gamla plåtfälgar. Han har blick för bilar berättade han. Han hade handlat med bilar ett tag på Roslagsgatan där han hade ett garage, trångt och jävligt sa han. *Andersson Beg. Bil,* berättade han lite stolt. Ja, jag tog även över den förre ägarens firmanamn. Alla som kom för att gnälla, hänvisade jag bara till förre ägaren, Andersson.

– Låter inte som man med trygghet kunde handla en begagnad bil av Gösen?

– Gösen?

– Ja, sa du inte att det var så man kallade honom?

– Ah, du menar Gösta! Gösen Gustavsson, Sigge?

– Nu ska jag inte uppehålla dig längre Sivert. Du skulle ju kolla upp Gösen. På tal om gös, så är det symptomatiskt förresten för en rovfisk som gärna lurar i mörker och grumligt vatten.

– Låter som det är en avbild av herr Gustavsson! Jag utgår för att kolla i registret på övernattande medborgare på Hall.

Gustavsson… vad har jag hört det namnet förr, tänkte Sivertsson grunnande?

.

16

Första natten med gänget, som omväxling. På Sätrahagsgatan intet nytt, skulle man kunna säga för att slarvigt travestera en annan roman.

Tessan Lövgren – Kneck, lutade sig tillbaka från mörkerkikaren som satt monterad i ett stadigt stativ och noterade i spanprotokollet. Skrev ner klockslaget, noll två noll noll.

Hon vände sig mot kollegan Jonna, inspektören ifrån Span.

– Ja sa Jonna, så här är det mest som oftast. Men då kanske man sitter i en trång skåpbil där det även är lite kallt. Här sitter vi ju komfortabelt. Det jag tror kommer hända närmast, är att tidningsbudet anländer. De brukar komma vid tretiden. Var beredd att ta några bilder på tidningskillen, så du får testa.

– Vilken bra kikare ni har, sa Tessan! Sådana grejer har vi inte.

– Nä, jag förstår. De är inte helt gratis heller, vilket kan vara en av anledningarna. Men vi på vår rotel är ju klart beroende av detta hjälpmedel med den typ av uppdrag vi har. Samma med kameran. Senaste på marknaden. Svindyr!

– Är det okej med en kopp java nu så vi inte kvartar ihop?

Tessan reste sig för att gå ut i köket och med fördragna persienner, brygga kaffe.

– Du har möjligen inte kvartat ihop därute, hade Jonna undrat lite på skoj efter en stund?

Man hade en lättsam ton i umgänget dem emellan. Det underlättar när sömnen kommer närmare.

Tessan kom åter med plastmuggar och kaffebryggaren. Rykande uppiggande kaffe fyllde nu muggarna.

– De här är den känsligaste tiden på natten. Fram till klockan två, brukar det vara okej, men sedan kryper sömnen sig närmare. Vid tre, är man som tröttast. Då gäller det att vara som mest på sin vakt och engagera sig för att stänga ute John Blund, sa Jonna. Vis av erfarenhet.

Tjugo minuter senare, lystes gatan upp av ett par bilstrålkastare.

– Nu ska du se att det är tidningsbudet, sa Jonna och nickade ut mot fönstret.

Tessan hade också registrerat ett fordon där nere på gatan och kollade i kamerans sökare. En vanlig bil utan dekaler eller annat. Helt civil.

– En Skoda Fabia, tidigt 2000 tal skulle jag gissa, sa hon.

– Poäng, sa Jonna och nickade medan hon skrev upp reggen.

– Kille, sa Tessan… trettio år, möjligen. Invandrad härkomst, Estland, Lettland… Polen? Har fastnat på ett flertal bilder.

– Vad gör jag här, hade Jonna sagt och skrattade. Du sköter det här hur bra som helst. Poäng igen. Tror jag kan knoppa lite utan att allt rasar under tiden, fortsatte hon med samma glada min. Men jag tror det intressanta är avbetat för idag. De kritiska timmarna är tillända för intressanta händelser.

– Du tror inte det kommer hända något mer i natt då?

– Nej, jag är ganska säker på att nu kan vi koppla av. Rent statistiskt, utförs brott av den karaktär vi spanar på, mellan klockan kvart i två och klockan halv fyra. Ganska logiskt när man börjar fundera över den tid då det är som tystast i stan. Folk har drumlat hem från stan och krogen mellan halv två och två. Sedan öppnas det upp igen för folk som ska åka och jobba. Folk vaknar och hämtar sin tidning i brevlådan. Bagare far iväg för att börja sitt kneg så vi får våra frukostfrallor nybakade. Ja, byn börjar liksom att vakna. Då ligger den ljusskygga verksamheten nere. Dom har dragit på sig sin tagelskjorta och krupit in under sin sten eller håla eller vad fan de nu håller till.

– Jag har förstås sett folk komma hem ifrån krogen eller var de nu tillbringat aftonen, betydligt senare än vad du sa, halv två, två.

– Jaha du har haft kollen på nån, erkänn Tessan? När kom han hem i så fall?

– Han?

– Ja det måste det ju ha varit en hane. Annars sitter man väl inte och kollar bara för ro skull om det inte är ett lovligt byte?

– Jag tror det var runt fyra – fem på morgonen.

– Från nån spritklubb, eller han hade kanske kört ut tidningen i något närbeläget distrikt, eh?

– Ja, se det vet jag inte, ha ha.

– Men Tessan, om de dyker upp vid den tiden, i vilken kondition tror du de är då. Vet de vad som är fram eller bak på en revolver. Hur effektiva tror du de är då?

– Jaha, fick man lite statistik, för jag gissar det var sådant.

– Men, sa Tessan. Vi kan väl inte bara stänga butiken nu och tassa hem, för då händer det säkert något?

– Precis! Och du har inte jobbat på Span tidigare, sa du?

Båda två, där de satt i sina fåtöljer med fin utsikt över gatan nedanför dem, kunde nu inte längre dölja sina gäspningar. De var både tydliga och ljudliga. Det var som om spänningen stängdes av och de kunde koppla ner efter Jonnas föreläsning om när brott begicks nattetid.

För Tessans del var det ändå nyheter och intressanta saker Jonna gav henne som färdkost. Hon läste också in en kurs i ledarskap parallellt med en kurs i juridik. Detta vid sidan av sitt arbete. Hon hade inte ambitionen att bara vara nöjd med den position hon hade som kriminalinspektör som Fredriksson. Nää, hennes första mål var att bli minst som Svanstrand, kommissarie.

– Du, sa Tessan.

– Yes!

Undrar vad den där Månen, hans lägenhet som vi spanar på, har lägenheten till, han verkar ju inte bo där?

– Vad han än har kvarten till, så är den inte gratis, men han betalar sin hyra. En trea på 82 kvm såg jag i de utdrag från Svenska Bostäder jag fick. Blir väl höjd hyra nu efter den omfattande renoveringen. Den står idag som bostadsrätt och fem papp drygt i månaden!

Blir en jäkla dyr hyra för en lagerlokal, eller magasinering. Bara för bostadsrätten, får du slanta upp två mille. Men ändå ligger den inte särskilt centralt. Spånar man vidare på den inslagna vägen, så måste Månen väl bo någonstans?

– Ja precis och där är det antagligen inte heller gratis.

– Du, vad fort tiden går när man har trevligt. Ska vi plocka ihop våra värdesaker som kamera och kikare, det andra ska vi ju ha i morgon natt igen, vad jag förstår? Får vi använda kamera och kikare hur som helst?

– Inte hur som helst. Det är en liten gråzon. Vi är på väg att avslöja brott och behöver bevis, då kommer det i lite annat läge. Det är en djungel med föreskrifter.

– Då skippar vi den djungeln, sa Tessan.

– Två själar och en tanke, sa Jonna. Nu åker vi hem och sover några timmar. Sagt och ihop plockat.

– Hejdå Holkén, vi ses i morrn!

– Ha, nu låter du som han Roy, på Macken...

17

Många olika företag i det här området, tänkte Anton när han svängde in på vägen mot den där bilbudsfirman i Norsborg där Aria Ahmadi hade jobbat.

Il i bil, var egentligen bara ett större garage med tre portar och en grusad plan framför där det stod flera travar med lastpallar.

En budbil stod utanför ena garageporten där det fanns en mindre dörr i porten. Det var inte Grand Hotell, precis tänkte han när han bromsade in vid budbilen.

Han hörde en hund skälla som inte lät så trevlig. Gissade att det var en pitbullterrier de hade som sällskapshund. Bara med detta i tanken, så ringde en varningsklocka.

Dörren i porten öppnades och en man kom ut. Skulle kunna vara någon från ett mc-gäng, för så såg han ut. Hotfull, men ändå undrade vad jag ville.

– Anton Franke, polisen, sa Anton och visade sitt polisleg.

– Och du vill?

– Jag söker en Gustavsson, Gösta Gustavsson!

– Vad vill du honom om han nu skulle vara här?

– Det gäller bara några förtydliganden om den iranier ni hade här som arbetade som chaffis hos er och ni anmälde honom till polisen som saknad.

– Ja, det var jag som anmälde honom försvunnen, inte saknad, sa han!

– Okej, då är det alltså du som är Gösen?

Gösen nöjde sig med att nicka och skrek åt hunden… Carlos, som han tydligen hette, håll käften med ditt jävla gläfsande. Märkligt, jycken slutade skälla! Sådan husse, sådan hund tänkte Anton.

– Alltså, återtog Anton. Den iranier som försvann från jobbet hämtades av några landsmän, sa du vid anmälan. Skulle du kunna beskriva hur de såg ut?

– Jag kan inte hålla kollen på vilket land de kommer ifrån. Det var ett par mörkhåriga, snaggade kisar.

– Klädsel?

– Ja, som alla sådana snubbar ser ut. Inte vet jag. Har jag gjort något olagligt då jag anmälde en av mina arbetare försvunnen från knoget? Man blir ju lite ställd va, när folk bara försvinner.

– Vad är er huvudsakliga syssla, vilken typ av bud hanterar ni?

– Vi kör allt!

– Som exempel?

– Som exempel, paket!

– Just nu har vi många körningar från en lackeringsfirma i Hallunda som lackar prylar åt en bilverkstad i Huddinge. Då kör vi sylarna blixtsnabbt. Du vet, verkstan plockar ner en motorhuv på morron och så ska den lackas på dan, för kunden kommer på kvällen för att hämta loket.

– Hur många budbilar har du igång?

– Jag har tre stycken.

– Och dessa grabbar har fullt upp?

– Mer än så. Nu är det jävligt körigt när det saknas en chaffis. Har ni nån susning om vart han finns?

– Nej, vi har inte det. Därför ville jag snacka med dig vad du tror han kan befinna sig?

– Inte den blekaste. Men det har jag berättat för ett par andra snutar som varit här. De var förresten en fin brud den ena av dem som var här. Hälsa från mig!

– Okej, Gösen. Det var väl det hela då så här långt. Jo, en sak till. Känner du någon Mjesec Jovanovic?

– Skulle jag det?

– Det var en fråga, Gösen?

– Nej, aldrig hört namnet.

– Han kallas för Månen och är taxiägare.

– Känner ingen Måne heller och åker aldrig taxi.

Anton hade reagerat på hur Gösen liksom studsade till då han nämnde Mjesec. Och om chaffisarna hade fullt upp med körningar, så stod i alla fall en skåpbil fortfarande bredvid dem, framför ena garageporten. Kanske var det den bilen annars som Aria Ahmadi normalt körde.

Han bläddrade lite långsamt i sitt block för att retas lite med Gösen vilket gav resultat.

– Jag har annat att göra än att stå här och snacka en massa skit, men de kanske inte du har?

– Trivs du bättre med att snacka på station, undrade Anton lite iskallt och höjde på ögonbrynen? Det blir du som väljer.

– Är jag misstänkt för något?

– Nej, jag vill bara höra med dig rent upplysningsvis.

– Jag har inte mer att säga.

– Vi testar den där sista frågan igen sa Anton. Har du träffat en taxiåkare som heter Mjesec, men kallas Månen?

– Aldrig hört talas om honom.

– Okej, men året 2002 satt ni båda två på Riksmottagningen i Kumla för utredning. Du blev kvar på Kumla medan Mjesec Jovanovic, Månen, flyttades till Hall.

– Nej, fortfarande ingen klocka som ringer.

– Ni kan ju knappast missat att ses under de sex veckor utredningen pågick.

– Om jag säger såhär då, vi har aldrig presenterats för varandra. Kanske hörde jag att han kallades Månen, men jag minns inte det i så fall. De var ju inte igår.

– Till slut, Gösen. Vad gjorde du måndagen den fjärde maj, den dagen då din chaffis försvann och efter klockan tolv noll nolla?

– Det var enklare att svara på kommissarien. Jag var från eftermiddagen fram på småtimmarna ute på Valla. Vi snackade, ja vi hästägare emellan, en del och käkade middag samt lirade en del under kvällen på distans, på Romme travet.

– Finns det någon som kan intyga att det var så?

– Vi var fyra gubbar hela dan. Jag kan skriva ner de tre gubbarna om du vill kolla.

– Kanon Gösen, gör det.

Gösta fick ett block av Anton och började skriva namn och nummer på de tre kompisarna, travhästägare alla tre precis som Gösen. Gösen hade en häst som hette Hilla Billity, en valack, men jag är inte säker att det var Gösens häst. Vem som var travtränare, berättade inte informationen.

– Sådär kommissarien, då har du mina tre spelpolare.

– Tack för det, samt dina uttömmande svar på mina frågor, Gösta.

– Så lite, sa han och vände om. Tog de få stegen fram till garageportarna och slog igen garagedörren, från insidan.

Vad stingsliga en del kan vara, tänkte Anton och ryckte på axlarna. Men nu har vi en del på honom också. Hoppas Sigge Banan blir nöjd nu.

Kanske man skulle ta och käka lunch på Bussola i Hagsätra. Det var länge sedan jag åt en pizza. Det blir så att säga de två berömda flugorna på smällen.

18

– Ja svarade Anton, när hans telefon pinglade!

– Är du på väg in eller, undrade Sivert?

– Tänkte käka lunch på Bussola i Hagsätra för att snacka lite med pizzabagaren samtidigt.

– Låter som en bra idé, jag hänger på om det är okej för dig?

– Häng på Sivert, du är välkommen. Jag väntar på dig utanför så blir vi två par ögon och öron. Ser mer, hör mer. See you!

Anton parkerade sin diskreta Audi snett utanför Bussola och halade upp sitt anteckningsblock för att plita ner några stolpar om Gösen.

Vad gäller Antons val av bil, var det ingen biltyp Svanstrand var förtjust över att han använde sig av. Han tyckte den stack i ögonen och att den var aningen uppkäftigt provokativ. Men Anton gillade sin Audi A7 Sportback 55 TFSI Quattro Competition och allt vad den hette. Den började visserligen bli lite ålderstigen den var ju i alla fall av 2018 modell. Men han gillade den och den läckra julröda lacken. Men inget för Span.

Anton författade sina stolpar som gällde Gösen och log...

1: Stor biffig typ, kortsnaggat hår. Är i 40 – 50 årsåldern.

2: Rökare.

3: Svär ohejdat grovt. Kämpar för att verka stöddigare än vad han i själva verket var. Tror han är bra på att delegera. Möjligen?

4: Jeans och boots med hög klack, haltar på vänster ben.

5: Ingen svärmorsdröm!

Stoppade så pennan i innerfickan och blocket gick samma väg precis då Fredriksson bromsade in bakom honom och klev ur. Anton klev ur lika snabbt. Han visade med en väluppfostrad och tillmötesgående gest med handen mot pizzerian och Sivert tog täten därför, petade upp dörren med armbågen och klev in.

Bara doften var välkomnande av oregano och bageri.

Båda valde efter en titt på alla pizzor i menyraden, att ta en lättöl samt Piraten.

– Varför tog du Piraten, undrade Sivert?

– Jamen, det var så många att det blev svårt att välja. Tog den mest för namnet och att jag ätit en likadan tidigare nere på Robbans Pizzeria i Tumba. Intressant, kan man väl säga. Hade ju kunna tagit en Bandito, Al Capone eller en El Mafioso, men det kanske hade sett lite provocerande ut. Vad flinar du åt?

– Såg du att de hade en pizza som hette La Polisen?

– Vad?

– Jo, det är säkert. Såg lovande ut vad som låg oppanpå, om man säger.

– Och de var?

– Låter som en husis där vi hittat vad vi önskat… marinerad fläskfilé, kebabkött, lök, färsk vitlök, bearnaisesås.

– Tror du man kan byta?

Just som Anton uttalat meningen, kom pizzabagaren med deras beställda pizzor.

– Jo, sa Sivert med frågande min mot bagaren? Hade ni några speciella gäster här i exempelvis söndag eller måndags?

– Ja, inte vet jag vad du menar, sa bagaren?

– Vi är från polisen och utreder den döda mannen som hittades här på andra sidan gatan i måndags. Och även poliser äter lunch, därför är vi här.

– Okej, sa bagaren och ropade inåt köket, Pedro?

Det kom en yngre blivande pizzabagare ur kökets innandömen i vit t-shirt och pepitarutiga brallor och sällade sig till oss. Vi var de enda matgästerna i pizzerian för tillfället så det gick bra.

– Pedro minns du någon speciell gäst här på söndagen eller under dagen på måndagen?

– Kan jag inte komma ihåg.

– Han skulle varit ganska stor och såg skräckinjagande ut i så fall, sa Anton!

– Kan stämma på en gäst vi hade som satt här ända till dess vi stängde i söndags, kom Pedro ihåg plötsligt.

– Var satt han någonstans här i restaurangen, undrade Anton som naturlig följdfråga?

– Här, sa Pedro och visade på ett fönsterbord som vette precis emot Sätrahagsgatan 62.

– Var han länge som gäst hos er, satt han länge kvar?

– Ja, han satt nog här från klockan åttatiden på kvällen till som jag sa, vi stängde.

– Och, när stänger ni då?

– Vi stänger alla kvällar senast klockan tio, eller tjugotvå. Men vi har öppet till elva på lördag kvällar.

Anton tog upp sitt anteckningsblock där han stolpat upp en del om Gösen.

– Vad hade mannen du såg för typ av hår, exempelvis, snagggat, långt, hästsvans eller och vilken ålder?

– Jo, sa Pedro, snaggat hår och kanske 50 år!

– Minns du något mer? Hur han var klädd?

– Ja, jag tänkte på hans skor. Det var som sådana där stövlar cowboys har på tv. De var med hög klack. Tror de kallas för boots?

Anton slängde en blick mot Sivert och nickade diskret. Och en naturlig följdfråga kom från Sivert, denna gång.

– Brukar han vara en vanlig gäst hos er, stamkund, liksom?

– Nej, jag har aldrig sett honom tidigare, förklarade Pedro snabbt. Är det han som mördade han här utanför, undrade han och såg onekligen orolig ut.

– De vet vi inte idag. Ni ska ha tack för en väldigt god Pizza och vänlighet i övrigt. Nästa gång kommer vi beställa en La Polisen, sa Sivert och log samtidigt.

Man reste sig och Sivert nickade mot dörren. När de kom ut undrade Sivert...

– Hur känns detta Anton, rent spontant utan betänketid?

19

– Ja sa, Anton och upprepade vad han sagt igår då han fick frågan av Sivert efter deras lunch på Bussola i Hagsätra vid dagens morgonbön. Rent spontant tyckte jag igår att Gösen eller Gösta Gustavsson, håller på att måla in sig i en vrå och är inblandad mer eller mindre på något vis. Nu identifierade ju pizzabagaren Gösen, han på Bussola. Bagaren på den pizzeria som ligger mittemot Sätrahagsgatan 62 där någon fann den döda kroppen efter Aria Ahmadi från Iran.

Församlingen var helt tyst, ingen flyttade på några papper, ingen knycklade ihop någon kaffemugg. Det här lät så bra!

– På vilket sätt kunde han identifiera denne Gustavsson då?

– Jo, han prickade in de karaktäristika vi hade på Gösen och det var inget famlande ute i luften om man säger så. Den vi talar om hade suttit på pizzerian i över två timmar och glott ut på gatan där port 62 låg på andra sidan.

– Bra, sa Svanstrand! Det börjar röra på sig. I vilken riktning det rör sig, vet vi dock inte. Men bättre att det rör sig än står stilla. Jag har fått en kort rapport från Annica Nielsen på Span

94

att där har det varit lugnt. Tessan har därmed haft en händelselös natt där bara tidningskillen hade dykt upp i sin bil under tidiga morgontimmarna och stört deras nattro. Annica berättade vidare att man kör ett pass till i natt. Anton, du var väl ute i Norsborg för att snacka med Gösen också?

– Stämmer bra det, kommissarien. Ett litet undanskymt diskret garage bland andra mindre tvivelaktiga verksamheter i samma kvarter.

Jag satte igång en hund som började föra ett oherrans väsen då jag parkerade vid garaget. Ut kom då en biffig typ med en uppsyn som inte hälsade mig varmt välkommen. Långt ifrån någon svärmorsdröm. Han mindes nu inte om det var två eller tre ifrån Iran, som han inte heller var så säker på längre. Han hälsade för övrigt till Tessan, men hon är ju inte här idag, så den hälsningen får hon ha innestående om man säger.

Minnet är det inget vidare med hos Gösen. Att han och Månen suttit samtidigt för utredning nere på Kumla, hade han inget minne av. Han visste inte han var taxiåkare heller. Ack ja! Ändå hade han alltså suttit på pizzerian och kollat Månens adress under två sena timmar. Kanske en tillfällighet, vad vet vi om den saken just nu.

Han samlar på sig en hel del denne Gösen. Men, han har full täckning för den kväll/natt som chaffisen Arian, kvitterade det jordiska. Bara den lilla kollen kvar att höra med hans bekanta, men jag anser det bara som en formsak. Gösen ser med andra ord grön ut vad gäller att sätta tre kulor i sin chaffis.

– De var inte dåligt Anton! På det tycker jag vi tar en bensträckare. Kaffe som vanligt samt wienerbröd för den som önskar. Ska vi säga 15 snabba minuter, som omväxling?

Det var knäpptyst kring det runda stora bordet. Inte ens den stora tavlan med alla foton och tidsaxlar, protesterade.

– Bra, sa Svanstrand, inga protester, då säger vi 15 snabba…

I vanlig ordning gick Svanstrand och Fredriksson in på Sigurds kontor och tog med sig en kopp fika på vägen.

– Jaha, sa Sigurd, får man höra nu vad du anser, det finns ju en hel del som pekar på Gösen Gustavsson.

– Ja, förutom att han kanske är släkt med din narkossköterska, så är det kanske lite för bra för att vara sant. Lite för mycket av det goda liksom. Det som stör mig, är att han säger sig inte ha en susning om någon Måne eller taxi chaufför och aldrig hört namnet Mjesec Jovanovic. Jag menar, ändå satt han på pizzerian i två timmar och så gott som glodde på porten på andra sidan gatan där just Mjesec har sin adress. Och han har ju folk som kan bekräfta att de satt på Solvalla på måndagskvällen. Detta hindrar ju inte att den gamle rovfisken har hyrt någon eller några att göra skitjobbet medan han satt och spelade bort lite stålar och tog en öl på Valla.

– Fin tanke där, Sivert!

– Får man fråga, på tal om ingenting men det slog mig just nu och plötsligt… har du inga röka kvar, för du har väl inte slutat?

– Hysch… inte så högt. Men jag gör vad jag kan för att inte röka och jag har en mycket glad påhejare där hemma. Och nu tänkte jag inte på rökat en gång.

– Bra, Sigge!

– Man mår ju inte sämre direkt, sa han och log. Kul att slippa jakten på röka, nu gäller bara göka och kröka! Svanstrand log med hela ansiktet, hur han nu bar sig åt.

Vad det har med saken att göra är något oklart. Påminner mig om att jag ska snarast jaga på Sivert om drajja receptet.

– Okej, gott folk, trevligt att se er igen. Jag undrar om någon har kollat upp vårt vittne, Rolf Granqvist… Kotten?

– Ja, sa Klinga. Han har ett digert brottsregister. Redan som femtonåring torskade han för snatteri i en cykelaffär då han fått med sig lite ventilgummin. Men då hette det inte snatteri, det ordet var inte uppfunnet. Det antecknades som stöld av ringa karaktär.

I övrigt började han jobba tidigt. Gick aldrig i gymnasiet han var trött på plugget. Betygen var under normalnivå, men han hittade en födkrok ändå. Han och en kompis hade en liten rörelse inom Radio & Grammofon service, på en mindre parallellgata till Katarina Bangata.

Man lagade och servade radioapparater och radiogrammofoner. Det fanns ganska gått om sådana i slutet av -50 talet. Rörelsen gick därför riktigt skapligt ett tag innan en kund kom på dem med att inte ha rent mjöl i påsen, eller ska vi säga, rätt sorts grammofonstift.

Någon hade lämnat in en vevgrammofon för att fjädern hade gått av. Den gick helt enkelt inte att veva upp så fjädern spändes, längre. Kunden fick besked att hämta grammofonen redan samma dag på eftermiddagen. Man hade återkommit sagda eftermiddag och glatt betalat tolv kronor som reparationen kostade.

Men, när kunden skulle spela någon skiva på prov, var man tvungen att veva upp igen vid halva skivan för då avtog hastigheten. Fjädern var nu alldeles för kort. Reparationen hade gått till så att man bara bockade fjädern till nytt fäste, men då var fjädern för kort och orkade inte med att spela en hel 78 varvare till slutet av skivan.

Lurendrejeri blev fallet, med det nöjde sig polisen och skrev av ärendet. Men ärendet har hängt med i statistiken för bedrägeri, sedan dess.

Engströms Radio fortlevde trots polisens anmärkning till den dagen då någon såg hur en av grabbarna sprang ut genom bakdörren på deras butik på Södermannagatan och tvärs över gården in i en renommerad radioaffär som då låg på Katarina Bangata, för att köpa de reservdelar som de behövde och sedan skubba tillbaka över gården till sin egen radioaffär via bakdörren och dubblerade kostnaden, eftersom det var en ovanlig artikel och tyvärr lite dyr. Det var deras affärsidé.

– De där är inte sant Janne, sa Fredriksson!

– Nej det är ju inte det, men håll med om att det var en bra lustig historia och notis om en annan kille 30 år tidigare, men han blev murarmästare med tiden. Men det skulle kunnat vara Kottens farsa.

– Nå, vad berättade straffregistret då, undrade nu Svanstrand?

– Kotten pryder bara sitt brottsregister med snatterier och en cykelstöld för många år sedan plus en stöld av bensin då han tankat moppen hos Fahlqvist Cykel & Sport i Älvsjö. Senare åkte han dit av skattemyndigheten för vårdslös deklaration och hamnade under tio år i brottsregistret. Han hade missat att ta upp en inkomst av sju hundra spänn. Det blev böter för hans tilltag. Idag vet vi att Kotten har sin säng ute på Skarpnäcksgården för alkoholmissbrukare.

– Verkar vara en råbarkad rövare, sa Svanstrand och log. Men, du hittade en kul historia där om radiohandlarna på Söder. Ja vilka busar det fanns på söder förr? Hör ni, vi gör patron ur samt utgår för idag, tycker jag. Det är en order!

Någon som har någon invändning?

Precis som innan bensträckaren var det knäpptyst i rummet. Några hade till och med börja plocka ihop sina papper.

Utanför fönstret kunde man se att solens strålar fortfarande hängde kvar, vilket såg lovande ut. Man kunde bara hoppas att solens strålar även lyste över Kotten där ute i Skarpnäck. Han fick ju ingen vidare start på livet. Hans mor dog då han bara var fem år. Fadern, som var fabriksarbetare och kallades för Svarvar-Kalle, ägnade mer och mer tid åt sitt fritidsintresse av alkoholhaltiga drycker. Varje lördag blev därför en fest i likasinnades lag. Kotten fick ta hand om sig själv i väldigt unga år och hans liv bar synliga spår att han inte lyckades hela vägen. Detta är vad personaliaakten om Rolf Granqvist, berättar i korthet.

Svanstrand såg sig om igen som den härförare han var och mindes sin kollega i boken, I månens klara sken, den nyutnämnde furiren Will Knott...

– Då säger vi så, höger och vänster om - marsch!

20

Kriminalkommissarie Pierre Sigurd Svanstrand, kollade sitt postfack innanför porten innan han tog hissen upp, när han kom hem.

– Oj, min lilla gubbe kommer hem på tid, idag, sa hans Britta och kysste honom pang på, mitt på munnen.

Hon stod i dörren på väg till sitt arbete, så Sigurd passade på att fånga in henne med en stor kram. Han visste att hon skulle iväg till jobbet vid anestesiavdelningen på SöS, därför gällde det att fånga in henne i flykten.

Reaktionen blev omedelbar. Hennes kutter lät såsom en katt spinner och han funderade en kort stund på att bära in henne. Sigurd kände vällusten stiga...

– Blir du sen, frågade han?

– Lika sen som vanligt, sa hon medan ögonen glittrade.

– Du hinner säkert ta din motionsrunda på bandet innan jag är hemma igen. På tal om hemma och att vara framfusig, Sigurd, men vi kanske ska ta och avveckla min lägenhet?

– Ett bra förslag, två själar om samma tanke, Britta.

100

– Vi eldar ju för kråkorna med två lägenheter när vi bara använder en lägenhet. Din kvart är ju större än min, så vilken av lägenheterna vi ska avyttra, är ju lätt att välja.

– Kan vara någon som är i behov av din fina lägenhet och så blir du miljonär på köpet Britta?

– Vi tar det vidare i morgon. Men du, från det ena med det fjärde, vad säger du om att bjuda hem Sivert och hans fru på middag på lördag?

– Ytterligare en mycket trevlig idé och tanke Britta. Var får du alla ljusa impulser ifrån? Du har inte sniffat på lustgasen?

– Nej, jag har inte sniffat på någon lustgas, men kanske skulle ta med lite hem till dig. Puss gubben, nu måste jag skynda mig.

– Du är en pärla Britta, visste du det?

– Ja, det visste jag. Du börjar nämligen bli en aning tjatig!

Ja, en odlad pärla är hon tänkte han när hissen gled ner med hans Britta. Visst hette hon väl Elvira också, förutom Britta, tänkte han och skämdes. Men det var ju å andra sidan inget namn som han sa och inte hon heller. Ett sådant där onödigt påfund en gång vid dopet. Ett namn efter hennes mamma eller mormor eller liknande. Samma för mig. Vad fan heter jag Pierre för? Har jag några franska anor möjligen? Namnet nämns aldrig utan det är ju Sigurd, eller Sigge!

Nu måste Sivert vaska fram det där receptet på en drajja…

Medan tankarna svischade förbi, bytte han om till shorts och gympaskorna. Vek ner gåbandet och tryckte på start så elektroniken började snurra på displayen i form av gröna siffror.

Där fanns ju historiken från hans senaste promenad.

Det började svischa även om bandet då han klev på och de drog igång mot det hägrande målet 30 minuter bort.

Han tog sin mobiltelefon som låg en armlängds avstånd åt höger från gåbandet och knappade enkelt upp Sivert!

– Fredriksson, hörde han Siverts fru svara!

– Hej Frida, sa Svanstrand. Sigge här!

– Men hej, vad roligt att höra ifrån dig, hur är det du låter så andfådd. Ligger du ner och pratar eller håller du på att städa?

– Städa, det var en att ha gott om humor. Nej jag är solo hemma, Britta har åkt till jobbet nyss och jag håller på att motionera på mitt gåband. Hur är läget i Älvsjö då?

– Jo, det är bra. Det är alltid bra här. Sivert sitter ute med något starkt och försöker lösa ett Sudoku. Själv jobbar jag i köket. Ville du tala med Sivert?

– Ja, tror du han har tid? Bara en kortis om ett drinkrecept.

– Okej, jag ropar på honom…

Frida hade ropat på Sivert som reste sig och var på väg in.

– Han är på ingång. Kram Sigge!

– Kram!

Han behövde inte vänta länge på sin kallfaktors röst.

– Läget chefen?

– Bra, Sivert!

– Samma här när du ändå frågar. Och du hade på lilla hjärtat då?

– Drajja receptet!

– Jaha, var det bara den lilla detaljen. Piece of cake, chefen. Är det bråttom?

– Nja, det vet jag inte riktigt. Du har ju haft några veckor på dig, så det kanske inte hastar direkt.

– Sigge, vi gör så här. Jag ritar ner det och ringer dig när jag är klar?

– Så gör vi naturligtvis. Tänker du författa nu, eller måste du få inspiration först?

– Nej, det är så enkelt så det kan jag rita ner på gehör. När du har flåsat färdigt, ringer jag. Hur många minuter har du kvar på motionerandet?

– Ser ut som det är sju minuter.

– Betyder att om sju minuter, ringer jag dig, okej?

– Jätte okej Sivert. Tack!

– Höres!

21

Med skenet från gatlampan på andra sidan, kunde man se att det regnade ganska skapligt fortfarande. Asfalten blänkte våt i regnet och de få lampor som lyste i fönstren på andra sidan gatan, var lätt räknade. En sådan här sen timma och i detta väder, var man glad över att sitta inomhus. I Månens lägenhet mitt emot, var det som vanligt svart, svart som natten. Klockan hade nu passerat midnatt och Tessan skruvade på sig en aning och kikade lite i kameran för att se hur den var inställd. Hon kände till inställningen redan, men det var som en reflex, en kontrollreflex.

Jonna sa just ingenting för hon satt och läste en bok i avskärmad belysning.

– Antagligen är det regnet som håller folk hemma, sa hon lakoniskt och vände sig mot Jonna. Det är väl därför det är folktomt. Inte en bil en gång.

– Mmm sa Jonna, på något vis mekaniskt. Svårt att läsa en bok och snacka samtidigt med samlat innehåll.

– Lugnare än så här kan vi inte ha det, sa hon.

Jonna hade bara nickat.

En liten skåpbil kom förbi i maklig takt och Tessan passade på att slå några rutor. Swiiich, swiiich, swiiich, lät det. Där de sedan om de ville, kunde kolla reg. numret vem som ägde fordonet om den blev aktuell och intressant för utredningen.

Tja, tänkte Tessan. Alltid något sa den som såg Åmål, eller hur man nu säger, funderade hon. Man får vara nöjd med det lilla.

Klockan segade sig fram och Jonna hade nu rest sig upp och tänjde på ryggen. Körde ett kort stretchprogram för att inte stelna till och för att hålla sig vaken.

– Vad säger du om jag brassar lite fika, undrade hon?

– God tanke Jonna, sa Tessan. Ja tack, brassa!

Jonna drog iväg ut i köksregionen men passade på att använda muggen då hon ändå passerade. Där inne kunde man ju lätt tända lyset utan att avslöja sig utåt gatan att lägenheten hade besök. Se sig själv som hastigast i spegeln och notera dess kontinuerliga förfall. Förbannade alla avslöjande speglar och skyndade sig istället vidare ut i köket för att pyssla med kaffebryggaren.

Då ropade Tessa.

– Jonna... rörelse!

Jonna var ute i spanarposition innan Tessan sagt sista stavelsen av hennes namn.

– Där, pekade Tessan!

På gångbanan kom en man i sakta mak. Han såg sig om flera gånger som om han var förföljd eller ville förvissa sig om att han inte var det. Kameran jobbade, men Tessan tyckte den var lite väl ljudlig med sitt swiiichande.

Tänk om det hördes ut? Näe...

Jonna hade översikt på honom genom deras kikare och konstaterade att det var en gubbe i kanske femtioårsåldern. Ändå kom han i boots med lite hög klack. Snaggat hår och går lite visset. Han kanske är lite på dojjan?

Klockan hade blivit två och Tessan noterade detta på den rapportblankett hon hade framför sig.

– Du, kolla Tessan! Han styr mot porten i sextiotvåan?

– Jag tycker mig känna igen detta signalement, sa hon. Han är slående lik den där som har en budbilsfirma i Norsan.

– Ju senare på kvällen, ju finare folk, sa Jonna!

Mannen på gatan hade vankat fram och åter. Tände ett röka, såg sig om, vände tillbaka och stannade för att blossa framför porten. Bilderna kunde inte avslöja mer. Det var som rena porträtt fotograferingen. Rakt framifrån och ifrån vänster och höger sida.

– Han bor inte här, men tydligen hade han portkoden för han försvann in, hur som helst.

– Du, var har vi röntgenkameran, sa Tessan?

– Ja, det skulle vi haft. Svart som fan, hur vet vi nu vart han tog vägen.

Jonna hade kikaren stadigt fokuserad på fönstren till Månens lägenhet. Det kändes på något vis rätt för hennes magkänsla med hjälp av Tessans snack om ägaren till bilbudsfirman som blev av med sin chaffis som ju påträffades under byggställningarna på andra sidan gatan i miserabelt skick. Avrättad, på bästa svenska!

– En tunna skit på att vårt objekt ska besöka Månens lägenhet, sa Jonna som av de två spanarna hade lite yvigare ordförråd.

– Håller med, kolla köksfönstret om han öppnar kylskåpet. Då syns ju ljuset ifrån kylskåpslampan, härifrån. Varför han nu skall öppna kylskåpet, det är ju tomt har jag läst i protokoll?

– Nu gäller det att hålla jacken vidöppna, något kommer hända.

– Låter nästan lite kusligt!

Båda var nu spända och adrenalinladdade. Utsöndringen av adrenalin är normalt låg, men nu, vid det aktiverade sympatiska nervsystemet, ökar utsöndringen av adrenalin. Det är ett viktigt hormon som gör vår kropp redo på att fly eller kämpa mot en fara. Nu hade hormonet laddat deras sinnen.

Jonna finskruvade på nattkikaren för att få in så bra skärpa det bara gick medan Tessan åter kollade alla inställningar på kameran. Hände något nu av någon art, måste man vara beredda, okularet rätt inställt och putsat liksom kameralinsen i objektivet.

– Usch!

– Jonna tittade på Tessan och undrade… vad är det som är usch?

– De är bara *för* spännande just nu.

Tessan hade inte hunnit säga meningen klar innan en taxi, en av den glassigare sorten, kom rullande och stannade utanför Sätrahagsgatan 62.

Motorkameran jobbade för högtryck. Vem som körde, gick inte att se.

– Helvete sa Jonna, tonade rutor! Får man ha det runt om?

– Nej, sa Tessan.

– Har du fått med Taxinummer och reg. numret? Jag antecknar annars för säkerhets skull. Det är en svart Mercedes av senaste modell skulle jag gissa. Ser så där lyxigt klassig ut.

Det var knappt att man andades. Jonna var den som hade störst vana och tog det mer lugnt. Tessan blev svettig om händerna som gjorde att kamerans lins fick en hinna av imma så hon fick putsa den flera gånger. Det gick säkert fem minuter, kanske tio innan något hände. Under tiden fortsatte regnet att strila ner till stadigt ackompanjemang av dropparna mot fönsterblecket. Det stänkte upp över fönsterutan så det var inte idealiskt för att fotografera. Man övervägde att öppna fönstret och Tessan tog övervägandet i praktisk betraktelse och öppnade därför snabbt som ögat fönstret.

Genast bättre sikt och inga droppar som fungerade som linser av psykedelisk art.

– Vad fan nu? Har det blivit rusningstrafik plötsligt. Det kommer ytterligare en bil rullande nerför gatan. En vit liten jävla skåpbil som stör våra ritningar! Skåpet bekant?

– Du! Det ser ut som andra varvet, han är inne på sa Tessan. Och det här skåpet har vi sett tidigare, ja. Jag slår några rutor på den igen.

– Woops!

– Kolla Tessan, nu öppnas porten. Kan du se vem det är som kommer, vem som ska åka taxi?

22

På Siste Riddarens väg, satt kriminalinspektör Fredriksson i det gröna och i allsköns ro. Sivert hade författarinspiration som flödade genom den starka dryck han utrustat sig med. Han skulle författa några rader om ett drajja recept Sigge önskat sig sedan en längre tid tillbaka, men där Sivert suttit fast med ändan i den berömda vagnen. Nu skulle det äntligen bli av att skriva ner några förklarande ord och rader, lånade från den drinkbok han hade för att hämta sakligheten ifrån.

Låt mig se... var det inte så man kallade Dean Martin en gång i tiden, på Frank Sinatras tid, för Dean Martini? Hur som helst så är receptet följande:

Dry Martini
1 portion
2 delar Gin
1 del Vermouth, torr
1 st. oliv, grön utan primiento
Krossad is

Blanda väl kyld gin med torr vermouth som Noilly Prat samt krossad is. Sila över i ett väl kylt cocktailglas. Droppa en oliv.

En Dry Martini är en klassisk drink. Gin och Vermouth blandas alltså och serveras med en oliv eller en vacker strimla av citronskal. Perfekt drink innan maten!

Oliven ska naturligtvis inte innehålla någon primiento.

"Shaken, not stirred" som James Bond sa en gång i filmen om Agent 007. Med mindre Vermouth i drinken, ju torrare drajja. Glasklart, om man vill skoja till det.

Men jag föreslår, skrev Sivert, att du kanske ska testa Vodka Martini istället, som jag numera brukar göra om jag blandar en drajja. Frida är mer förtjust i en sådan än den gamla klassiska. Få se nu, jag använder en vodka som heter Gren Groose från Frankrike, dyr så det räcker samt Noilly Prat, från samma land. Noilly Prat är som alternativ till den torra Vermouthen, och har som sagt var, samma funktion.

Så, det här blev bra. Bara att skicka till Sigge som sms. Klart! Antagligen satt kriminalkommissarie Svanstrand med sin mobiltelefon i handen, för det tog inte lång stund innan Sivert fick ett samtal ifrån sin chef.

– Go midda Sigge, sa han då han såg på displayen vem som ringde!

– Om jag ska blanda en klassisk drajja, så är det väl gin jag ska ha, samt torr Vermouth plus då den där fåniga oliven ångade Sigge på, utan några inledande nämnvärda artighetsfraser. Men jag har ingen susning om hur många skopor det ska vara av det ena och det andra?

– Skopor? Hur mycket har du tänkt blanda, till ett regemente?

– Det var bara min typ av humor. Centiliter, menar jag.

– Aha! Sigge, Frida påstår att gin är menligt för potensen.

– Äh sånt trams, det är mest för att fruntimmer inte är så förtjusta i att vi karlar tar oss ett järn då och då. Då kör de små liven med denna skrämselpropaganda och det verkar tydligen ha fungerat på den siste riddaren. Det var en jäkla riddare som inte står pall för en skvätt gin utan att krokna.

Om man skulle följa alla råd på den vägen för orsaken till erektil dysfunktion, kan du lika gärna kasta in handduken på en gång. Ta bort all mat och dryck som du gillar, så kommer du klara dig bra. Hur roligt blir det?

Återstår kokt torsk i lättsaltat vatten, i stort sätt. Är det så du tänker hanka dig fram till dess Sankte Per öppnar Pärleporten?

– Sigge, har du rivit alla murar vad gäller Mjölby och söndagsskolan och allt vad det var?

– Vad? Du pratar som du har förstånd till. Du, en liten avvikande information. Annica Nielsen på Span, du vet. Hon ringde mig nyss efter rapport ifrån Tessan och Jonna som suttit i holken i natt. Intressanta saker på gång. Vi får ta det i morgon vid morgonbönen. Det rör sig, kan man säga.

– Nu har du gjort mig nyfiken. Okej, vi tar det i morgon om det inte är mer brådskande än så. Var va vi?

Efter en god måltid med en vodka martini som inkörsport verkade det som Sigge tänkte hissa flaggan på full stång.

Han beslöt lyssna med Britta vad hon trodde, tyckte, kände samt ansåg om myten om ginets effekt på kärlekslivet. Men han började med att plocka ut en volym ur bokhyllan bland raden av lexikon för att läsa om gin och om den där effekten Sivert snackade om.

Tunna fina blad i hans lexikon, men väldigt tung volym. Nu ska vi se vad det står i skriften?

"Under mitten av 1600-talet blev gin dokumenterad som läkemedel. Dr. Franciscus Sylvius, en holländsk läkare, hävdade att gin var bra medicin mot både magbesvär, gikt och njurproblem. När man under 1700-talet förbjöd produktion av gin och höjde skatterna på importerad sprit så började folk göra hembränt, och då uppstod "nya läkemedel". Exempel på dessa är *Cuckold's Comfort* och *My Lady's Eye Water*. Det var naturligtvis vanlig, hembränd, gin vilket bidrog till att folk började supa snarare än blev friska från sina sjukdomar. Detta problem förde med sig att det dog fler än det föddes barn och varade långt in på 1800-talet, då gin var billigt jämfört med importerad sprit. Om gin var orsaken till den sviktande nativiteten, var något man siade om och var då något oklart, liksom huruvida gin verkligen botade sjukdomar som magbesvär, gikt och njurproblem, kan ävenledes ifrågasättas."

Se där ja. Nu fick man en liten inblick i myternas och skrönornas värld. Tror bara för det jag ska ta en dubbel.

Nu, ska jag inte ägna mig mer åt denna absurda myt utan leva som folk bör. Därför blir det gin och vermouth, samt fundera över morgondagen.

Jag undrar ja vad Annica och hennes spanare kommit fram till, vad var det man sett efter mörkrets inbrott?

23

Dagens morgonmöte var välbesökt. Fler än i Mjölby Kyrka en vanlig söndag i juni, funderade han när han inspekterade församlingen.

Fattas bara att man skulle gå med håven också för dagens kollekt, log han inombords. Något han mindes för länge sedan en söndag i juni, hemma i Mjölby.

– God morgon och varmt välkomna till dagens möte ska ni känna er, sa han så och log lite snett, likt Prästen i paradiset, mot sin nu taggade styrka. Jag tänkte vi skulle köra med full fart redan från start och hoppas, trots tempot, vi orkar i mål med något sånär bibehållen kondition. Jag fick ju en liten vink igår att det hände lite saker under småtimmarna i går natt för våra spanare.

Kom igen Tessan eller Jonna, kör så det ryker. Men gärna en i taget. Vi är väldigt nyfikna på vad som hände.

– Ja, sa Jonna som var den som drog igång rapporten. Det såg ju ut att bli en lugn natt. Men plötsligt hände det. Saker och ting började röra på sig och vi lät vår kamera jobba en del.

Den första bilden vi tog blev den här! Hon knappade lite på sin laptop och plötsligt kunde vi se vad hon menade.

Jonna använde sin laptop, där man hade laddat ner bilderna från kameran och nattens övervakning från "holken". Hennes laptop var kopplad till en projektor som nu projicerade en bild på väggen så alla runt bordet lätt kunde se att det var en vit skåpbil av märket Peugeot, man plåtat. Nästa bild på samma skåpbil, kunde vi se en närbild på nummerskylten som fick Anton att lätt vissla till.

– Oj, sa han. Den där skåpbilen stod ute vid den där bilbudsfirman i Norsborg då jag var där för att snacka med Gösen, ja bossen för budfirman. Jag har en bild på den i min mobiltelefon

– Ja, sa Tessan, vi kollade upp reggen och ägaren av denna skåpbil, eller rättare, den som stod som ägare, var en Gösta Gustavsson, innehavare av AB Bilbud som ilbud, Norsborg.

– Ja, de var det första som hände och höll oss lätt vakna. Eftersom det inte hände något mer just då, slog vi på lite på ägaren om vi hade något på honom. Vi höll oss därmed lite på tårna, om man säger, återtog Jonna.

Jonna var en fining. Lite rödlätt, långt, rakt, hår utan att det var på något sätt stripigt, det var väl balanserat, fräknar i lagom mängd samt ganska stora runda glasögon. Påminde om någon, runt trettio fina årgångar...

Men jag kommer inte på vem hon påminner om, just nu. Man hade satt två fina brudar i en holk ensamma mitt i natten. Dom borde haft manligt beskydd. Varför hade han inte valts ut? Okej, tredje hjulet under vagnen, kanske? Skulle Anton komma ihåg att hälsa ifrån Gösen också? Gösen hade ju bett om en hälsning till den fining från polisen som varit vid hans budfirma tidigare. Men, glömska kanske är en folksjukdom?

– Det dröjde inte särskilt länge innan en man kom gående mitt i gatan, eller linkande, kanske jag ska säga. I femtioårsåldern, gissade Jonna och jag. Ingen tiopoängare direkt, hos någon av oss. Kameran fick jobba igen, sa Tessan.

Jonna knappade fram nästa bild ur sin laptop och den omedelbara reaktionen var total hos de flesta kring bordet.

– Gösen, hade Anton och Sivert sagt med en mun i korus. Det syns ju tydligt. Vilken jäkla bra bild! Gissar han blivit skjutsad till området av den vita skåpbilen, men ville bli avsläppt en bit ifrån för att inte väcka uppmärksamhet. Men vad fan skulle han göra mitt i natten, i Hagsätra? Vid Mjesecs adress? Han kände ju inte honom har han berättat. Inte hört talas om honom heller, eller är man ute på en cykeltur igen, undrade Anton?

– Onekligen intressant detta, sa Svanstrand som suttit knäpptyst för att suga åt sig varenda stavelse av vad hans medarbetare rapporterade om.

– Om han inte kände till Mjesec, sa Anton, så är det ett påfallande märkligt sammanträffande att han dyker upp på just Månens adress vid en tidpunkt då vanligt folk sover? Ja, det är vad jag tycker.

– Svanstrand styrde upp det hela genom att be span fortsätta sin rapport om de inte var klara nu förstås?

– Nej, kommissarien vi är långt ifrån klara. Vi har sparat det bästa till sist.

Svanstrand gnuggade allegoriskt sina händer, det hade verkat burleskt att göra det visuellt. Han tittade på sin vapendragare och kalfaktor Fredriksson, som satt och antecknade. Bra tänkte han, så slipper jag. Det är väl sånt man har underhuggare till, tänkte han och log. Sivert var hans bäste vän, så var det bara. Intet ont ord över denne siste riddare...

– Alltså, sa Jonna. När vi sitter där och tycker att vi fått vår korg full, så kommer en taxi sakta rullade. Inte vilken buske som helst, utan detta var en av det absolut senaste modellerna, om jag inte missminner mig, Mercedes. Tonade rutor runt om, utom vindrutan. Inte en sportslig att se vem som rattade karetan. Men det kanske var de som var poängen. Vi plåtade såklart, om ni till äventyrs undrar. Det blev lite snygga reklamplåtar för Mercedes lansering möjligen, men inte på vem eller vilka som satt inne i kärran.

Mercan stannar vid sextitvåan och de känns då som om även våra pumpar stannar upp.

– Ursäkta Jonna om jag avbryter, bara en liten lustighet från min sida som är ifrån Mjölby, är du möjligen uppfödd på Södermalm?

– Ja, hurså? På Folkungagatan!

– Jag bara tänkte. Fortsätt gärna detta är intressant.

– Alltså, sa Jonna och blängde på Svanstrand med smala kattliknande ögon genom sina runda glasögon. Jag märker att du är ifrån Mjölby. Bystan!

– Ordning i klassen hojtade Sivert, lite på skoj.

– Jo bullen stod där på tomgång, trots de där med max 2 minuter, säkert i sju minuter eller, Tessan?

– Exakt, sju minuter innan det hände något ytterligare.

– Men då, då kom det en kärra till, rullande. En vit skåpbil!

– Ni ser den här, sa Jonna.

Hon pillade fram den bilden också.

– Ni kan se likheten med föregående vita skåpbil... den har samma reg. nummer. Samtidigt kommer det ut någon ur porten och efter ett par kliv, är han inne i taxin. Taxikunden är ingen mer eller mindre än, Gösen!

Man beslöt efter detta att ta lunch.

– Vi kan inte tänka på fastande mage, sa Svanstrand. Vi syns här om 60 minuter om inte någon eventuellt är av en annan åsikt?

Någon sådan åsikt var det ingen som vädrade.

– Alltså, förtydligade Svanstrand, samma plats om 60 minuter, från nu!

24

– Ja nu har det verkligen börjat röra på sig sa Sivert, medan han blickade ut över sin dillstuvade potatis och det småländska isterbandet. De doftade ljuvligt. Vanlig husmanskost är det inte lätt att slå, sa han med riktad utsago till sin chef, kriminalkommissarie Svanstrand.

– Jo, sa Sigge. Husmanskost är inte så tråkigt om det är bra lagat. Tycker dock isterband har en lite mysko syrlig smak som inte tilltalar min gom. Men visst, helt ätlig är den.

– Ett tips i så fall om du står med detta vid spisen hemma, ta och avlägsna det supertunna skinnet, tunnare än gladpackplast. Ganska lätt, kräver ingen större matlagningskunskap, gäller bara att ha handlaget som en kirurg. Sedan får du vara aktsam i stekpannan också annars går korven sönder i atomer. Därmed försvinner en hel del av den där lite syrliga smaken för att inte säga, lukten.

– Jag överlåter denna hemslöjd och hantverk till Britta, men jag är idel öra vad du har att tipsa om i mat väg. Ja, även om jag som sagt var, vidarebefordrar detta till kökspersonalen där hemma för bästa resultat, gamle vän.

– Trevligt om man kan bidra med några råd även om jag inte är fäst på samma karta som, kockarnas kung och kungarnas kock, den berömde franske mästerkocken och kökschefen Georges Auguste Escoffier, på första halvan av 1900 talet.

Men, man försöker apa efter.

– Kan du också informera mig, eller uppdatera mig, vad vi kommit fram till vad gäller bilvraket, den senast uppeldade tvåfyrtiofemman som Anton var och tittade på?

– Det var inte Anton som kollade den utbrända Volvon, det var Karlsson & Karlsson.

– Shit the same, kompis. Berätta istället?

– Jo som sagt, grabbarna Karlsson hade varit i Hemfosa för att kolla de inringda tipset om en blodpöl i den gamla stationsbyggnaden. Där kammade vi noll. Men så fick grabbarna ett nytt uppslag på vägen till fadershuset. Du skickade dem till en nyeldad bil, en Volvo 245. Den stod sedan en dag vid Bergaholms gård på Bergaholmsvägen. En kvarts resa från Norsborg.

– Ja, det är detta jag ville få uppdaterat för mig. Det gör inget om du kommer till skott någon gång.

– Våra teknikers jobb med den halveldade bilen, var positivt på ett sätt, men sa inget om vem som kört och så vidare.

– Kan vi härleda den till den bil Gösen såg hämta Aria då det var dags för lunch?

– Ja, vi kan det. Det är med sannolikhet samma bil, den har en rödlackering och gamla plåtfälgar. Vi har fått svar från forensikerna i Linköping. Det är samma blodgrupp som Aria Ahmadi har som fanns i bilen. Det tråkiga är att detta för oss inte framåt så som vi hoppats. Vi hittar inget som tyder på vilka de andra är.

– Även Arias dna, inte bara blodgrupp?

– Ja ja. Men de var stolpe ut ändå Sivert. Vi skulle behövt ett spår på vilken gärningsmannen, eller gärningsmännen är.

Men det positiva, var att vi har lokaliserat den bil man har använt sig av då man skjutsade Aria till hans sista måltid. Och lunchen, blev Arian blåst på är jag ganska så övertygad om. Så jakten på bilen, är som sagt var slut. Och jag tror på två gärningsmän. Gösen talade om två män för jag tror det är svårt att genomföra ilastning i bilen och urlastning av Aria vid byggställningarna. Det är både tungt och ohanterligt för en enda person om det ska gå snabbt och smidigt.

– Vad kan vi säga om taxin då som mitt i natten kom för att hämta Gösen vid Sätrahagsgatan 62?

– Nej, där kan vi bara gissa ännu så länge.

– Men om du skulle gissa, hur skulle det låta då?

– Eftersom jag inte känner till relevanta fakta och inte har någon kunskap i detta, vill jag inte spekulera. De för oss inte framåt mer än att famla i periferin och mörker utan ficklampa. Jag vill nog gärna vänta och få höra direkt ifrån Jonna och Tessan efter lunch.

– Vi kan också bara gissa varför en av budbilarna från Norsborg befann sig på samma plats och vid samma tidpunkt som taxibilen dök upp. Hade Gösen kanske den skåpbilen som någon form av backup, reservutväg eller hjälp, möjligen? Visste den som körde taxin om sambandet mellan den vita skåpbilen och taxikunden man skulle hämta? Jobbade man tillsammans?

– Kanske får vi svar på dessa frågor av våra kollegor efter lunch. När vi nu börjat nysta, så brukar det ena efter det andra lösa sig och trilla på plats som en roulettkula.

Vi måste också betänka att det var bara några dagar sedan vi fick ärendet på skrivbordet. Det är därför fortfarande ganska färskt och har inte passerat bäst före datum, ännu. Det betyder inte att vi kan luta oss tillbaka med någon form av självgod min så här långt, sa Sigge.

Han vände sig mot Sivert och fortsatte...

– Jo jag tar som vanligt kaffet svart, inget socker eller mjölk, the same procedure!

Sivert hade lätt förstått vinken. Reste sig och tog sikte på kaffebuffén.

25

– Och alla har droppat in, undrade Svanstrand och tänkte högt medan han såg sig om. Ja, det såg bra ut, alla var tillbaka och såg mer taggade ut än på länge. Trevligt, tänkte han. Så ska det se ut, hade nog rikspolischefen sagt om han mönstrat styrkan.

– Välkomna igen, bästa kollegor, sa han och såg sådär pånyttfödd ut, som han gjort de senaste dagarna.

Fredriksson hade sina aningar om varför Sigge var så där omvänd. Först är det Britta som är den stora orsaken, sedan har han slutat röka och utan att tänka på det, har han börjat motionera på sitt gåband. Nästa är väl att han börjar på något gym? Tänk vad saker och ting kan ändras fort med bara lite handpåläggning, eller kanske knappt de? Behövs bara lite kvinnlig fägring i periskopet.

– Då får mer än gärna Jonna och Tessan fortsätta sin rapport om sina nattliga äventyr. Kan man säga så utan att någon tar illa upp och man anmäls till något kvinnosaksparti eller får någon utmärkelse som årets mansgris?

– Vi tar inte illa upp sa Jonna, vi har också den typen av humor.

– Bra sa Svanstrand, då lämnar jag ordet till er. Man känner sig onekligen nyfiken på fortssättningen.

– Alltså, började Jonna, den som kom ut ur porten på Sätrahagsgatan 62 den här natten, var alltså Gösta Gustavsson. Det gick undan från port till den redan öppnade bildörren i taxin. Vi hann inte få med särskilt mycket av denna rovfisk, fortsatte hon. Porten skymde en skaplig bit av sceneriet, liksom bildörren. Men som alla kan se och som har bilden av Gösen fortfarande kvar på näthinnan, så är det inte mycket till tvivel om vilken ful fisk det är vi fångat på bild, eller?

Jonna hade åter startat upp sin laptop och projicerade nu en tydlig bild av överdelen av kroppen på denne man.

– Jo, råder inga tvivel Jonna, sa Anton och fick tilltala henne. En jättefin bild du tagit, smörade han.

Han sökte, inte särskilt diskret, kontakt med henne. Kärlek på snuthäcken, tänkte han och log allt vad han orkade.

– Bilden sa Jonna? Den har Tessan tagit, hon är duktig.

Oj, vilken snyting man åkte på tänkte han och beslöt att lägga sitt lilla dejtprojekt på is.

– Vi fick sno på, fortsatte Jonna oberörd, för Mercan började rulla så snart bildörren slagit igen.

– Fick ni nån bild på registreringsnumret eller taxinumret, undrade Sivert?

– Tror det finns på bild, ska kolla, annars skrev jag upp de båda numren. Tror till och med att vi gjorde en slagning på dessa nummer då allt lagt sig av de snabbt uppkomna händelserna. Tror bilden på bullens reg. nummer ligger kvar i kameran, för jag hittar inte bilden här. Det finns alltså en bild på just registreringnumret, eller hur Tessan?

– Jo, så är det sa Tessan. Jag slog några rutor så de finns i kameran. Minns att Jonna sa hon skulle anteckna nummer och sådant medan jag skötte kameran.

– Jo sa Jonna och återtog ordet. Vi kollade upp bullen med nummer och namn. Ägaren till denna bulle är en som heter Mjesec Jovanovic men kallas för Månen. Det är väl han som är upphovet till Operation Mona, kan jag tro. Hans hemma adress är, Sätrahagsgatan 62 2tr 124 73 Bandhagen.

Den som hade mer än bra hörsel, kunde höra suset som gick i span-centralen. Tessan klev fram till den stora skärmen och fäste en bild på taxin vid tidsaxelns plats. Flera satt och noterade i sina anteckningsböcker, andra i sin laptop eller mobiltelefon. Verksamheten var omisskännligt flagrant och tydligt märkbar vilket fick kriminalkommissarie Svanstrand deras spaningsledare, att le.

– Ursäkta att jag ler, sa Svanstrand. Men jag tänker på vad en gång Gösta Gustavsson, alias Gösen, sa när Anton var ute och talade med honom vid hans företag. Ni minns?

– Inte utan att kolla facit i laptopen som jag har ligger på mitt rum, sa Janne Klinga, Tessans vanliga arbetskollega och par-häst. Dra det gärna lite kort, chefen så vi får samma muntra min.

Alla nickade och såg glada ut, även Svanstrand.

– Jamen visst, absolut sa han. Alltså, när Anton hade frågat Gösen om han kände någon Mjesec Jovanovic, svarade han att han aldrig hört namnet. Då hade Anton sagt att "han kallas Månen och är taxiägare". Gösens svar blev, "känner ingen

Måne och åker aldrig taxi". Gösen konfronterades med att han och Mjesec satt 2002 på Riksmottagningen på Kumla för utredning under sex veckor där sedan Mjesec flyttades till Hall. Någon klocka som ringer, hade Anton undrat? "Om vi säger såhär, sa Gösen, vi har aldrig presenterats för varandra." Sedan hade, av en ren tillfällighet säkert, om vi skulle komma på idén att fråga honom varför han satt i två timmar på pizzeria Bussola till dess dom stängde. Pizzerian ligger ju på andra sidan gatan, mitt emot Sätrahagsgatan 62. En i våra ögon lite anmärkningsvärd tillfällighet i en lite avlägsen förort. Men, alla ska vi väl äta, slutade Svanstrand sin lite kryddade berättelse. Men i stora drag var det precis så han har berättat för våra utredare.

– Ohoj, sa Anton och viftade!

– Ja, kom igen Anton, sa Svanstrand glatt?

– En liten parentes bara vad gäller Gösen.

– Vi är idel öra, Anton.

– Jo, när jag var och snackade med Gösen, bad han om en hälsning till den där fina bruden som hade varit där och förhört honom tidigare. Det var väl Tessan det. Så Tessan nu har jag framfört Gösens hälsning till dig!

Om de var en god stämning tidigare i gruppen, så inte blev den sämre efter detta uttalande. Tessan log lite generat och fick en del glada tillrop ända till dess Svanstrand satte upp händerna för att dämpa stojet.

– Trevligt att höra jag har omtyckta medarbetare av dem vi tjänar. Jag föreslår att Jonna tar tag i rorkulten igen och lotsar oss vidare, för jag gissar ni inte är riktigt i hamn ännu?

– Stämmer Sigge, sa Jonna. När bullen med Gösen rullat iväg, kom även det vita skåpet i sakta mak, kanske hundra meter efter. Dom svängde vänster för att komma ner till den lilla bron som korsar Huddingevägen. Bron över till Ormkärr. Där finns det möjlighet att köra ut på 226:an, eller Huddingevägen i mer begripligt tal. Sedan vet vi inte mer.

– Hur har vi det med övervakningskameror i området?

– Noll kameror i detta område, sa Fredriksson, bara för trafik.

– Kameror då för vägtullen ifrån stan... kan inte vara så mycket trafik vid den tidpunkten då allt ligger nere av daglig verksamhet?

– Bra tanke, Anton.

– Vi ska ta och kolla detta och då gäller det i första hand Månens taxi, eller bulle, som Jonna kallar den, sa Svanstrand och blinkade mot henne menande.

– Har vi just nu så mycket annat att gå på, undrade Sivert?

– Nej, vi har ju inte det. Från viadukten vid Ormkärr, kan du åka både söderut och norr ut, in mot stan. Vi åker hem och sover på saken, tycker jag. Och du Sivert sa Svanstrand, har du kollat upp med Frida om lördagens möte? Ja, gott folk, det där sista var utanför protokollet. Ber om ursäkt för det, varför jag nu ska behöva be om det. Höger vänster om, sa han och sände därmed en tanke till sin befälskollega bland bergen i Ardennerskogarna vid andra världskriget, furiren och gruppchefen, Will Knott. Lättare kunde vi kanske haft, men svårare också.

26

– Ja, Svanstrand?

– LKC här, kommissarie Övik!

– Vad har hänt, sa Sigurd per omgående?

Ringer LKC mitt i natten så har något hänt av allvarligare karaktär.

– Vi har just nu en bilbrand som pågår för fullt. Det verkar som om det är någon som sitter på förarplatsen, också. Det är vad ordningen tror sig observerat i lågorna.

– Var?

– Vid Älvsjö industriområde, Varuvägen och Konsumentvägen. Det är en bil som åkt av vägen i en tvär kurva. Den står halvvägs ner i ett dike vid en gammal järnvägsräls. Ont om människor i området och därmed inga vittnen till händelsen. Bara folk som jobbar vid stallarna för pendeltågen. Där finns det en del som jobbar även nattetid.

– Vem har anmält bilbranden?

– Det är en Erkki Aarnio som jobbar på Älvsjödepån. Han hade hört en dov explosion och sett ett ljussken.

– Har vi folk på plats?

– Ordningen och brandförsvaret.

– Fredriksson?

– Fredriksson har jag i en annan telefon just nu, och det lät som han skulle dra iväg.

– Vem plockar upp mig?

– De gör dom som står utanför din port just nu, kommissarien. Andersson och Falk!

– Bra, tack.

Svanstrand avslutade samtalet och ringde direkt sin vapendragare, Sivert Fredriksson.

– Fredriksson?

– Är du på väg, eller?

– Jag är nästan där, sa Sivert. Dom har inte fått hejd på branden riktigt ännu. Brandröken hade dragit in över huset där hemma, innan jag hade somnat. Fan, det är ju bara på andra sidan järnvägen. Jag kan ju se taken på depåstallarna för pendeltågen ifrån mig. Men jag måste ju göra en jäkla sväng ner genom centrum, för att komma på plats. Tog kanske sju minuter, men nu är jag här.

– Bra Sivert. Jag kommer så fort jag kommit ur pyjamasen...

Det var ordentligt avspärrat när Fredriksson stegade fram och höll upp sitt legg mot ordningen som var de som skötte avspärrningen. Två enheter från Brännkyrka brandstation var de som svarade för släckningen av den våldsamma branden som nu bara var rök, men det fanns just inget heller kvar som det kunde brinna i, utom gummidäcken. En vit ånga steg sakta mot kvällshimlen av allt vatten man hade gjutit över det som återstod av järnskrotet.

Det var som en slags konstig frid infann sig hos Sivert.

Den där vita ångan som makligt på något märkligt och värdigt vis, snirklade sig upp genom natthimlen. Upp till något annat, något som vi inte vet riktigt vad det är egentligen.

– Sivert fick tag i brandbefälet på platsen och frågade om läget?

– Tja, vi har nu branden under kontroll och min omedelbara bedömning är att den är anlagd. Den hade en väldig spridning när vi kom. Det brann våldsamt på alla håll och kanter inne i bilen. Fyra olika brandhärdar. Ett scenario som inte är särskilt vanligt vid bilbränder om de nu inte är anlagda. Det är också fastslaget att det sitter något på förarplatsen i bilen. Jag kan inte precisera det mer än så, för det går inte att se. Men med tyvärr lite erfarenhet, är det en, eller har varit en, människa. Som du kanske förstår, vet vi inte mer än så.

– Okej, skulle vi kunna klassa det som mordbrand, menar du?

– Branden är anlagd, råder det inga tvivel om. Sedan hur ni kommer att hantera den som, är inte min sak att avgöra.

– Okej, tack ska du ha. Bra jobbat!

Sivert tog några steg närmare den totalt utbrända bilen och det som tidigare varit förarplatsen för att själv konstatera om någon satt kvar där inne. Det hade brunnit väldigt ihärdigt och han kände en betydande värme ifrån resterna. All inredning var utbränd. Ratten var bara ett stålskelett och bakom detta stålskelett, fanns något som troligen hade varit föraren av bilen. Det var inte lätt att fastslå, men det föreföll som om det hade varit en människa.

Sivert rätade på ryggen och såg den sista vita ångslingan stiga mot himlen. Något symboliskt kanske, men det var en underlig känsla som infann sig. Den förkolnade som satt i förarsätet, var nu bara ett skal en slags förpackning. Själen, var antagligen den vita slingan som han sett snirkla sig upp mot himmelen redan då han kom till platsen, tänkte han.

Han sänkte så blicken och kände sig melankolisk.

Sivert ryckte upp sig och hans polisögon, granskade vad som återstod av en bil för bara ett par timmar sedan. Det hade varit en relativt stor bil och på motorhuven satt resterna av ett så kallat kikarsikte. Det betydde att bilen tidigare hade varit en Mercedes.

Han såg sig om. Stämningen på platsen var sammanbitet dov men kontrollerad.

27

– Det dröjde, sa Sivert när hans chef kommissarie Svanstrand
klev ur den målade polisbilen vid industriområdet. Var det
Britta som låg på nattskjortan, fortsatte han och flinade.

– Nattskjortan, sa Sigurd och fnös. Sådant är det bara bönder
som har.

– Ja, de var det jag hade för mig, återtog han och hade svårt
att hålla färgen. Mjölby, och sådana platser.

– Sigurd såg sig om och nickade. Här i området uppfördes i
slutet av 50-talet en stor köplada vill jag minnas som hette,
Hemköp? Man kunde bara ringa och beställa sina varor så
kom det en mindre skåpbil hem med pilsnern och bräckkor-
ven, eller vad de nu kunde vara. Precis som nu, under den här
Corona pandemi tiden. Här fanns också ett stickspår in från
Nynäsbanan, eller om det var stambanan. Tror spåren ligger
kvar än idag.

– Stämmer bra det chefen. Det finns ett järnvägsspår precis
där den brunna bilen ligger, sa Sivert och pekade ett tjugotal
meter framåt där det nu uppriggats en massa lampor som vid

en nattlig filminspelning. Tekniker jobbade för fullt. Ekholm med för den delen. Han är som en scout.

– En scout?

– Ja, alltid redo! Blir en grannlaga och brydsamt svår hantering att flytta kvarlevorna ur bilvraket. En icke avundsvärd hantering. Tacksam jag slipper.

– Okej, vad vet vi så här långt, undrade Sigurd vänd mot sin vapendragare?

– Vi vet att man ringde in ett larm till 112 klockan 00.12 från lokstallarna här bredvid där pendeltågen står för genomgång, klottersanering och städning. Det var någon nattjobbare som hade hört något som han liknade vid en explosion och sedan sett ett ljussken neråt däckfirman i hörnan här.

– Man kan väl konstatera att det är en väl vald plats att elda upp en gammal bil på, menade Svanstrand. Fortsätt gärna…

– Ja, brandbefälet trodde på en anlagd brand. När de kom till platsen, brann det ohejdat på flera ställen inne i cupén. Bilen hade tonade rutor, men sådan är ju bara en plastfilm, så de smälte snabbt ner och brandmännen slog in rutorna så de kunde fylla bilen med skum och vatten. Det var då man såg att det satt någonting på förarplatsen. Svårt brandskadad till de närmaste förkolnad. Bilen är en Mercedes! Det ser man tydligt på de kända Mercedes emblemet på motorhuven. Kikarsiktet!

– Hoppsan, sa Svanstrand. Bilbrand bara ett stenkast ifrån Sätrahagsgatan i ett folktomt industriområde, bilen är en Mercedes och fattas bara att det är en taxi.

– Fler indikationer pekar på att det är en för oss intressant taxi. Men om det är så, fattas helt klart en person. Men bilen är inte genomgången ännu. Kvarlevorna efter den som satt i förarsätet, ska fraktas till rättsmedicin, sedan kan vi mer på allvar koncentrera oss på vad som eventuellt finns mer i bilen, om det nu finns det?

– Om det nu är den taxi som hämtade Gösen, så bör det ju varit någon som kört taxin. Troligen då det förkolnade liket som sitter där bakom ratten. Var är i så fall Gösen?

– Enkelt vore att bara läsa av registreringsnumret, men den bakre nummerskylten går det inte att uttyda något av, den är totalt nedsmält. Moderna skyltar är ju av plast. Den främre vet vi inte något om ännu, den står ju rakt ner i diket. Undrar om teknikerna beställt någon bärgare av vraket ner till vårt garage. Men, dom får först kolla av så det inte dyker upp några mer förkolnade kvarlevor. Vad finns i bagageluckan, till exempel. Nej du Svanstrand. Här blir inga barn gjorda så vi kanske skulle dra oss hemåt. Det randas en ny dag alldeles strax. Jag har sju minuter hem. Först hem är bäst, Sigge!

– Pust, att du orkar! Klockan är i alla fall kvart över tre. Lagom att morgontidningen har kommit när jag kommer hem. Britta jobbar i natt, så hon har inte märkt min lilla utflykt. Hon blir alltid så orolig när jag sådär bara drar iväg mitt i natten. Jag tänker aldrig på det själv, men det har ju också varit mitt jobb under många år. Man har blivit lite luttrad, om det ordet finns kvar. Idag säger man nog, härdad!

– Om vi tänker tillbaka varför vi står här, Sigge. Utan att vi vet så mycket om just den här bilbranden, men det har varit en hel del bilbränder i vårt område senaste veckan. Även om flest bilbränder förekommer i Sydsverige, så ligger vi inte långt efter.

Och tittar vi rent statistiskt över händelserna, så är det bara knappt 1 procent som klaras upp.

Vi behöver ju egentligen bara titta på det vi har här framför oss, för att förstå.

– Jo, så är det ju förstås. När man ser vad som återstår av detta fordon, förstår man hur svårt ett sådant här brott är att utreda. Alla eventuella bevis, brinner ju upp. Att denna bilbrand är anlagd, är jag för övrigt övertygad om. Lika övertygad som att vi inte kommer kunna lagföra denna brand utan får skriva av detta som icke utredbart brott och därmed hålla i alla fall statistiken vid liv. Man ser ju vad som finns kvar av denna en gång säkert så ståtliga ekipage. Här finns inga baklysen kvar, registreringsskylt, bakruta... ja inga bilglas kvar någon stans. Härvor av det som varit kablar i bilen, är bara metallskrot nu. Ett ångande plåtskal bara utan själ. Man kan undra vad tekniker kan finna i något sådant? Intet!

– Jag såg att brandmännen flyttat över de förkolnade kvarlevorna av chauffören, i liksäcken. Blir inte lustigt för Emma att ta hand om, hummade Sivert om men hon är väl kanske lika härdad som du. Vi, eller Emma, får ha en oerhörd tur om hon hittar något om denna person. Tandkort är nog det man får luta sig mot. Någon borde kanske också anmälas som försvunnen, saknad?

– I dessa kretsar, saknas ingen, kriminalinspektör'n. Ingen! Om det nu inte kommer visa sig att det är en ren olycka, förstås vilket jag svårligen kan tänka mig.

Snackade du förresten om att vi skulle utgå? I så fall ett bra förslag. Vi ses på den vanliga platsen. God morgon!

28

– Välkomna till en ny dag. En dag med nya insatser och med nya bollar. Jag kommer strax släppa lös Sivert som kommer uppdatera er med nattens händelser. Jag ska bara gå och hämta kaffe så kan vi sedan luta oss tillbaka och lyssna på vad Sivert har att berätta och kanske nåla fast någon ny bild på vår tidsaxeltavla.

De flesta visste inte vad som hade hänt under natten vad gäller bilbranden. Och det tisslades ganska vilt om vad detta kunde vara. De räcker så bra med den där Månen och Gösen de redan hade i sina anteckningsböcker. Operation Mona var vida känt i huset nu. Inte bara inom Svanstrands grupp. Media jobbade för högtryck med egna spekulationer om gänguppgörelser och annat. Korridorsnack var inget man gödslade för inom polishusets väggar. Men det fanns alltid någon pratglad som vädrade sin tankar för någon journalist och drygade ut matkassan på det viset.

– Då tycker jag, jäkla gott kaffe på tal om ingenting. Förresten, det är sånt här starkt kaffe man kallar "byggkaffe".

– Byggkaffe? Menar du inte bryggkaffe, undrade Tessan?

– Nej, nej! Byggkaffe, ska det vara. Jag har hört det av en bekant som jobbar ibland på byggen och han säger att där är alltid kaffet starkt och kallas för "byggkaffe". Så när någon har bryggt kaffe som är ordentligt starkt så man kan ställa skeden i det, ja då är det byggkaffe på gång!

– Möjligen förstår jag, sa Tessan och gjorde tummen upp!

– Men då kör jag, sa Sivert och tittade på chefen som vinkade med handen. Vilket antagligen var det samma som att starta, han förstod vinken även om den var liten, men fin.

Natten till idag, började Sivert, närmare bestämt 00.12 så fick SoS 112 ett larm om något man trodde var en bilbrand. Platsen för händelsen var Älvsjö industriområde med adressen Varuvägen och Konsumentvägen. Där finns en skarp kurva och ett gammal järnvägsspår. I denna kurva nerkört i ett dike stod en bil och förvandlades till endast en plåtkaross. Alla plastdetaljer såsom stötfångare, lister, backspeglar, bakljus samt då all inredning, fanns inte längre kvar. Återstod som sagt bara en ångande plåtkaross. Om själva fordonet, vet vi för tillfället inte så mycket. Men jag kan berätta att det var en Mercedes-Benz som vi såg resterna efter.

– En fråga där Sivert?

– Jamen visst, du är välkommen Anton!

– Hur vet vi att det är en Merca?

– Bra fråga! Ja, hur vet vi det? Jo, över kylaren satt ett sådant där märke som påminde om ett typiskt kikarsikte, som alltid satt på Mercedes förr. Idag måste ett sådant specialbeställas. Därför var vår första tanke, en Mercedes-Benz.

– Oj, ja ibland överträffar verkligheten dikten, Sivert. Det var ett bra besked. Om nu detta är något för oss, alltså?

– Det kan nog luta att denna bilbrand hamnar på vårat bord. De är inte bara en bilbrand, det är med största sannolikhet även en mordbrand och därmed troligen anlagd.

De första på platsen efter larmet, var en bil från ordningen som befann sig alldeles i närheten, vid Hagsätra Centrum. När de kom till platsen, tyckte man sig se att det satt någon där inne bland lågorna på förarplats. Men det var helt omöjligt att komma i närheten på grund av hettan. När jag själv kom fram till platsen, var det mest en vit ånga som steg upp ifrån bilvraket.

Jag talade med brandmästaren om vad han trodde om händelsen. Och han sa med en gång att det var en anlagd brand. Det fanns inget annat på kartan, hade han sagt. Jag har varit vid så många bildbränder att jag lärt mig att skilja på svart och vitt. När vi kom till platsen, hade han sagt, så hade man uppfattat flera brandhärdar i cupén. Och lite kuriosa var att det luktade bränd bensin. Han hade observerat att det satt ett så kallat kikarsikte, Mercedes varumärke, som ju ser ut som ett gammaldags kikarsikte man hade på dubbeldäckade flygplan vid första världskriget. Med resterna efter ett metallfäste i plåthögens tak, så skvallrade det om att det suttit en skylt där som talade om att det varit en taxibil. Och konklusion av detta betyder i förlängningen att det med stor sannolikhet handlat om dieseldrift, på detta ångande plåtskal.

– Har brandmästaren jobbat som kriminaltekniker, undrade Tessan efter hans utläggning?

– Kanske jag som lagt många ord i hans mun, Tessan. Men det var i koncentrat vad han sa.

– Och det skulle då betyda, menade han?

– Det skulle betyda sa Jonna, att det som brandmästar'n berättat enligt Sivert alldeles nyss alltså, så hade de varit en egendomlig doft från en dieselbulle att lukta förbränd bensin.

– Jo, så förhåller det sig, fortsatte Sivert. Den förkolnade kroppen efter den som suttit på förarplatsen, har lagts i en liksäck för vidare transport till Emma i Solna. Hon har nu ett icke avundsvärt arbete framför sig. Bilen, eller plåtchassit står nu nere i teknikernas lokal i garaget.

– Vittnen?

– Eftersom det är ett industriområde, är det inte särskilt frekventerat av spatserande par, om man säger vid denna tidpunkt på dygnet. Folktomt! Bara nattjobbarna vid lokstallarna för pendeltågen. Och för vår del är det väl den tredje bilbranden nu på bara någon vecka. Trots att tendensen med bilbränder nu avtagit om man kollar statistiken. För tjugo år sedan, inträffade endast några hundra händelser per år, en siffra som har fyrdubblats till senast uppmätta. Men ändå, mellan 2007 och 2017 en tidsperiod på bara 10 år, har antalet utryckningar till anlagda personbilsbränder ökat med 37 procent. I snitt skedde förra året 0,18 utryckningar för fordonsbrand per tusen innevånare. Men det har under åren rasat i höjden av bilbränder. Antalet anlagda personbilsbränder var 1998 380 stycken, jämfört med år 2017, den senaste mätningen, då vi slog något av ett rekord med, 1457 anlagda personbilsbränder. Men som sagt var, trenden är i avtagande.

Ja, avrundade Sivert med att, det var väl vad vi pysslade med natten till idag.

– Intressant att lyssna till din föredragning, Sivert!

– Jag hänger helt klart på, sa Sigge. Tack för denna föredragning. Som lyhörd åhörare, har jag ju konstaterat en del intressanta saker i vårt fall med Operation Mona. Jag tror nämligen så här. Den som ringde in händelsen klockan 00:12 till SoS sa att han hört något som han liknade vid en explosion och sedan sett ett ljussken. Vad kan det då innebära, någon?

– Ja, det får mig att tänka på att något helt enkelt exploderat, ansåg Anton spontant. Tessan och Janne Klinga hade nickat.

– Så skulle jag också vilja sammanfatta det som.

– Det ligger något i det. Jag tänker lyssna med brandmästaren om våra tankar kan vara de rätta. Alltså, om man häller ut en större mängd bensin genom en nervevad vindruta i en bil och sedan kastar in en tändsticka eller annat, så kommer först bensinångorna att explodera innan bensinen antänds. Det blir nästan som en tryckvåg. Det får mig att tro att de som så att säga tände på, kan ha brännskadats. Jag föreställer mig att det blir som ett eldklot. Jag tror inte tio meter, skulle vara tillräckligt säkerhetsavstånd för att inte skadas.

Det var knäpptyst i klassen! Alla tittade fundersamt allvarliga på varandra.

– Du sa Sigurd, till den vänaste i rummet för tillfället. Kan du kolla närmaste sjukhus om man fått in någon eller några med brännskador. Om det inte finns just nu, kommer de troligen dyka upp under dagen. Dom bör vara avsvedda från hår, ögonbryn och sådant… skägg kanske, tja, varför inte?

– Då tar vi en bensträckare medan Tessan kollar sjukhusen och jag ringer brandmästar'n vi snackade med i natt. Vi syns här igen om 30 minuter. Ta gärna kaffe och plocka fram allt tänk ni har. Trettio snabba, från nu!

29

– Ja hej, Sivert Fredriksson från polisen. Vi talades vid i natt om den brunna Mercan i Älvsjö industriområde.

– Jaha, ja hejsan. Det var en jäkla brasa.

– Jo vi håller på som bäst med utredningen nu. Tekniker jobbar med resterna efter bilen och rättsmedicin sysslar med sina rester ute i Solna för att försöka identifiera kvarlevorna efter den som satt i bilen.

– Jag förstår, hur går det?

– Alltid trögt i portgången. Men jag har en fråga om själva branden. Du hade tyckt det luktade bränd bensin på platsen minns jag du sa?

– Ja just de. Det var märkbart.

- Kan du utveckla dina tankar där?

– Ja, vi kunde urskilja olika saker i branden från allt annat, det är vårt jobb. Vi tyckte det kanske borde luktat enbart diesel istället, eftersom det var de bränsle bilen gick på. Vi snackade om det. Varför fanns lukten av bränd bensin? Vi har ju varit på en del bilbränder där finns några få olika tillvägagångssätt.

– Det brukar inte bli en så explosionsartad brand som det var nu, om det är diesel som brinner. Mest sotig svart rök. Bensin brinner med en häftig intensitet. Bensin ångar av snabbt och då gasen antänds kan branden få ett explosionsartat förlopp. Det är ytterst olämpligt och mycket farligt att exempelvis slänga på bensin eller andra lättflyktiga brännbara vätskor på elden.

Du kan få allvarliga brännskador. Använd inte bensin. Ska du tända majbrasan, använd istället tändvätska eller diesel.

– Ja, det var lite åt det hållet jag ville komma, sa Sivert. Om man nu hällt in bensin i bilen på tre platser, hur får man eld på detta på ett säkert sätt?

– Ja, förutsatt att man har brandtekniska kunskaper eller insikter, vilket inte verkar vara fallet denna gång, så blir ju det lite svårt. Användning av en fjärrstyrd gnistbildare eller tändare, är det som gäller samt ett säkerhetsavstånd som handlar om minst 5 - 10 meter. Häller man in flera liter bensin för att vara säker på att det ska ta sig, blir det just den explosionen vi talar om. Står man sedan då med en ask tändstickor invid bilen, så har man helt enkelt ont idag, om du förstår hur jag menar?

– Jag förstår och det är exakt så som jag funderat. Det handlar väl om bensinångor, eller gaser som antänds först och ger den där smällen. Med flera liter bensin blir det väl som ett eldklot kring bilen?

– Ja, så är det. Under lång tid är man inte beroende av frisör. I värsta fall aldrig mer, kan jag försäkra dig om. I det här fallet tror jag de handlar om ren okunskap och lättflyktiga explosiva gaser, säkerhetsavstånd och liknande. Men, har man bara en tändsticksask som tändmedel, måste man ha bra långa stickor i så fall. Min bedömning är att den som tillförde tändstickan till bensinen, inte mår så bra idag. Han har helt säkert en hel del brännskador på händer och ansikte. Jag vill minnas, av det som återstod av plåtskalet, att det hade väl varit en taxi. Vet ni idag om det var så?

– Vi är inte helt klara över det ännu. Men genom ett annat brott vi jobbar med, ser det ut att förhålla sig på det viset, ja. Men vi vill ha in lite chassinummer och sådant innan vi säger något om en taxi. Okej brandmästar'n, jag har fått det bekräftat de vi funderade över vid den genomgång vi håller på med just nu. Tack för att jag fick störa dig på arbetet.

– Ingen orsak. Sivert… var det så?

– Så var det. Hej och ha en bra dag!

Sivert stegade de få stegen till kaffeautomaten där det för ovanligheten inte var någon kö. Märkligt, ända till dess han förstod orsaken. Man hade kört slut på kaffet och inte orkat ladda upp nytt till sin nästa. Ska de vara så jävla svårt, tänkte han och nöjde sig med det medan han öppnade en ny förpackning och hällde i kaffet på avsedd plats. Några tryckningar och han kunde få med sig en mugg kaffe in i gettot där den stora tavlan med tidsaxeln hängde.

– Ja bra, då är alla här igen, sa Svanstrand och bligade på Sivert men avhöll sig från att börja snacka om för sen ankomst.

– Jag har snackat med brandmästar'n som var med i natt, han förklarade mycket intressant om flyktigheten i bensin och hur bensinångor och gaser kan bli explosiva. Han trodde för övrigt att den som antänt ja, futtat på, som vi sa när vi var små, inte kan må så bra idag. Han torde ha fått ganska omfattande brännskador både på händer och ansikte.

– Kanske kan Tessan berätta vad hon fått reda på av de sjukhus som ligger i närområdet, sa Svanstrand och pekade med hela handen på Tessan?

– Ja, jag har inte fått något konkret napp än. Men Södertälje sjukhus hade fått in en förfrågan om brännskador från en privatperson som sa sig ha använt bensin för att tända grillen med utan större framgång för resten av kvällen. Han hade undrat hur han skulle göra?

– Alltså, ingen som var intagen?

– Nej, precis. Inte ännu men det hade låtit som att han nog skulle uppsöka vården ändå för han hade ganska ont. Han hade brännskador över både ansiktet och ena handen, hade han sagt.

– Bra, äntligen sa Svanstrand. Tessan och Janne Klinga drar till Södertälje sjukhus och spanar lite diskret inne på akuten om han dyker upp. Tipsa personalen att ni är där och vill få reda på om han är på ingång eller redan befinner sig på sjukhuset. Men det ska inte ske som något torgmöte. Kolla i så fall också vem eller vilka som håller honom i handen. Ni förstår?

Tessan hade nickat liksom Janne medan de reste sig och drog iväg med raska steg.

– Det rör sig igen, sa Svanstrand. Bra jobbat allihop!

– Vi har ändå en hel del trådar att dra i. Har vi exempelvis någon möjlighet att kolla deras telefoner? Under vilken taxiväxel rattade Mjesec Jovanovic, eller Månen kan man undra. Taxi Stockholm, Taxikurir, eller? Det verkar locket på så fort man nämner Månen, för taxiåkarna. Ingen vet något, ingen minns inget! Och då är det ändå kollegor inom hyrkuskskrået vi frågat. Från början var han känd som Månen, sa Anton. Nu är det ingen som vet någonting, om något.

– Det verkar som Anton är lite taggad, sa Sivert?

– Känns som om något håller på att måla in sig i ett hörn, sa Svanstrand. Han fortsatte nästan i samma andetag. Det låter, eller ser ut i mina ögon som en sorts gänguppgörelse. Någon måste offras, Aria denna gång, han var bara en av de mindre lakejerna. Fråga mig inte varför för det har jag ingen aning om, men han var den som fick bita i gräset. Jag låter bara en hypotes grönska. Gösen litade inte på Aria Ahmadi som körde budbil åt honom. Han bara kostade pengar, så han beställde skitjobbet av ett par inhyrda förmågor, möjligen från Jovanovics stall. Hela tiden en massa hantlangare och fotfolk som gör grovjobbet. Ingen skit under naglarna på bossen. Gösen började nog bli lite för yvig i sina gester som snackar med polisen och har i allmänhet en käft som glappar för mycket. Dags att bjuda honom på en åktur. Han inviterades hem till Mjesec av hans underhuggare och plockades senare upp på Sätrahagsgatan av Månen, eller i vilket fall som helst, Månens taxi. Vem som var chaufför vet vi inte även om vi fått fina bilder att ta del av och begrunda.

Bilen hittas senare under natten brinnande i Älvsjö industriområde och vi har konstaterat att någon satt vid ratten. Jag hoppas rättsmedicin ska berätta för oss vem föraren hade varit. Av de kvarlevor vi såg i den brunna bilen, kan man undra om det går att identifiera stoftet.

I morgon ska vi preliminärt få ett utlåtande av Emma Winston. Jag hoppas det är av positiv karaktär.

Jag vet också att inre span, jobbar energiskt med att kolla igenom de övervakningskameror som finns i industriområdet.

Bland annat finns det två kameror just i kurvan där bilbranden var. Det ligger en däckfirma där som vill skydda sin verksamhet från nattliga besök och har tillstånd för sina kameror. Sedan har vi ju andra kameror som bevakar trafiken. Men även om det är mindre trafik på natten, så har det varit trots allt en ganska livlig trafik, så vi kanske kammar noll där. Men, osvuret är bäst, vilket vi kanske ska hoppas på. Månen kanske man kan jämföra med södra sidans Gudfadern, för att glamorisera denne Mjesec Jovanovic i onödan.

Det är alltså endast en hypotes jag funderat på vad som hänt och vad som händer. Känns lite som det är som den där ramsan om katten på råttan, råttan på repet, och så vidare ni säkert minns ifrån skoltiden.

Jag ämnar ta halt här, för det blev lite sent i natt. Ja, på grund av den där bilbranden. Vad fnissar ni åt?

30

– Är du redan uppe och går och inte gråter, sa Britta och passade på att travestera ett gammalt ordstäv, då hon kom hem från sitt jourpass på SöS.

– Uppe? Jag har inte hunnit lägga mig ännu. Det är så det är och varför inte ta promenaden medan jag inväntade dig?

– Jag förstår, du har varit ute på jobb, anar jag? Gulligt av dig att invänta din tant. Men visst har du jobbat i natt?

– Rättare kan du inte ha, Britta. Så därför tänkte jag för att varva ner, så tar jag min dagliga prommis. Bra tillfälle innan lilla hon kommer hem, var min tanke förstår du. I väntans tider om du förstår vad jag menar? Jag ska försöka knyta mig några timmar innan det är dags för jobb igen. Vi har lite på roteln som vi måste röra i medan det är hett, så att säga.

– Inget för mina öron?

– Nej, inte för nu. Det är för färskt och du skulle inte kunna sova något vidare bra, om jag berättar.

– Hu, det låter inte så lustigt, Sigurd.

– Långt ifrån lustigt. Själv har jag inte långt kvar.

– Nämen, bäste herr Pierre Sigurd Svanstrand, så kriminal-
kommissarie han än må vara, men de där lät inte särskilt lus-
tigt de heller, *jag har inte långt kvar!*

– Jag menar på min promenad. Sju minuter, sedan ska jag
försöka sova i hundrade år på 180 minuter om det går.

Sivert hade åkt in till Kungsholmen för att kolla hur det var
med övervakningskameror och vad som fastnat på dessa i så
fall. Kan lika bra jobba lite för det skulle nog inte gå att sova i
alla fall. Inne på polishuset fanns det alltid folk som jobbade
så han behövde inte känna sig ensam i det stora komplexet.
Vakten signalerade att de bara var att kliva på, han var känd.
På våningen under grova brott, satt inre span. Där lyste också
flitens lampa. Han tänkte börja där så får vi se om man har
koll på gummiverkstans övervakningskameror. Men, Sivert
misstänkte att dessa inte skulle ge något.

– God morgon, eller god natt, välj själva, sa han då han ste-
gade in i fliten och där tempot var högt.

De fyra polisassistenterna som jobbade där denna natt, var
tre kvinnor och en man.

– Har ni hittat något från nattens bilbrand i Älvsjö industri-
område, sa han direkt utan några artighetsfraser ytterligare?

– Jaha, sa en av de kvinnliga assistenterna, du var med där.
Kanske du som beställde jobbet?

– Jo, det var nog jag, sa Sivert. Har ni något matnyttigt åt oss?

– Ser magert ut, sa hon. Det finns en däckfirma precis i den
kurvan mellan Varuvägen och Konsumentvägen och där finns
det två kameror, men dessa är riktade mot däckfirman och
visar inget av vägarna som möts i kurvan. Det enda vi kan se
ifrån dessa kameror, är vid klockan 00:07 då allt blir ljust.

– Hur menar du då?

– Det händer under någon sekund. Det ser ut som något fyrverkeri har exploderat och kameran visar en överexponerad bild från något vi inte vet vad det kan vara. Men, som en blixt vid ett åskväder. Jag kan nog inte förklara bättre än så.

– Det var utmärkt förklarat. Har ni kollat trafikövervakningskamerorna?

– Jo, vi har betat av dessa kameror som kan vara aktuella, men med ganska magert resultat. Det finns ett par taxibilar som kan vara av intresse på väg tvåhundratjugosex, Huddingevägen och vid trafikljusen i korsningen Rågsvedsvägen vid natten till i förrgår med en tidsangivelse av 23:48. Där finns två trafikövervakningskameror. En i varje riktning. Färdriktning sydväst ut, verkar vara intressant. Där finns även en fartkamera, men vi har inte fått någon bild från den anläggningen. Den övervakas ju ifrån Umeå, och där jobbar man vanlig kontorstid. Men vi har sänt en beställning på den kameran och vid förmodad tidpunkt. Det är en Mercedes det handlar om som vi tycker är intressant. Bara två minuter senare, kommer den tillbaka nu på väg nordost mot Älvsjö. Då visar tiden på 23:50 vilket bevisar att man måste gjort en tresextio vid korsningen Ågestavägen och eldat på ganska skapligt tillbaka. Tidsmässigt verkar den passa in väldigt bra. Men de bilderna säger ingenting mer än att denna taxi har lite brådis. Reggen vi avläste finns inte, så det var en falskskyltad taxi vi har på bilderna. Jag skickar dessa till din e-post, om det är okej?

– Ja tack, det är ju förnämligt. Det tackar man speciellt för. Ni har gjort ett kanonjobb, om ni inte redan visste det.

– Vårt jobb, kriminalinspektör'n!

– Även om det är så... bra jobbat! Men, du nämnde att det är två taxibilar vid den aktuella tidpunkten på väg 226?

– Ja, det stämmer. Men den andra taxin passerade väster ut mot korsningen vid Ågestavägen 00:14 i taxifart mitt i natten.

– Har ni bilder på den taxin också?

– Ja, det har vi. Den har också passerat fartkameran mitt emellan Rågsvedsvägen och Ågestavägen.

– Gör gärna en beställning på den också om den finns på bild. Och då finns det väl fler kameror utefter 226:an i den färdriktningen där den där andra taxin for iväg?

– Ja det finns en hel del trafikövervakningskameror på denna väg.

Som sagt, bra och snabbt jobbat av er. Det tackar man speciellt för.

Sivert klev tillbaka mot hissen för att åka upp till sitt kontor och förbereda bilderna så han kunde presentera vad som fanns i kamerorna och dess bildmaterial.

Det höjde ju onekligen temperaturen att taxin var falskskyltad. Då kan vi ta för givet att det är rätt taxi. Ska kolla de falska skyltarna med de som Tessan och Jonna tog på Sätrahagsgatan. Troligen samma skyltar, men det måste kollas.

Vid sökningen efter de bolag Mjesec skulle kört för, fann man honom ingenstans. Har Mjesec gått upp i rök? Var det kanske rent av Månen som suttit i den urbrända taxibilen, de förkolnade resterna?

Dags för en slurk kaffe innan folket ramlar in och jag under tiden har somnat.

Åter med sin pappmugg och ett väldoftande kaffe, sjönk han ner i sin bekväma kontorsstol. Han hade en tanke som snurrade i skallen, men han fick inte grepp på vad det var. Han hoppades på en koffeinkick så han kom på vad tanken var.

Han knappade runt bland de bilder han fått i mejlen från inre span för någon halvtimma sedan. Medan han satt där och kollade på bilderna, fick han ytterligare ett mejl.

Mejlet var ifrån inre span och innehöll några bildfiler.

Några bilder från trafikövervakningskameran vid Rågsvedsvägen som vi nyss talade om där tidsangivelsen i det nedre vänstra hörnet berättade att klockan var 00:14 och färden gick väster ut, mot Ågestavägen.

Nu hörde han mer än tydligt, hur tioöringen trillade ner i myntinkastet. Pling! Inte för de nya bilderna, utan för sambandet. Bilderna han fått nu, visade också på en Mercedes Benz, men med en annan modell. Han hoppades därför få ytterligare ett mejl som berättade vem taxin tillhörde genom registreringsnumret.

Och eftersom vi ju tror oss veta att den taxi som stod i lågor vid Älvsjö industriområde, var den som hämtade Gösen på Sätrahagsgatan, så fanns där även en chaufför. Om det är denne chaufför som satt som förkolnad i sina kvarlevor, vet vi inte ännu och var är passageraren, Gösen? Hur kom han ifrån platsen? Gick han därifrån, tog han en annan taxi, den han just nu tittar på i sin dator?

31

– Vi har säkert en hel del idag att rapportera, började Svanstrand som om han hade eld i ändalykten. God morgon förresten allihop och välkomna skall ni känna er.

De vi jobbar med är sannolikt av den arten att vi börjat vänja oss. Jag talar om gängrivalitet och uppgörelser där man använder sig av mentaliteten att skjuta först och fråga sedan. Var det ena eller det andra kommer in, är vad vi jobbar med. Vi är inte ensamma i jakten på långa vägar. Vi har ett närliggande polisdistrikt som har vår motsvarighet till operation Mona, där de jobbar under operation Rimfrost. Där har man skrapat ihop en större mängd illegala vapen och en ännu större mängd narkotika inom ramen för deras operation. Vi kommer få möjligheten att utbyta erfarenheter med operation Rimfrost så vi kan väl, hoppas jag, knyta Anton Franke som har lång erfarenhet i bekämpningen av grov brottslighet, till den delen av samarbete och kontaktperson. Vad säger du Anton?

– Helt klart taget. Får jag bara ingångsuppgifter, nummer och namn, ska jag snarast sätta mig i kontakt med dem.

– Någon som har något att invända?

Svanstrand blickade ut över församlingen. Han såg att Tessan gjorde tummen upp, så det verkade ju bra.

– Nä, jag tänkte väl det, fortsatte han då han kollat av läget. Bra då har vi den biten avklarad. Vad vi vet är att det hela tiden cirkulerar narkotika i dessa kretsar. Det är liksom handelsvaran och den marknaden gängen vill vara ensamma om som generalagenter.

– Det kan ju vara intressant de där med samarbetet, sa Anton och nickade. Ursäkta att jag avbröt, chefen!

– Jag kan också berätta att i morse fick vi det bekräftat vad gäller Mercan och registreringsskyltarna. Det var samma skyltar som Tessan och Jonna har på sina nattliga bilder från Sätrahagsgatan och det är samma skyltar som trafikövervakningskamerorna har på sina bilder. Det är även samma falska skyltar som satt på den utbrända bilen vid Varuvägen och Konsumentvägen. Vi trodde ju båda skyltarna smält till oigenkännlighet, men den främre som stod nere i diket, gick att läsa med lite fantasi. Men vad säger det oss förutom att den brunna bilen är densamma som tidigare hämtade Gösen vid Sätrahagsgatan. Vi vet fortfarande inte vem eller vilka som färdades i bilen. Vi vet ännu inte vem de förkolnade kvarlevorna tillhör. Jag har inte hört av Emma från rättsmedicin ännu, vilket ju i och för sig är helt förklarligt.

– Är det så som du tidigare hade som hypotes att Gösen och Månen var de som regerade den illegala marknaden för vapen och hade agenturen för narkotikan i de södra delarna av Storstockholm?

– Tessan, kan vi ta en bensträckare först? Vad sägs om det?

– Det tycker jag låter humant och bra.

– Då gör vi så och syns här om femton snabba igen?

Sigge och Sivert, de båda stallbröderna, drog iväg med vars-in pappmugg kaffe in på Sigges rum.

– Vilken röra, sa Sivert när han sjönk ner i sin vanliga fåtölj?

– Ändå kanske vi bara rör i ytlagret. Det handlar om skyhöga summor, Sivert. Beslaget på narkotika man gjorde nu senast under operation Rimfrost, handlade om miljontals kronor på gatan. Det är sannerligen djupt allvarligt och skrämmande. De som vill komma åt drogerna, drogmissbrukarna, tvingas till stölder, inbrott, rån och liknande ting för att nå säljarens skitiga disk.

– Jo, jag förstår mer än väl, Sigge. Mer än väl. Det känns tröstlöst att låsa in en, ty där står redan två i kö för att ta över saluförandet. I det här fallet känns det som Månen är Gudfadern. Vill minnas du nämnde just Gudfadern, alias Månen, alias Mjesec Jovanovic. Månen snubblade vi ju bara på i början av vår utredning. Han kanske bara har kommit i vägen för oss av en ren händelse som inte betyder någonting. Men, lite egocentrisk kanske han är ändå som har en lägenhet med endast ett kassaskåp som möblemang. Var och en får väl ha sina egna inredningsidéer, även om de sticker ut. Vi vet ju inte vad Mjesec har för böjelse eller flammande passion. Att han sedan är ytterst sällan i sin bostad, är ju upp till honom vad jag förstår. Men det blir ju då svårt att njuta åt sin dragning fullt ut.

– Ska vi kanske gå tillbaka. En kvart har en viss benägenhet att rusa undan.

– Jo, sa Svanstrand direkt när alla åter var samlade. Min hypotes kvarstår.

– Men det kanske har att göra med det där gamla ordspråket att ju fler kockar, ju sämre soppa? En kökschef för mycket, undrade Sivert?

– Jag tror att det är två rivaliserande kriminella gäng det handlar om. Båda kämpar om att vara den högst galande tuppen på dynghögen i den grossiströrelse man vältrar sig i men därmed även får stå med båda händerna i den smutsiga byken. Det är en hypotes jag arbetar efter i varje fall och en hypotes även ni vänligen ska arbeta efter och följa till dess annat flyter upp.

– En liten fundering jag fick nu i morse, sa Fredriksson. Om nu den som plockade upp Gösen i Hagsätra och sedan kraschade Mercan i industriområdet med Gösen som passagerare, vart tog Gösen i så fall vägen efteråt? Något som kanske måste bordläggas så vi hinner bereda frågan, eller?

– Bra tanke där Sivert, sa Svanstrand. Din tanke har även föresvävat mig. Du har väl en del bilder vi kan få ta del av under tiden medan vi tänker?

– Ja, jag har några bilder.

Fredriksson fixade lite med sin dator och man drog igång projektorn för att förevisa vad inre span under natten plockat fram åt dem.

– Här, sa han.

Alla kunde se en mörk bild med en taxi på. Registreringsnumret kunde man också utläsa. Tessan skrev i sitt block så som vi var vana vid. Några ytterligare bilder av samma kvalitet fick man ta del av. Visst, det var samma taxi som tidigare Tessan och Jonna plåtat i Hagsätra.

– Som ni ser, fyllde Svanstrand i, så vet vi inte vem eller vilka som sitter i dessa bilar på dessa bilder.

Jag har också fått en liten vink från teknikerna som jobbar med det utbrända plåtskalet som en gång var en glassig Mercedes Benz. I höger framdörrs nederkant, har våra tekniker funnit en pistol fastgjuten i den smälta plasten från handskfacket. Det är en pistol, en Glock 17, kaliber 9 X 19mm om det låter bekant för herrskapet?

– Det kan alltså handla om den pistol som användes då Aria Ahmadi, Iraniern, avrättades?

– Har vi tur, kan det handla om det vapnet ja, sa Svanstrand. Men fortfarande har vi inte någon fingervisning om vem som kört bilen, eller vem som hållit i pistolen och så vidare.

Tessan, hur går det med övervakningen vid akuten på Södertälje sjukhus?

– De flyter på, kommissarien. Just nu är det Janne som sköter spaningen. Vi har tät förbindelse med varann. Jag ska ha nattpasset. Den som ringde tidigare och berättade hur han försökt tända sin grill med bensin, har hört av sig igen och undrar vilka preparat han kan ta för att lindra värken. Vi har bra kontakt med de som jobbar på intaget, men allt sker väldigt diskret. Vi tyckte det var bättre att vara där en i taget, så väckte vi inte uppmärksamhet.

– Kan vi ha något genombrott där, som det nu verkar?

– Jag ska åka in efter mötet, för tydligen så är mannen med brännskadorna på väg till akuten.

– Tessan, helt okej om du ringer mig till bostaden ikväll ifall patienten verkar vara vår gubbe. Låtom oss hoppas!

– Lita på mig, kommissarien. Jag ringer i så fall om någon verkar passa in från bilbranden. Gissar han borde vara utan ögonfransar, ögonbryn och annan typ av hårfäste.

– Troligen har han en brännskada på höger hand, också sa
Sivert. Ja om vi får tro brandmästaren. Framtiden får utvisa.
– Mycket bra tanke där Sivert som funderade på. Ja, vart Gö-
sen i så fall skulle tagit vägen. Gösen knappar även in portko-
den för att gå in. Sedan kommer en taxi som står där en stund
innan Gösen, som det verkar, kommer ut igen och går raka
vägen in i baksätet på taxin där dörren hade öppnats. Vad vi
ser på bilderna, är ju hur en taxi står utanför adressen till
Sätrahagsgatan 62 där Mjesec har sin lya. Vad vi däremot inte,
ser på bilderna, är vem som måste suttit i baksätet och öppnat
dörren för Gösen när han kom ut ifrån porten. För inte är det
chaffisen i alla fall. Så om jag har några mattetalanger kvar
ifrån grundskolan, borde det vara minst tre personer i taxin
när den lämnar adressen, troligen fyra med Gösen. I resterna
efter den utbrända taxibilen, som vi vet är identisk med den
som hämtade Gösen i Hagsätra, några fåtal hundra meter
därifrån, satt bara ett förkolnat lik. Vart tog de andra två, eller
tre, vägen?
– Vi gör så här, sa Fredriksson som åter ville hålla i taktpin-
nen. Vi avvaktar rättsmedicin och bilderna ifrån fartkameran
som sitter mellan Rågsvedsgatan och Ågestavägen. Och vi
håller tummarna för vad det är för typ som anländer till aku-
ten vid Södertälje sjukhus med brännskador efter sin miss-
lyckade grillafton då han sa sig använt bensin som tändvätska.
Tidpunkten för hans grillande, stämmer väl med tidpunkten
för grillningen i Älvsjö industriområde. Men vem grillar mitt i
natten?
– Vi gör höger vänster om, som den unge nyutnämnde furiren
och gruppchefen Will Knott, antagligen skulle plägat uttala sig

i de djupa Ardennerskogarna för runt åttio år sedan, sa deras kriminalkommissarie, Svanstrand.

Tessan hade tittat med ett förvånat drag i ansiktet på sin chef, Mjölbysonen och gossen, Sigurd Svanstrand efter hans konstiga uttalande om någon nyutnämnd furir. Drömmer jag, eller mår inte vår chef bra hade hon undrat, nu med en oro i blick?

– Vem, hade hon undrat?

32

— Plötsligt sa Britta, Mjölby...

— Sigurd tittade upp från morgontidningen och bara tittade på sin Britta som om hon skulle fortsätta. Men Britta sa inte mer än så.

Brödrostens klickande då en nyrostad brödskiva hoppade upp, bröt den konstifika tystnaden som hade följt efter Brittas lakoniska, Mjölby...

— Vad menar du med det, undrade han?

— Med vad?

— Med det du sa. Mjölby?

— Jag tänkte kanske bara högt. Men Sigurd, har du aldrig funderat på att flytta tillbaks till dina rötter, tillbaka till landet och småstadsidyllen. Jag har tittat på en karta, vi skulle kunna göra en liten utflykt till Mjölby nån gång. Det vore intressant att få en guidad tur genom staden av en som haft sina fötter djupt nerkörda i den östgötska myllan. Det är ju bara lite drygt 20 mil härifrån och skulle ta runt två timmar enkel resa. Va?

— Jag skulle nog inte vara någon vidare guide.

– Ah, kom igen nu!

– Inte på den turen i så fall, sa Sigurd och log. Det var ju så att säga inte igår, jag flyttade. Jag vet ju var byn ligger och hur man ska köra för att komma dit, men det har nog ändrats en hel del sedan min tid i söndagsskolan. Vi bodde ju utanför själva kärnan av Mjölby där det var ännu mer landsbygd än i stan. Vid Svartån hade man vattendrivna kvarnar som byttes ut till en stor eldriven kvarn, men den lär också vara förpassad till historien vad jag förstår. Det var ju länge sedan jag var nere i Mjölby.

– Ja, det kan väl hända. Det behöver inte vara en uppdaterad utflykt, bara så som du minns byn när du for iväg upp till den stora staden. Men du kanske har något minne av en kaffestuga där vi kan fika och du får blomma ut i dina minnen. På tal om minnen, tätorter eller ingenting, vad var det för kusligt du inte ville berätta igår från din nattliga utflykt? Jag menar nu är det ljust ute och solen skiner, då kanske jag tål höra.

– Jo, vi hade en bilbrand där det visade sig det suttit någon bakom ratten medan bilen brann som vid en masugn, eller hytta, vid Oxelösunds Järnverk. Men, när jag kom till platsen, så var det bara ett ångande vitt moln som sakta steg mot natthimlen. Man kunde bara se att någon suttit på det som tidigare varit en mjukstoppad förarstol, på förarplatsen. Du vet idag, så är det mycket plast i bilarna och vid denna väldiga värme, smälter plast lätt till brinnande, brännande gelé som sedan stelnar när den kyls ner av brandmännens vattenkaskader och blir väldigt hårt. Men som sagt vi hade alltså förkolnade rester av en person att hantera. Lyftes småningom ur den varma bilkarossen.

Det var ett icke avundsvärt arbete, för att sedan köras till rättsmedicin i Solna.

En hantering jag gärna avstod, kan jag berätta. Det är tuffa killar som jobbar på Brandförsvaret. Men, jag anar de varit med förr och tagit hand om liknande fall vid bränder.

Vi måste försöka få stoftet identifierat. Desto fortare, desto bättre. Jag tror Emma Winston, hon på rättsmedicin ute i Solna, kommer inrikta sig på att jaga dna och det kommer väl troligen ske via någon pulpa ur en tand. Tandstatus och kanske tandkort, går ju också, men då bör man ju veta vems tänder det är, vem man ska sammanföra dem.

En något spänd tystnad uppstod dem emellan och de kunde höra genom den öppna balkongdörren hur Katarina slog ett slag för hel timma. Sigurd vände sig mot balkongdörren rent mekaniskt där ljudet kommit från. Gardinen fläktade i dörren, en radio spelade någon folkmusik hos någon granne och spred närhet och gemenskap hos kommissarie Svanstrand. Britta bröt den förtrollade spänningen…

– Jag måste säga att du var barmhärtig Sigurd, som inte berättade det här för mig innan jag skulle sova. Vad hemskt, det måste varit. Och detta jobbar du med?

– Jo, det är en del av mitt arbete. Dess bättre sker inte detta särskilt ofta, det är egentligen ovanligt. Just denna typ, har jag inte varit med om tidigare. Men nu är jag en erfarenhet rikare, men en illusion fattigare.

– Nu får du allt förklara dig?

– Jag har ju en grundsyn att alla är människor med rätt till sitt eget liv. Hög som låg, kort som tjock, fattig som rik där man respekterar varandra och deras liv. Ingen annan ska komma och avsluta någons liv på sådana sätt som mer är vanligt i min vardag än de borde vara. Jag är kanske lite blöt och gammaldags. Jag kanske har min människosyn nedärvd i min kultur, i mina gener. Jag vet inte. En människosyn som kanske söndagsskolan i Mjölby gav mig? Jag vet verkligen inte.

– Men vad har det med denna händelse att göra, menar du?

– Vi tror inte denna bilbrand var följden av en vanlig trafikolycka där någon kört ner i ett dike och bilen därefter tagit eld. Dagens biltillverkare konstruerar inte bilar som kan börja brinna bara för att de kör ner i ett dike.

– Hur vet du sådant där?

– Jomen, så är det bara, Britta. Det behövs större krafter än ett litet dike som i det här fallet, med denna katastrofala följd. Vad hade denna taxibil inne på industriområdet att göra mitt i natten i ett folktomt område och råkade samtidigt ut för ett haveri i ett dike med en bilbrand som följd. Vilken otur! Du förstår kanske hur vi tänker?

– Du menar att det där inte var någon olyckshändelse, det är någon form av mord, eller?

– Du lär dig, Britta!

– Men det var ju lätt, om det inte är de ena, måste det ju vara de andra? Men ett frågetecken blir det ju också hur själva mordet gick till. Oj, nu har man blivit lite nörd på det här också? Egentligen förstår jag ditt yrkesval, Sigurd. Hu så spännande!

– Inte varje dag det är så här. Oftast är det en vardaglig lunk. Och ser man rent humant, så är ju det att föredra framför spänningen.

– Även om min matte inte är så vidlyftig, så funderar jag ändå.

Vart alla tog vägen? En enkel addition som jag möjligen kan hålla reda på. En förare, en som öppnar bakdörren inifrån och så en till, tror jag i höger framsäte plus då den man hämtade upp i Hagsätra, den där fula fisken, Gösen. Det får jag till fyra personer i taxin när de rullar iväg från den där gatan i Hagsätra. Men ni hittar bara chauffören som sitter förkolnad i förarsätet på den utbrända taxin.

– Har du läst på, eller har du bara lyssnat när jag berättat tidigare?

– Man har väl öron att lyssna med. Men kommissarien, min fråga blir då, vart tog de andra tre vägen? Tog de taxi därifrån? Det är i varje fall den där Gösen… usch, en otrevlig typ och minst en till. Den där figuren hade väl suttit inne också vill jag minnas du sa. Kumla bunkern, eller något liknande. Hua, en otäck människa.

Katarina slog nu ett slag även för kvarten, men med en mindre klocka. Av en händelse tog Sigurd och tittade på sin egen klocka. De stämde, verkade han tycka. Dags att dra iväg till knoget. Man kommer lagom till lunch.

– Britta vi får fortsätta där vi slutade när jag kommer hem. Du är ledig idag väl? Blir det stekt strömmingsflundra med skirat smör?

Britta hade nöjt sig med att nicka. Oh, vilken dag!

33

– Välkomna till dagens möte. Mätta och belåtna hoppas jag, både till kropp och till själ. Idag har vi även Emma Winston hos oss från rättsmedicinska enheten ute i Solna. Hon har lovat ge oss de senaste vad gäller identifieringen av kvarlevorna efter den som suttit i den utbrända taxibilen i Älvsjö industriområde. Därmed hoppas jag alla har klart för sig vad det handlar om, på vilken ruta vi står. Emma, ordet är ditt!

– Tack! Hej allihop! Vi har setts några gånger tidigare, så inga onödiga ord över det. Jag ska köra så kortfattat och kärnfullt som det går att göra. En del av er ser lite spända och nyfikna ut. Jag förstår er.

Vi har funnit att den som satt i taxibilen, på dess förarplats, troligen blev skjuten innan man satte eld på bilen. Vi fann kulan vid bäckenbenets insida, längst ner i bålen alltså där kroppen inte var lika förkolnad. Jag kan säga att det var till stor del, de yttre delarna av kroppen, som var svårt brända och var att likna vid en utbrunnen majbrasa, om liknelsen tillåts. Kulan är av 9 mm men mer än så kan jag inte berätta, sådant finns det tekniker till. Att vi hittade kulan, var rena turen. Vi använde en metalldetektor av miniformat för att söka efter eventuella tidigare kirurgiska ingrepp, som hopskruvade ben, hopsnörd bröstkorg med ståltråd och så vidare. Nu fann vi inte det, men däremot alltså denna kula av 9 mm diameter. Vi har också plockat ut en tand för att ta tillvara tandpulpan och skickat den till vårt Nationella Forensiska Centrum i Linköping för att de ska fastställa dess dna. Jag är ledsen att jag inte kan ge er mer ledtrådar om vem den svårt brandskadade var mer än så. Han var alltså… ja personen var av manligt kön, skjuten innan man satte eld på fordonet. Ingångshål är i trakten kring hans vänstra axel. Det är svårt att säga mer precist än så. Kulan har sedan fortsatt diagonalt från axeln, genom väster lunga samt de nedre delarna av magsäck och tarmar, innan den stoppats av högra sidans inre del på bäckenbenets veterala vy. Kulan var aningen deformerad.

Det är alltså, eller har varit en man, omkring femtio års ålder och cirka 170 cm lång. Relativt muskulös en gång. Det fanns en mindre skada på hans vänstra fot som åtgärdats där hans fot och ben upp till knäleden, troligen har ortopedin varit där för att immobilisera frakturen. Borde finnas i en journal när vi vet vem offret är.

För identifieringen, kan vi bara hoppas på positivt besked ifrån Linköping. Det kan tyvärr dröja en tid även om jag bett om förtur. Mer än så tänker jag inte uppehålla er med.

– Då ska du ha tack Emma. Snygg föreläsning måste jag säga.

Bra, sa Sigurd och gjorde av någon anledning tummen upp.

Något han vid normala fall inte brukar ägna sig åt. Deras chef, kriminalkommissarien Sigurd Svanstrand, verkade genomgå någon form av förvandling, förändras från en grå, till en… ja, jag vet inte vad. En pratglad, färgrik ara?

Han verkar just nu genomgå någon form av omdaning helt klart.

– Är det någon som har någon fråga rörande vår utredning, eller är alla klara över var vi står?

– Ja Anton, jag är idel öra, sa Svanstrand och nickade mot Anton som viftade med handen?

– Kanske dags att utöva lite husrannsakan? Grabbarna Karlsson behöver ut och röra på sig. Vi borde röra om hos den där Månen Mjesec, till att börja med. Han med kassaskåpet, taxiåkaren.

– Du menar husis hos en som något excentriskt har som enda inredningsdetalj och möblemang, ett kassaskåp?

– Ja, vad då? Vad vet vi vad som finns i det skåpet?

– Visst, så är det. Vad vet vi om det? Nu har vi inget på Månen i dagsläget. Inte den minsta fortkörning och då får vi inte det nödvändiga papper av åklagaren vi behöver.

– Okej, men den där Gösen då, som jag fan i mig inte vet vad han heter?

– Han heter, Gösta Gustavsson och har suttit på Kumla under utredning, där han också första gången träffade Mjesec Jovanovic. Båda satt i sex veckor för utredning. Sedan hamnade Jovanovic på Hall, medan Gustavsson fick sitta kvar på Kumla. Han har haft ett kriminellt förflutet. Var han står i det hänseendet idag, de vet vi inte.

– Om han suttit där, borde vi ha både fingrar och dna på den göken vad jag förstår. Men det är väl samma här, vi kan inte göra någon husis där heller, eller?

– Exakt, Anton. Han är vit som kallorna på en begravning.

– Då har jag bara en undran till just nu. Snubben som hade försökt tända sin grill med bensin? Det är väl kanske inte olagligt, bara jävligt klantigt. Inget där heller?

– Nej, men bra funderingar hela vägen, Anton. Vi kan ju inte göra en husis på en felparkering som underlag, om han nu skulle ha något sådant på sin meritlista. I dagsläget vet vi inte hans namn. Jag har en förhoppning om att namn och nummer kommer Tessan och Janne snart presentera för oss. Du och vårt inlånade stjärnskott, kriminalinspektör Mia Liedberg, kan väl kolla upp den snubben lite diskret medan han vilar upp sig på landstingets försorg på Södertälje sjukhus. Hade han någon grill? Var skulle han i så fall mitt i natten tänkt sig att grilla? Skulle han grilla själv? Ja sådant du vet. Vad säger du Mia om att åka med Anton, lite mjukstart?

– Låter alldeles utmärkt. Ska bli kul att jobba med er.

– Ursäkta en annan, sa Fredriksson. Du är så välkommen till oss, Mia. Det ska också bli kul att få arbeta med dig. Större välkomstceremoni än så, har vi inte tid med. Du har ju träffat hela gruppen, så det är bara att hänga på. Och Anton är ingen bortkommen utredare du fick som handledare, om du hade funderingar åt de hållet.

– Ja, då var det full rulle som gäller, sa Svanstrand och såg sig om. Nu får vi se fram emot dna resultatet.

34

Redan då Sigurd klev ur hissen, kände han på doften vad det skulle bli till middag. Nystekt strömming som han hoppats på. Han hade ringt hem då han väntade på sitt tåg vid tunnelbanan, Fridhemsplan. Måste ju bara tipsa Britta att nu var han på ingång. Tisdag tänkte han, som ju var deras speciella fiskdag. Kanske man skulle hedra anrättningen med en immig? Ja om nu lyckan stod på hans sida.

Det var byggröra som vanligt vid Slussen när han klev av tunnelbanan. Ja, ja, tänkte han.

Han gick den lilla biten uppför Götgatan, vinkade till Nisse Hallgren som stod i dörren till specialbutiken för klassisk belysning, innan han tog trapporna till vänster upp till Urvädersgränd. En liten aptitretande promenad på sju minuter, därför var det extra muntert redan så att säga, i portgången, då han kände doften av den lukulliska och hägrande, måltiden som väntade. Så enkel egentligen, men så onödigt gott. Han hade ju önskat denna kulinariska anrättning av Britta redan på morgonen.

167

Det skulle inte sitta fel med strömmingsflundror och skirat smör idag, hade han sagt. För säkerhets skull hade han sett pojkaktigt förhoppningsfull ut också och blinkat.

Färskpotatisen lyste ännu i butikerna med sin kända frånvaro, så troligen kom det att bli, potatismos. Njutningarnas tid var inte förbi för havets läckerheter, tänkte Sigurd och gnuggade händerna allegoriskt innan han satte nyckeln i låset fyra trappor upp i huset.

Britta har fan ta mig allt, var hans tanke när hon just då rundade dörrposten från köket. Klev rakt fram och överrumplade honom med en smällkyss mitt på mun!

Han upprepade för sig själv vad han nyss tänkt, "hon har fan ta mig allt!"

Vilket välkomnande!

– Hej lilla hon, sa han och log.

– Du kommer precis på sekunden rätt. Hej gubben, slängde hon iväg också när hon vände om ut i köksregionerna.

– Det doftar fantastiskt. Och, vad glad jag blir att du infriat min förväntan och hoppfulla önskan.

Han klev ut i det stora köket med balkongen utanför. Det skulle bli middag ute på balkongen, andra gången för i år. Vädret var gynnsamt, så varför inte passa på att njuta hela vägen? Det var dukat även med spetsglas... han blev så glad. En tår ville tränga fram i ögat. Britta, en som brydde sig, tänkte och hade ett hjärta samtidigt. Hon var mästare på att göra det trevligt, fixa det där lilla extra. Passande servetter, glas, verktyg och tallrikar. Här har de bott under många år, var på sitt håll. Bara hälsat lite artigt stelt då de möttes i trappan eller vid porten. Kanske man sågs ute på gränden, men inte var det mer än så inte. Blygsamt hade han haft sina blickar åt hennes håll under en tid. Så plötsligt, hände något när de fått de nya postlådorna innanför porten. Sedan hade man fortsatt på den vägen. Vändorna ner till postlådan blev tätare. Det var på en romantisk gränd man bodde. En gränd som avslutades framme vid Götgatan med en stentrapp. Urvädersgränd var lagd med gatsten, en av få gator i stan som fått behålla sin gamla charm, en gammal romantisk gränd med romantiskt skimmer, funderade han ibland.

Här hade man inte släppt fram asfaltmaskiner och vältar ännu, vilket Sigurd såg som väldigt trevligt och genomtänkt. Det var många gränder och gator på Södermalm som hade bevarats på detta fina sätt. Äldre hus revs inte, de restaurerades.

– Eftersom jag har dukat som jag har, kanske du fixar fram det där starka, sa Britta och log? Det är ju dag före helgdag!

– Tänkte inte på det, sa han. Dag före helgdag! Jo jag tackar ja, men var har du fått de ifrån?

– Oj, det var några år sedan jag hörde det av en odalman ifrån Flen.

– På så vis, då stämmer det säkert.

Matro är en dygd och god egenskap. Men allting har en ende och bananen den har två. Så Britta skruvade lite på sig för att knyta samman vad man talat om tidigare på förmiddagen innan Sigurd for iväg till polishuset på Kungsholmen.

– Måste varit spännande att höra vad hon på rättsmedicin hade att berätta vid dagens möte? Ja för att återknyta till vad vi talade om i förmiddags, sa Britta.

– Jo, jag hoppades ju att hon hittat något dna på de sätt vi talat om. Emma Winston är ju även patolog. Hon har ju berättat för mig tillvägagångssättet för att söka dna i en tand-pulpa. Dna är ju egentligen en massa molekyler som tillsam-mans bildar ditt dna. Det är oerhört komplicerat, därför så bra.

– De har inte förstörts i denna brand, vad jag själv kan räkna ut. Så är det väl, Sigurd?

– Så rätt, så rätt. Emma har haft en lång föreläsning för mig om hur man kan använda tändernas pulpa. I identifieringsar-bete kan man bli tvungen att använda sig av tandpulpor. Efter mer än en vecka, först i vatten sedan i hög fuktig värme, då är det inte lätt att hitta ett onedbrutet dna på en omkommen. Men i tändernas pulpa ligger de skyddat och har inte kontakt med övriga kroppen. Det är forskning från i första hand Tsu-nami katastrofen i Thailand, man gjort i rättsgenetik.

– Då blir man alltså tvungen att extrahera en tand för att se-dan ta sig in i den för att plocka ut pulpan, precis som en tandläkare för att göra en rotfyllning. Jag tycker mig känna igen hur det går till genom mitt arbete?

– Stämmer! Det finns folk på rättsmedicin som förr använde hammare och ett vanligt stämjärn för att spräcka den extrahe-rade tanden, men det var på Hedenhös tid som du förstår. Nu har man lite mer sofistikerade verktyg. Utvecklingen går framåt även på detta område.

Idag använder man ett verktyg som är påfallande likt en bo-ettpress, som urmakarna använder för att pressa tillbaka en borttagen boett från en armbandsklocka då man exempelvis har bytt batteri.

Men istället för de presskuddar av nylon urmakarna använder när man ska pressa tillbaka en boett i en klocka, så sitter där ett skär med vass egg som enkelt spräcker tanden med ett bestämt handtryck. Lite av hävstångsprincipen, fast tvärt om.

– Vad innehåller den lilla pulpan, kan den vara 2 mm förutom en nerv och kärl som kan förorsaka en hemsk tandvärk?

– En väldig massa. Jag är inte den rätta att förklara, Britta. Jag har bara fått detta redogjort för mig som en allmän information i mitt arbete. Som en föreläsning. Men, där finns alltså en dna-molekyl med den genetiska formationen, arvsmassa. Man kan likna det vid en programkod, eller ett recept, eftersom de innehåller de instruktioner som behövs för att konstruera cellernas komponenter, rna och proteiner. Det är dna-molekylen som ansvarar för tillverkningen av dessa komponenter som kallas, gener.

– Jaha?

– Det där lät lite i rörigaste laget, men någonting sådant sofistikerat handlar det om i denna lilla pulpa. Jag har säkert blandat ihop några molekyler med kvävebaser eller sockermolekyler.

Tur man inte sitter vid en akademisk akt för disputation, för då hade man säkert blivit blåst på doktorshatten. Men bara grejen att allt detta får plats i en liten tandpulpa, som tandläkarna utan att blinka extraherar.

– Vi får hoppas tandläkaren inte blinkar vid ett sådant tillfälle utan har full syn över handlandet så han inte tar fel tand, sa Britta med sitt bländvita leende.

– Du har lite grundkunskaper i ämnet tänder, var det inte så?

– Jodå lilla kommissarien. Jag sköter narkosen hos en större tandläkarklinik på Östermalm, när de kallar.

35

– Ja gott folk, då var det dags igen. God morgon och välkomna skall ni känna er till dagens bönemöte.

Man känner sig onekligen som en papegoja. Tjatar om allt om bönemöten, gång efter gång, efter gång.

Var har jag hört det där förr, tänkte Tessan och log. Men det tillhör kanske spelets regler.

– Var står vi idag, är temat för detta möte. Dags att alla får lufta sina tyckanden och tänkanden, jag gör sedan ändå så som jag hade tänkt mig. Spel för det berömda galleriet? Nä, jag skojar naturligtvis.

Jag kan berätta att våra tekniker har konstaterat att bilens krockkuddar, både på förarplatsen och på passagerarplatsen i framsätet, inte har löst ut vid dikeskörningen. För alla eventualiteters skull menar jag, så talar jag alltså om den taxi av märket Mercedes Benz som vi fann brinnande i ett dike vid Älvsjö industriområde. Men detta har ni säkert redan räknat ut så brottsutredare ni är. Men det är min skyldighet som er chef att vara så informativ och tydlig så inga missförstånd uppstår.

– Alltså, krockkuddarna hade inte löst ut och vad säger det oss?

– Man har väl bara helt enkelt knuffat ner bilen i diket efter det att man skjutit föraren. Om man bara puffar ner bilen i ett dike, löser inga kuddar ut, sa Sivertsson.

– Om man, tänkte jag, har i avsikt att förkorta någons levnad, gör man det i så fall bara med ett endaste skott?

– Utveckla gärna, sa Svanstrand, även om jag förstår vad du menar.

– Har man en pistol i handen och ämnar skjuta någon, så trycker man väl iväg i varje fall minst två skott? Ja, jag tänker exempelvis på när man mördade vår statsminister för en massa år sedan. Ett skott kanske inte räcker. Den kula Emma hade hittat vid obduktionen och där hon visade dess kulbana, var väl egentligen inte dödande? Svårt skadad, ja, men dödande de är i varje fall jag inte helt övertygad om. Det borde finnas ytterligare en kula, kanske i resterna av karossen, eller kvar vid dikeskanten. Har vi kollat de?

– Nej Anton, mig veterligt har vi inte gjort de. Teknikerna får nog ta en sväng nu i dagsljus för att leta i gruset om nu inte kulan har rikoschetterat och då kan den ju befinna sig var som helst. Förutsatt nu att man satt fler än ett skott i chauffören. Min tro som sagt, är att man avlossat minst två skott och även skjutit genom sidorutan. Tror inte man bad chaffisen att veva ner rutan först.

– Två själar och en tanke, sa Svanstrand och sträckte på sig. I sammanhanget kan jag berätta att jag fått ett meddelande från Interpol, vi har ju lyst Mjesec Jovanovic internationellt sedan flera dagar tillbaka. Man säger att han bott på hotell i Beirut!

– Oj, Beirut? Hur färsk är iakttagelsen av vår Måne i Libanon? Jag tänker på de två stora explosioner som varit. Stora mängder av människor har omkommit, många är skadade och många hus har rasat ihop.

– Jag är naturligtvis inte hundra på när, man noterat hans vistelse i landet. Troligen har man kollat med passpolisen eller möjligen flygbolag. Flygbolagen borde vara lätta att kolla. De är ju inte strömhopp med flyg nu för tiden på grund av pandemin. Troligen är det därför passpolisen. Vi har ju inte gått ut med lysning om gripande, bara en förfrågan, förklarade Svanstrand.

– Ja, sa Fredriksson. Det kan ju vara bra kanske om man vill, så att säga, gå upp i rök eller gå under jorden. Kanske dumpa sitt pass i rasmassorna efter att ha misshandlat det en del. Det kan ju då se ut som om han i varje fall antecknas som saknad. Man tror ju att det finns stora mörkertal i döda då man inte vet vad som döljer sig under de kollapsade husen.

– Intressant vore ju för vår del om vi kunde få bekräftat när han kom till Beirut, före eller efter bilbranden, i industriområdet. Om det är innan, sa Anton och såg sådär klurigt smart ut som han sett polisen i olika tv-serier gör, så blir det ju automatiskt färre flygavgångar ifrån Arlanda att kolla. Och per samma automatik, en gubbe mindre som kan ha ändat livet för taxichaffisen.

– Bra där, sa Svanstrand. De hade jag missat!

– Höll inte den där Mjesec på med att sälja resor till Mellanöstern lite vid sidan av sitt taxiåkande, har jag för mig?

– Stämmer, Sivert. Inget vi har rotat i. Vi råkade ju bara snubbla över Månen då han var folkbokförd på adressen där

vi fann Aria Ahmadi utanför hans port, till och med. Sedan är
ju resten historia som ni vet. Jag ska tala med mina kontakter
om vi kan få bättre uppgifter om Mjesec Jovanovic. Var han
uppehåller sig, vad han har för affärsverksamhet i Mellersta-
östern.

Om vi är klara så långt, tycker jag vi kan lyssna på Tessan och
Janne Klingas spanande på den som hade grillat. Fredriksson
vände sig mot de båda spanarna.

– Ja, sa Tessan. Det är svårt att få något svar ifrån denne gril-
lare. Han påminner mer om en mumie. Han har svåra, men
ändå ytliga, brännskador i ansiktet. I stor sett är det bara ögo-
nen det finns gluggar för samt för näsa och mun. Men att
genomföra något samtal, går inte. På något vis känns det som
tacksamt för honom.

– Vet vi vad han heter, var han bor, undrade Svanstrand?

– Ja, vi tror oss veta både det ena och det andra. Han lär heta
Naim Khalili och kommer ifrån Syriska arab republiken. När
jag nu hört var Mjesec befunnit sig enligt Interpol, så gränsar
Syriska arab republiken till just, Libanon. En händelse som ser
ut som en tanke. Det kanske finns någon gemensam nämnare,
hittar vi den så har vi kommit långt på väg, tror jag sa Tessan.

– Hur gick det med adress, grillplats och sånt?

– Jodå, vi vet var han bor också och där är det bara höghus.
Men vi vet inte om han grillat någon annanstans än där han
bodde. Han är för fåordig för att vi ska få någon ordning på
det. Kommer kanske. Det finns en grillplats vid höghusen där
det finns en gemensam stor grill och bänkar, men där är be-
stämmelserna sådana att efter klockan 20.00 får man inte an-
vända grillen, enligt hyresgästföreningen i området.

– Okej, Tessan. Tack! Vi har en del att jobba med som ni förstår. Vi kan ju börja med att göra lite slagningar på denne grillmästare. Han hade väl några kompisar också?

– Jo, det var två stycken som hade följt honom till akuten på sjukhuset, men de fick inte komma in på grund av regler när det gäller pandemin. Vi vet bara att de bor i samma område som grillmästaren. Vi måste höra med dem, en i taget, var man hade grillat någonstans och vilka som var med.

– Gott folk, ut å jobba med er. Alla har säkert något de håller på med och grabbarna Karlsson vet nu vad de ska leta efter mer koncentrerat. Man kan ju tänka sig, hur stor är en avfyrad pistolkula i ett utbränt bilvrak med en massa annan skit?

Vi har nu fortfarande att vänta på ett dna ifrån forensikerna nere i Linköping, Interpol polisen i Beirut angående Mjesec i Operation Mona.

Lycka till och go midda!

36

Fredriksson anlände Arlanda flygplats på förmiddagen för att
i första hand se sig om utan att någon hemmastadd tjänste-
man i någon form på flygplatsen, skulle guida honom. Det
skulle ske som steg två. Nu gick han runt och kollade var
passkontrollen låg och de olika automaterna för att checka in.
Hela vägen så att säga, fram till ombordstigning.
Det strömmade resenärer åt alla de håll och kanter. Har dom
karta och kompass, tänkte han? Till Arlanda kan man ju ta
snabbtåget, det gul å vita Arlanda Express, som rullar in under
flygplatsen på Arlanda Södra och Arlanda Norra station, be-
roende på vilken terminal man ska till. Fredriksson hade tagit
Arlanda Norra, för då kom han direkt till terminal 5 som var
hans mål. Bara 18 minuter ifrån Stockholm C till Arlanda, var
inte dåligt med avgångar var 15 minut. En resväg som ju är
ganska intressant för den som snabbt vill fly fältet utan att
släpa med sig en egen bil som lämnar spår.
Han kände igen några civila poliser som släntrade runt precis
som han själv, som vanliga resenärer. Dom hade förstås inget

bagage att släpa på. De nickade åt varandra lite diskret, men inte mer än så. Inga ryggdunkar eller viftande utöver deras nickar, förkom inte. Han styrde stegen för att checka in. Allt skedde mycket diskret som polis inom spaningsplutonen.

Han fick ett passerkort hängande i ett blårandigt band han skulle ha om halsen. Med kortet kunde han röra sig fritt, ända fram till vilken gate som helst, för bording. Han kanske var för stereotypt klädd, han liksom luktade mässing. Han borde klätt sig som en turist, mera ledigt. Han skämdes lite över sin klantighet. Han borde exempelvis burit på en enkel bag eller annan form av väska, en datorväska exempelvis. Shit tänkte han, inget handbagage!

Han tog sig till en bar som hette Coffee Le Monde, med bra utsikt runt om. Här såg han att Wings of Lebanon, hade sin bas från den terminalen han satt vid, terminal 5. Han passade på att bläddra igenom sin mobilplatta för att hitta flygbolaget. Företrädesvis, var det Boeing 737-700 som var deras största flygplan i Wings of Lebanons flygplansflotta, för att inte säga, den enda typen av flygplan man opererade med.

Fredriksson beställde en dubbel espresso. Han satt sig för att vänta på att en kollega ifrån Arlanda polisen, skulle ansluta för att guida honom på den terminal där han satt och förklara för honom rutinerna vid säkerhetskontrollerna.

Han hade ingen brådska, det var lite glassigt att sitta där han satt och kände sig aningen internationell, på arbetstid.

Hans telefon gav ifrån sig en diskret signal.

– Fredriksson, sa Sivert medan en rynka formade sig mellan hans ögonbryn och såg sig om när han lyfte telefonen för örat?

– Jag undrar bara var du sitter, var det någon som sa i telefon?

– Sitter på Coffee Le Monde, terminal 5, sa Sivert!

– Kan du ställa dig upp, så jag ser vilket bord jag ska sikta in mig på?

Sivert kände sig lite generad, men ställde sig upp, fortfarande med telefonen för örat.

– Bra! Fick han höra. Nu hann jag ställa in siktet. Var god sitt ner. Jag är där om 10 snabba!

– Hej! Pernilla, sa plötsligt en förtjusande uppenbarelse framför honom. Kan jag säga Sivert för enkelhetens skull?

– Absolut, sa Sivert och reste sig i sin fulla längd av ren artighet för den kvinnliga fägringen. Kaffe, undrade han?

– Tar en som du, en dubbel, utan krusiduller.

Fredriksson gick bort till bardisken för att beställa en dubbel espresso… utan krusiduller.

– Vilken typ, vill du ha?

– Vanligaste du har, sa Sigurd vad som nu är vanligt. Han tänkte på vad Pernilla, det var väl vad hon sa att hon hette, sa en espresso utan krusiduller. Han lade till detta medan espressomaskinen jobbade, en espresso utan krusiduller, tack!

Koppen fylldes så sakta, en vit kopp med en röd logga på ena sidan… Illy, stod det. Samma typ som han själv hade fått tidigare. Han betalade och återvände till Pernilla.

– Tack, sa hon. Man märker skillnaden nu. Ja, jag menar bland alla resenärer, fortsatte hon och nickade ut mot den närmaste gaten. Ganska lugnt på knoget. Men det var innan du kom och hade något på ditt lilla hjärta?

– Jo, vi letar efter en som vi möjligen tror har lyft från vårt fosterland till Mellanöstern, Libanon och då Beirut.

– Jaha du. Beirut av alla platser på jorden där man fört ett rysligt oväsen och jämnat hus med marken. Många dödsoffer och ännu fler skadade, samt ett större antal saknade.

– Men det är ju inte alltid man själv får bestämma vart de tar sin tillflykt.

– Kan du berätta mer konkret vad det är du önskar få hjälp med?

– Jo, det är ju klart. Ingen hemlighet med det. Vi söker en person, Mjesec Jovanovic ifrån Serbien. Han kallas tydligen för Månen och är taxiåkare boende i en Stockholmsförort. Säljer, som ryktet säger bland taxiåkare, resor till Mellersta-östern. Bor som sagt i en av Stockholms förorter på södra sidan av stan. Befinner sig aldrig i sin lägenhet som förövrigt endast är möblerad med ett kassaskåp. I övrigt finns ingenting. När man talar med taxiåkare idag, känner inte någon av dem en kollega som skulle kallas, Månen. Hans namn har man heller aldrig hört.

– Vill du förtydliga dig lite där? Du säger först att alla visste vem Månen var, nu säger du att ingen har hört talas om honom, varken som smeknamn eller som hans dopnamn?

– Det var vid ett brott tidigare när vi frågade runt om man kände till honom som taxiåkare. Alla gjorde det bland chaffisarna i branschen. Sedan hände en del saker till där vi ansåg att Månen kunde ha ett finger med i spelet men kunde inte hitta honom. Han var som om han tagit hissen ner i sin bunker. Ingen av taxiförarna vi frågade då, visste vem han var, plötsligt. Från dag till annan, var han raderad ur allas minne. Vi kallar honom, eller rättare sagt en av våra utredare sa, ”han är som Gudfadern!”

– Var det alltså han, som styrde branschen bland de södra förorterna menar du, någon kriminell gängboss?

– Jo så kan man väl säga. Hans taxibil, var inblandad i ett brott och vi har anledning att tro det varit Månen, eller Mjesec Jovanovic, som var den som suttit vid ratten. Från Interpol och polisen i Beirut, säger man nu att det funnits en hotellgäst med namnet, Mjesec Jovanovic i Beirut. Frågan är bara, fanns det några flygavgångar från Arlanda till Beirut som skulle passa in, eller har man bara konstaterat att det bott en man på ett hotell som skulle kunna vara den vi efterlyst. Efterlysningen innebar endast en förfrågan om personen, inte om något gripande. Allt hänger på om det är rätt gubbe och vid, för vår del, rätt tidpunkt man noterat hans närvaro i Libanon.

– Oj, det var en fin föredragning. Snyggt förpackat. Då kan vi börja bena ut vad vi vet här och vad polisen egentligen vet där i den söndersprängda staden. Om vi tar det från början, vilket datum, handlar det om som vi ska koncentrera oss på, först och främst?

– När Månens taxibil är inblandad i någon form av brott, är det den 22 maj.

– Okej, brytpunkten för eller emot är det kritiska datumet den 22 maj i år. Vet du vad det är för veckodag?

– Den 22 maj var en fredag. Men brottet kan man säga påbörjades sent på natten den 21 maj, men avslutades alltså på småtimmarna under samma natt, men var den 22 maj.

– Då ska jag puffa igång stenbumlingen att rulla.

Pernilla lyfte sin mobiltelefon och knappade något kortnummer. Sedan började hon ett lågmält mummel med någon i det uppringa numret.

Sivert kunde bara gissa vad som avhandlades, men han hörde ju hur hon nämnde datum. Såg hur hon nickade och hur hon antecknade något. Det rör sig i alla fall, tänkte han.

Det var inte långtråkigt alls, han hade ju något läckert att vila ögonen på. Kom på sig med att han alltid föll i trance när han såg något så här aptitretande. Han mindes kvinnan med de blåsvarta lockarna som skötte bistron på den där sex-klubben i Klarakvarteren, stämplade medlemskort och annat, för många år sedan. Han undrade fortfarande om hon klarade sig undan någon akut cystit. Han hoppades det. Och, den lilla godbiten i Paris på L'Atilier Y-Delon, Ylva Stengren... mon dieu!

Han väcktes av sin ögonfägnad på andra sidan bordet.

– Jag har talat med en tabellnörd här på flygplatsen. Han säger att flyg till Beirut med flygbolaget Wings of Lebanon, har inte genomförts kring det aktuella datumet närmare än tre dagar, åt varje håll. Däremot har Pegasus Airlines haft ett direktflyg till Beirut den 22 juni med avgång 13:30 men med en mellanlandning på vägen ner och en flygtid på 12:15 minuter och hade en estimated tid av 01:45, lokal tid. Lufthansa Lyfte mot Beirut den 20 juni klockan 13:00 men var fyra timmar försenad. Dom hade också en mellanlandning där den totala flygtiden 10:05 minuter och dockade på Beirut-Rafic Hariris internationella flygplats 00:05 den 21 juni. Sedan finns ju alltid flygbolaget Wings of Lebanon, sa Pernilla och nickade mot gaten framför oss. Dom kör mer charter egentligen och där kan man alltid komma över en stol relativt billigt till skillnad mot de reguljära bolagen. Här behöver du bara bli av med en slant på 1,250 Lira.

– Lira, undrade Sivert, Libanons valuta?

– Ja, Lira är Libanons valuta och motsvarar 1,500 svenska pengar.

– Då kanske den viktigaste frågan återstår. Vilken dag observerades Månen på Beiruts hotell, vilket det nu var. De kanske ligger i ruiner nu, vad vet vi? Kanske behöver vi inte forska vidare efter den mannen i så fall. Låter lite cyniskt, kanske?

– Dags att dra i lite andra trådändar jag har. Medan jag gör det, skulle jag inte ha något emot en dubbel espresso till. Som förra gången, utan krusiduller.

Sivert reste sig för att hämta var sin omgång espresso till. Han såg hur hon satt och talade i telefon. Hon var snygg även i profil. Undrar om hon är gift, tänkte han. Klart att hon är, det vore tjänstefel om hon inte var det.

Hon såg väldigt glad ut då han återvände. Om det var för kaffets skulle, hade goda nyheter att berätta, eller om det var för hans egotri ppade skull, kunde han inte avgöra.

Siverts vana polisögon noterade att Pernilla använde axelhölster. Själv skippade han sitt tjänstevapen på denna sightseeing-utflykt. Men hon var ju i tjänst i händelsernas centrum, kanske förståligt och accentuerade den krassa verkligheten som den kan vara i sina värsta syften. Som tur är inte särskilt vanligt förekommande, men den fanns där lurande runt hörnet.

– Fick du något bra besked, sa han i samma stund han satte sig?

37

– Ibland har man flyt, sa hon och gnistrade med sina isblå ögon och han föll som ett ton sprängsten.

– Berätta!

– Jo, din gubbe har mycket riktigt bott på ett hotell som hette, jag skriver *hette*, för det är numera närmast att likna vid en grushög. Hotell Diwan House, ett mindre hotell utanför själva stadskärnan men som låg i området för bombattentatet där de flesta dödsfallen inträffade, där det stora antalet skadade påträffades och de saknade ännu inte återfunnits. Grushög, kanske är lite överdrivet, men i dagsläget kan man inte använda det som hotell. Det är sprickor i väggar och rasrisken är stor för att tak ska vika in och kollapsa, berättade man för mig. Där fanns ditt objekt incheckad den 23 maj klockan 23:55 lokal tid. Man ligger 1 timma före oss. Han hade checkat in på hotellet tillsammans med en grupp svenska charterturister på resa med flygbolaget som dockar här framför oss då de landat här på Arlanda. Inte helt ovanligt att de opererade ifrån Skavsta, det är ju ett billighetsflyg med billighetsresor.

– Det kanske är ett bra sätt att smita iväg bland dessa pax. Turister hela vägen. Bara att följa med strömmen, ingen lägger märke till vem man är eller varför.

Nu vet jag vilket datum han kom till Beirut så jag kan därför inte stryka honom från den utredning vi håller på med.

– Och de är?

– Det var en bilbrand söder om Stockholm den 22 maj där det satt någon på förarplatsen i den brunna bilen som var Månens taxibil. Den svårt brända kroppen i bilen, visade sig dessutom vara skjuten. Eftersom Mjesec, ja Månen, nu har observerats i Beirut kan vi som sagt, inte stryka honom från inblandning i denna händelse. Vet vi var ifrån han flög, här eller Skavsta?

– Det var här, gate 24 sa Pernilla och nickade ut mot B-piren där gate 24 låg. Men det är inte alltid man lastar pax från just denna gate, men den 23 maj var det så, med avgången 10:45.

– Du är verkligen polis? Jag menar så du inte är och fuskar inom flygledarbranschen?

– Polis, sa hon och log. Är du gift, undrade hon plötsligt rakt av och utan skyddsnät medan hon såg honom i ögonen?

– Jo, sa han. Jag är av den gamla stammen, radhus eller villa om man inte hade en trea i Högdalen från den södra förorten. Kör även Volvo. Genomgick ritualen i den gamla fina Bränn-kyrka kyrka, för nästan fyrtio år sedan. Jag hade konfirmerats där tidigare, så valet i det fallet blev lätt. Tiden går, lade han till helt i onödan och tittade automatiskt på klockan.

– Synd, sa Pernilla och log igen. Ibland har man flyt, men mer ofta har man oflyt, sa hon.

– Och du, sa Sivert, är du gift?

– Jo sa hon och nickade. Jag är också gift. Gift med Arlanda Airport. Men det är knappt sju år, det är väl då äktenskap brukar spricka? Hon hade lätt för att le, vilket Sivert inte hade något emot. Man har ju hört talas om sjuårskrisen, fortsatte hon, the seven year itch. Så det är kanske dags att bryta upp. Men nej, jag trivs här. Du ska få mitt kort, sa hon och trollade fram ett visitkort från ingenstans. Eller om du har vägarna förbi, jag finns alltid här.

– Tack, det var vänligt sa Sivert, något omskakad. Alltid kanon att ha kontakter. Bonus om det är trevliga kontakter.

– Nu stal du min replik där, Sivert. Som jag sa tidigare, nu vet du var jag finns.

Nu visste inte Sivert på vilket ben han skulle stå. Kände att nu var bollen hans. Men räddades av att hans telefon påkallade uppmärksamheten.

– Sivert! Svarade Fredriksson medan han sneglade på Pernilla som satt där mitt emot honom, pigg, rakryggad, uppmärksam, närvarande polis, i sina snygga civila kläder.

Han var mycket fåordig i telefon, mest hummade och svarade enstavigt.

– Chefen som kallade. Sa han när han knoppade av telefon. Det är bönemöte på firman, sa han och log, han också.

– Chefen, sa Pernilla?

– Ja, kriminalkommissarie Sigurd Svanstrand.

– Aha, han som är ifrån Mjölby?

– Stämmer bra, känner du honom?

– Jag har jobbat hos honom för sju år sedan drygt. Innan jag sökte tjänsten här ute på Arlanda.

– Konstigt om vi inte skulle setts då, sa Sivert?

– Ja, kanske det. Jag har ju egentligen min arbetsplats inne på Kungsholmen, inte här ute. Men jag är stationerad här.

– Du, en annan sak jag tänkte på. Säkerheten verkar vara så bra som det går att ha på en sådan här storflygplats.

– Jo, vi har flyttat fram positionerna inom säkerheten. De poliser du ser idag, inte oss civilklädda, bär numera automatvapen. Det är en anpassning till andra europeiska storflygplatser men jag vill betona att det inte rör sig om en förhöjd hotbild. Förändringen i beväpning är ett led i att för oss öka förmågan att hantera ett nära förestående eller påbörjat angrepp. Det finns ingen ökad hotbild men flygplatser i allmänhet bedöms ha en högre hotbild än andra platser i samhället.

Fredriksson log igen.

– Är du föredragshållare också, det lät så inövat de du sa så man får en aning om att du har en chefsbefattning här på Arlanda Airport?

– Jo, så är det nog, sa Pernilla. Jag jobbar som gränspolischef. Så det var kanske därför det var jag som fick ta hand om dig?

– Det var en ynnest för mig. Jag känner mig priviligierad och hedrad.

– Behöver du inte alls göra. Jag sköter bara mina arbetsuppgifter. Du, Sivert. Om vi inte har något mer för tillfället, måste jag ila vidare. Men som sagt, du vet var du kan hitta mig. Ha det så bra, så kanske vi hörs! Jag finns här när du behöver mig, sa hon som slutreplik.

Fredriksson kämpade inombords. Sivert hatade när allt tog ett slut, ett farväl förelåg, att skiljas eller att säga adjö. Det är så oåterkalleligt, så definitivt, slutgiltigt och dystert på något vis. När han drog sig till minnes, då han hade ett jobb i Paris för några år sedan, att han flanerade på en gata som väl hette, Aveny Victor Hugo och var en riktig paradgata upp mot Triumfbågen. Victor Hugo var väl den som myntade de där kända stroferna, *att skiljas är att dö en smula.*

Partir, c'est mourir un peu... som man kanske säger i Frankrike. Han var en hyllad författare och dramatiker. Det var förresten han som skrev romanen, Ringaren i Notre Dame. Denne man, Victor Hugo, var lite ödesmättad, tydligen.

– Tack för all hjälp Pernilla. Nu ska jag själv fara in till den stora staden och sätta mig på vårt möte. Undrar vad man hittat eftersom vi inte brukar ha möten på eftermiddagarna. Hej, Pernilla. Sköt om dig, sa Sivert, det har varit ett helt fantastiskt trevligt besök på din flygplats. Även lite omtumlande.

– Tack själv Sivert. Men trevnaden är det jag som ska tacka för. Ta hand om dig, du också. Kram!

38

Arlanda Express tog honom in till Stockholm C på mindre än 18 minuter. Sedan bara tunnelbanan till Fridhemsplan.

Fredriksson hann backa förmiddagens händelser och den trevliga bekantskapen med Pernilla, polisens gränspolischef ute på Arlanda. Han log vid tanken på henne och blev lite varm inombords, gamla människan.

Är det förbjudet att tänka på tilldragande kvinnor? Han måste fråga Sigurd, han som var den senaste erövraren på knoget som han kände till i vuxen ålder. Inte alla smågrabbar med bara lite tunt fjun på hakan.

Sigurd träffade ju Britta vid deras gemensamma postlådor innanför porten, där de båda hade sin lägenhet, ville han minnas Sigge hade berättat. Och på den inslagna vägen har man fortsatt.

Redan framme vid porten tänkte han, då han stegade upp för den pompösa trappan. Vakterna innanför de stora, till synes tunga dörrarna, vinkade och öppnade med en knapptryckning, nästa dörrar som var av pansarglas.

Dörrarna gled ljudlöst åt sidorna, därefter var det bara raka spåret fram till hissarna.

Snabba kast, tänkte Sivert. Nyss hade han suttit ute på Arlanda med en dubbel espresso i en vit liten porslinskopp med fat av märket, Illy.

Strax blir det väl det vanliga, en pappmugg från kaffeautomaten i korridoren.

Han mötte genast Sigge, då han klev ur hissen. Det såg ut som om han stod och väntade på honom.

– Välkommen tillbaka till verkligheten, sa han och log ett spjuveraktigt leende. Och det har varit en trevlig utflykt, kan jag tänka mig, fortsatte han i samma spjuveraktiga anda?

– Ja, det har varit en värdefull resa, eller utflykt och så fick man frottera sig med sfären, de resande.

– Sfären?

– Ja, vandringsmännen, alla globetrotters.

– Nej, såklart jag inte menar så. Det var bara lite flärd, lite vardagslyx för mig. Det kändes internationellt, first class. Jag hade för övrigt en förtjusande kvinnlig polis vid min sida hela förmiddagen i stort sett. Hon hade jobbat hos dig, sa hon?

– Du menar Pernilla Öste?

– Ja, exakt. Hur kunde du veta det? Pernilla hette hon men efternamnet, hade jag ingen kläm på. Hon var någon gränspolischef eller något, berättade hon.

– Enkelt, log Sigge. Vem tar du mig för egentligen, log han? Jag såg till att det var Pernilla som skulle ta hand om dig på bästa sätt och vis. Bara att använda telefonen.

Du var värd Pernilla, även om du bara kände dig som en lyckans ost när du fick ha Pernilla vid din sida under besöket.

– Du fixade fram det bästa Arlanda hade att erbjuda, till en gammal kriminalinspektör?

– Ja, tyck vad du vill, hoppas de inte gjorde ont?

– Minst av allt, gjorde det ont. Vilken koll hon hade och vilket kontaktnät hon hade. Kontakter är guld värda, Sigurd!

– Men, du behöver inte se sådär fånigt drömmande ut längre, Sivert. Jag förstår att du föll pladask för henne. Det är en fantastisk kvinna. Förutom hennes yttre attribut, är hon en ytterst kompetent statstjänsteman, sa Sigurd och försökte återhämta alla sina egna anletsdrag i samma andetag. Hon är precis som även du uppfattade henne men det är i de närmaste elementärt, min käre doktor John Hamish Watson. Tror för övrigt du skulle klä i plommonstop och paraply ta mig fan!

– Söte Jesus, vilket kex! Man kan bli lyrisk för mindre och fan må ta mig, om inte även religiös, halelulja!

Som jag anade tänkte han. Sigge visste mer än väl vem hon var och vilka kompetenser hon förfogade över. Om man ändå hade varit tio år yngre…

– Nu har vi ett förestående möte, försök att rätta till anletsdragen innan vi tågar in till de församlade. De har redan väntat länge nog på din ankomst. Försök att städa till dig och ta bort de där fåniga draget kring mungipan. Vad säger Frida om du kommer hem och ser sådär fånig ut?

– Hon säger, jaha. Vad har du snubblat över för pingla nu då? Hon är van Sigurd. Jag brukar berätta om kvinnorna i min väg och hon kontrar med att då fråga om jag kommit in i puberteten.

– Har du det då?

– Jo, så är det nog, men det var ju ett tag sedan förstås Sigurd.

– Oj, vilken uppslutning, sa Sigurd när han såg den stora skaran av medarbetare. Välkomna till eftermiddagens möte ska ni vara. Vi har en del intressanta saker att ventilera.

– Har det möjligen sipprat ut kännedom att vi fått svar på vem som satt i taxibilen, men tanke på ansamlingen av utredare, undrade Sivert?

– Ja kanske det sa Sigurd och log. För det första alltså, kan jag berätta att vi nu fått svar ifrån Linköping på det dna från den som satt svårt bränd i taxibilen. Det dna Emma Winston plockade ut ur en tand från stoftet, efter den svårt brännskadade i taxibilen, stämmer på pricken med Gösta Gotthard Gustavsson 1971-03-10, även kallad, Gösen.

Ett sorl uppstod i rummet där alla poliser viskade till varandra och en del nickade med tydliga tecken på "vad var det jag sa". Svanstrand lät det tisslas färdigt innan han fortsatte.

– Vi har ju även slagit på honom tidigare där vi funnit att Gustavsson haft en diger meritlista. Han var tidigt med i en motorcykelklubb med en del mindre kriminell verksamhet. Alla i den klubben åkte det där stora Harley-Davidson. Man kan väl säga att det var den klubben som visade Gustavsson vägen in bland som han tyckte, lättförtjänta slantar. Men det blev en kort resa i mc-klubben för hans del. Han brakade in i en refug och det blev bara skrot av hans HD maskin. Själv fick han en fotskada på vänster fot som blev till ett men, för framtiden. Han gick med foten i paket, upp till knät, i över sex månader. Det var 1993-06-28 som han står i sjukjournalen med benfraktur. Sedan blev det fyra hjul istället och han började nasa begagnade bilar. På det blev de bilbudsfirman.

Han sa sig själv vara en trogen V-75 spelare och träffade ett gäng likasinnade, oftast på Solvalla.

Kuriosa är ju också att han satt på utredning nere på Kumla tillsammans med Mjesec Jovanovic, eller Månen. Han blev kvar på Kumla i ett år och sexmånader som var påföljden av hans amfetamin han hade i jackan en dag på just Valla.

Mjesec, flyttades upp till Hall under samma hopskrapade kriminellt leverne och tid.

– Ja, en tragisk historia på sitt sätt, sa Anton. Tyvärr för oss missar vi antagligen att få en del frågetecken att rätas ut och se ut som utropstecken, istället. Frid, Gösen!

– I och för sig så har det öppnat en möjlighet för oss ändå. Eftersom Gösta Gustavsson, 1971-03-10 är ett brottsoffer, så kan vi säkert få papper på en husis hemma hos honom. Jag menar vår överåklagare Krister Wickström, vill säkert få veta varför Gösen togs av daga och av vem?

– Det betyder också lite annat scenario vid industriområdet då man eldade upp taxin, än vad vi var inne på tidigare. Nu vet vi att på förarplatsen satt Gösta Gustavsson... skjuten med minst ett skott. Han har på något vis flyttats över från baksätet i bilen då han hämtades på Sätrahagsgatan tidigare på kvällen, till förarplatsen. Men jag tror han tvingades att gå dit själv, väl på plats sköts han innan man rullade ner taxin i diket och fyllde den mer eller mindre med bensin och tände på. Min tro är att det var de yngre förmågorna, Månens lakejer, som var fotfolket. Mjesec var troligen inte i närheten. Han ville inte besudla sina händer med sådant. De betalade han folk för att göra eller hotade dem med att tala med invandrarverket och gränspolisen om deras olagliga vistelse i landet.

<h1 style="text-align:center">39</h1>

Kommande natt somnade Sigurd sent, om än inte alls. Han är inte säker. Efter tre stadiga… höll han på bli beroende, tänkte han? Men Cutty Sark var hans sömnpiller. Nu blev det tre fyrafingers sömnpiller innan han slocknade och gled in i drömmarnas värld.

… han försökte så gott han kunde hjälpa till med en planka för att få upp Månens kassaskåpsdörr. Det ska gå sa han och såg att Miller kom släpandes på tre stolar. Han skulle göra upp en liten brasa för det var kallt i rummet och så gav det lite ljus. Det luktade surt gammalt trä som om de var murket och det rök mest. Gordon, Shutzer och Miller stod runt brasan som för att värma sig medan jag slet med kassaskåpet själv. Tänk om skåpet är tomt då, vad har du kämpat för då, sa gruppens analytiker, korpral Shutzer? Jag bara blängde på den oduglingen. Korpral Shutzer, baaah! Vem tror han att han är?

Sigurd försökte se om han kunde hitta furir Knott, hans kollega. Det skulle vara trevligt att träffa honom så att säga face to face och inte bara i den där boken, I månens klara sken. Kanske är det för rökigt, så jag inte ser honom för den sakens skull.

Kanske är det just han som har vakten i trapphuset för tillfället.

Bara han inte står där ute nu och får skyttegravsfot, han hade ju haft en fraktur på vänster fot som hade spikats ihop. Det var därför han haltade, tänkte han.

Oj, nu fick de upp kassaskåpsdörren och kunde äntlige se vad som fanns där inne. Spekulationerna var ju många, inte minst unge Shutzer hade sina idéer om vad där låg. Men det kom att häpna när det fann åtta flaskor vin. A v halmen på hyllorna att döma, hade det funnits fler än dessa åtta literflaskor. Det var litrar! På hyllan under stod två lådor sardiner i olja. Både Miller och Gordon var lyriska. Nu får vi ett tillskott till D-provianten, ansåg man. Stan kom också infarande för att få deltaga i festyran.

Man gick tillbaks nerför trappan på baksidan av huset. Det var fortfarande becksvart ute. Vi tog oss vidare upp, en trappa till en korridor med flera rum utefter sidorna. Bland alla nycklar vi hittat, var det bara en nyckel som passade, men den passade också till alla dörrar i korridoren. Varför stod det en narkosläkare vid ena dörren där vi hade alla våra värdesaker inlåsta i små fack? Det var en kvinnlig läkare. Röken från brasan man gjort upp tidigare hade tagit sig bra och det brann nu friskt i golvplanken också.

Tunga gardiner hänger för fönstren innanför de djupa nischerna. Men, han såg ingenting för det fanns fönsterluckor på utsidan. Han såg järnbulten som höll luckorna och löste problemet med luckorna som föll utåt så han kunde se ner på gatan. Pizzerian Bussola var nu stängd för dagen så klockan hade säkert passerat midnatt. En taxi stod nedanför på gatan och väntade. En taxi? Vem fan har beställt en taxi?

Han vände sig om och var alldeles svettig om pannan. Varför i helvete en taxi, skrek han i drömmen samtidigt som han satte sig upp...

Pyjamasjackan var som klistrad vid hans kropp.

Det var som han hade duschat med pyjamasen på. Klockan var halv tre…

Britta hade inte kommit hem ännu. Han måste upp och duscha, något annat fanns inte på kartan. Pyjamasen åkte samtidigt i tvättkorgen liksom hans sängkläder.

Vem ska vi skicka till Beirut för att efterforska Mjesec Jovanovic, tänkte han. Drömmen som väckte honom hade visat på en del ledtrådar för honom som han ännu inte riktigt förstått att tyda.

Något handlar om gänguppgörelse där den som spelar första fiolen, befinner sig i ett annat land. Hur länge då, i ett stycke, tänkte han? Vi måste röra om i deras gryta så dom inte får lugn och ro. Låsa in smågrabbarna för det minsta möjliga. Få dem att tappa rytmen, helt enkelt. Även om det kan kännas banalt att finka en småhandlare och det står en ny på kö, så blir ändå uppköparna osäkra på tillförlitligheten hos grossisterna då polisen plockar in deras småhandlare och säljare. Det blir grossisterna som får en sämre dager helt enkelt. Man vet inte vem man ska lita på, man stör deras dagliga rytm. Dom har inte raka spåret förbi kön till Operakällaren längre. De är inte prioriterade av utkastarna vid dörren längre. Det är dit vi vill komma, tänkte Sigurd medan han lät strilen frottera hans hjässa och känna doften av duschschampot fräscha upp hans sinnen.

Ett tag hade han tänkt, var det verkligen en dröm, var det inte bara ett gott järtecken?

Törs man skicka iväg Fredriksson på en utflykt till Beirut tro? Då faller han väl för någon flygvärdinna på vägen ner. Men någon av de yngre, kanske skulle vara säkrare med ett nytänkande som de har. Anton till exempel, Tessan gör inte bort sig heller. Kanske båda två?

I en säng med nya sängkläder och en nyduschad kriminalkommissarie, somnade han som ett timmerbröte i någon fors någonstans i Norrland, eller var man nu har sådana.

Fan, sa han igen. Fan, fan, fan... han gick igenom samma eldprov inbillade han sig, som sin kollega i boken. Den bok han malde var eviga kväll, som hans vanliga sömnpiller. Han måste ta rätt beslut hela tiden, annars skulle hans grupp få lida precis som spaningsstyrkan hos furiren Will Knott, i den splittrade spaningsbataljonen S32 i Ardennerskogen. Helvete, svär Sigurd igen och han kom att tänka på söndagsskolan i Mjölby av någon anledning. Nu måste jag ställa upp boken i bokhyllan. Skaffa annan nattlektyr så man slipper ridas av maran, var och varannan natt. Men, vi har också ett helvetes läge, båda två. Polischefen vill ha resultat och så vill såklart Rikspolischefen ha resultat och detta överstökat in pronto. Liksom furir William Knott, har major Ware över sig som vill ha sina resultat och kräver det omöjliga. Där är de lika.

Här har man i alla fall både varmt och kallt rinnande vatten i en dusch, samt en riktig säng med duntäcke att sova i samt kaffe och rostat bröd, om han så ville med apelsinmarmelad, till frukost. Hans kollega ute i skogen, hade ett blött lerigt jordhåll att låta sina soldater patrullera i medan snålblåsten ven. Duntäcke fick bli deras vapenrock där man försökte sova på sitt liggunderlag. Frukosten blev något ur D-provianten som fick lösas upp i vatten, oftast kallt vatten men man försökte elda i spisen med fuktig ved för att kunna värma vatten, det var inte avundsvärt på något vis. Sigurd ruskade av sig obehaget och vände sig om åt andra hållet i sängen. Det stod inte på många minuter innan han sov. Men på avstånd kunde han höra Katarina slå ett dovt slag för klockan var nu redan fyra. Snart skulle morgontidningen komma, om den inte redan hade kommit. Och om ett par timmar, kom Britta hem från arbetet.

Undrar om han som skulle tända grillen med bensin, har börjat prata ännu, tänkte han innan John Blund drog ner rullgardin.

40

Innan Svanstrand åt frukost och medan hans Britta sov efter sitt arbete senaste natten, tog han sin telefon. Hon jobbar ju jour på avdelningen för narkossköterskor och nu var det Britta som haft det lindrigt på jobbet, men ändå måste hålla sig vaken och alert. Han satt alltså själv vid frukostbordet. Hon hade berättat för Sigurd vid ett tillfälle då de skulle ha "firmafest" på jobbet att de skulle ta sig en fördrink… innan de brakade löst. Kollegorna hade skrattat och sagt att de kanske skulle *prema*, innan så de kunde varva ner snabbt.

Prema, hade jag undrat, mindes Sigurd? Ja det är sjukhusslang för, premedicinera. Jaha, hade han sagt som om han förstod precis. Nämen sa Britta, det ger man en patient innan den skall sövas, man ger ett lugnande medel i flytande form.

Man kanske skulle ta sig och *prema* emellanåt tänkte han, särskilt när det är som rörigast på knoget.

Med lite kaffe kvar tog han sin telefon för att skicka ett sms till både, Sivert, Tessan och Anton.

Oj, det tydliga beviset kom som i en glimt, en blinkning.

Jag kan bevisligen inte i lugn och ro äta min frukost utan att jobba samtidigt! Jag vill ha lite ordning och reda och att vi inte ska sitta och bränna lyse i onödan. Men, vem fan tackar mig för detta? Det är en verklighet vi jobbar efter, inte någon tv-serie med omtagningar och väntan på molnigt väder för bättre bild.

Vi jobbar på nätter, i regn och snö, vind och sol, när så behövs och är nödvändigt. Några omtagningar är det aldrig tal om, utan det är live hela tiden.

Tunnelbanan skakade på vid spårbytet när man kom till Centralen. Han kunde sitta kvar ända fram till Fridhemsplan och sedan tio minuters promenad.

Glasdörrarna innanför den stora tjocka porten, gled åt sidan innan Svanstrand nått innanför den stora porten. Vinkade åt vakten som var alert nog och snabb i tanken för att öppna glasdörrarna. Till och med en hiss stod i gatuplanet så det var bara kliva på och fara iväg uppåt i huset till sitt kontorsrum.

– God morgon, sa han såg att där redan satt de tre kallade, Sivert, Tessan och Anton. Alla med kaffemuggar i händerna och ett wienerbröd att mumsa på.

Sigurd sträckte upp handen för att de skulle ursäkta honom medan även han hämtade kaffe och wienerbröd innan de drog igång morgonens möte.

– Ja, god morgon som sagt var och välkomna till denna lilla seans. Ni undrar säker vad detta kan innebära, förstår jag. Jag ska inte hålla er särskilt länge på grillgallret.

– Om bara chefen kunde ana vad vi undrar, sa Tessan.

– Inte utan man undrar vad du har på gång Sigurd, sa Fredriksson och sträckte ut sina ben. Jag hämtar lite kaffe till!

Anton satt nöjd och avvaktade hur och var bomben skulle brisera.

– Det är så här sa Sigurd, men först och främst vill jag försäkra mig om att alla tre är villiga till en liten resa? Först till Beirut och de hotell där man iakttagit Mjesec Jovanovic. Upphör spåren efter Månen i rasmassorna av hotellet han bodde på, ni kommer att få hjälp av den lokala polisen, behöver jag säga det? Sedan kan det bli en avstickare till Istanbul där banken är belägen som ombesörjet hans autogiro. Men frågan är alltså, vill ni ta den resan? Det kan totalt handla om några få dagar. Vad säger du Sivert, nu kommer du hamna på Arlanda vid terminal 5 du är ju hemmastadd där?

– Det är helt klart taget, Sigurd. Plikten framför allt, sa han och log brett.

– Ja, det låg liksom i luften.

– Helt klart intressant, sa Anton. Åker gärna till Libanon. Där har man aldrig gästat etablissemanget. Får man förtära alkoholhaltiga drycker där?

– Hur är det med bombningarna och oroligheterna, undrade Tessan. Det brukar ju vara gränskrig mellan Libanon och Israel?

– Gränskrigen brakar löst i södra delarna av Libanon, där ligger inte Beirut. Långt ifrån. Det finns heller inga direkta förbud om att åka till Beirut av den anledningen. UD avråder dock för icke nödvändiga resor, på grund av Corona viruset. Man kan, vilket är helt okej, äta gott och billigt i Beirut samt dricka viner med ganska hög promille. Men, det kan ju knappast vara aktuellt för er om det inte sker på er fritid. Jag tänkte ni skulle jobba så mycket det gick.

Vara effektiva, inte åka ner som turister, förklarade Sigurd.

– Jag känner mig tveksam, sa Tessan. Åka till ett land där man protesterar mot regimen på gatorna och där man smäller av bomber eller vad det nu är. Det känns, måste jag säga, inte så där välkomnande precis.

– Fundera på detta under dagen, Tessan. Ambassaden i Beirut avråder ingen att åka till Beirut. Jag tror, utan att puffa, det skulle vara lärorikt med denna resa. Lägger på ytterligare erfarenheter. Men om du känner olust, kan det vara en olägenhet, ett men, för din medverkan. Annars nöjer jag mig med de två gubbarna.

– Vad är meningen vi skulle göra i Beirut, undrade Anton?

– Tanken är att på plats tala med polisen, ni kommer vara ackrediterade och väntade när ni stegar in i polishuset i stadskärnan. Se till att skaffa er svart på vitt att, nummer ett: Mjesec Jovanovic har bott på de hotell man talat om och under vilken tid. Nummer två: Vart har han tagit vägen sedan, eller, var finns han nu. För mig låter det för mycket mañana och siesta om man undantar alla fem böneutrop som övriga avbräck. Det kan då lätt bli att man tar det lite med ro, det som vi jagar som ivrigast. Försök därför få bevis för att han bott på Hotell Diwan House. Den bank som sköter hans autogiro betalningar gällande hyran på Sätrahagsgatan 62, finns ju i Istanbul. Kanske ni som sagt var ska ta en sväng förbi banken på hemvägen? Men jag kan tänka mig att de inte kommenterar deras kunder hur som helst. Allra minst med polisen. Banksekretess, tror jag det heter och är något man hänvisar till när vi frågar. Vi har ju inget på vår Måne, bara en massa indicier. Några frågor?

– Ja, det finns det väl men oftast kommer de då man antingen sitter på flyget eller har landat på Beirut-Rafic Hariris internationella flygplats. Det är så dags då. Men, mer konkret, när ska vi dra, har du tänkt dig, undrade Sivertsson?

– När ni kollat upp första bästa avgång med direktflyg.

– Några restriktioner i övrigt vad gäller praktiska detaljer, undrade Anton i sin tur?

– Om du menar hur många stjärnor hotellet får ståta med och hur vidlyftigt krognotorna blir, så gäller vanligt förnuft. Du får se hur elegant Sivert kommer att sköta denna del, Anton. Han var ju senast i Paris och slog runt på Sacré-Cœur, stadens högsta kulle, eller *la butte,* som den kallas av fransmännen och som ligger vid Montmartre, *högen.*

Men, hitta rätt flyg bara. Det kan ju bli avresa ifrån både Arlanda och Skavsta i Nyköping. Allt beroende på bolag och lägenhet. Tror dock Sivert kommer boka avgången ifrån Arlanda, av någon anledning. Vi kommer säkert att höras igen innan ni drar. Men till dess, så är det lycka till som gäller.

Sivert, Anton och en något slokörad Tessan, lämnade Svanstrands kontor för att hämta andan vid en kopp fika innan morgonens bönemöte med hela gruppen skulle ta sin början. Tessan hade bestämt sig, hon vill inte ta resan in bland bombkratrar, gränskrig och utbredd Corona. Hon kan avvara den erfarenhet det skulle ge henne liksom gratisresan.

41

– Har alla fått kaffe och wienerbröd... ja för den som vill hålla huden slät och fin?

Ett nickande kunde Sigurd finna bland alla hans medarbetare. Det var ganska gott om folk på dagens möte också. Verkar som om alla börjar vädra morgonluft, tänkte han. Det är ju positivt i sig. Trots att de vi har på bordet inte legat där särskilt länge, tvärt om. Finns ju utredare som håller på månadsvis med sina ärenden. Vi är på gränsen av tre veckor, men vi är heller inte i mål än. Kanske vi hamnar på ett halvår för oss också och slutar med att åklagaren får skriva av ärendet som, ej utredningsbart.

– Hur går det för herrskapet Tessan och Janne, med vår grillmästare? Ligger han kvar på Södertälje, förresten?

– Jo men det rör sig väl lite sa Tessan, som var deras språkrör. Men, han ligger inte kvar på Södertälje sjukhus längre. Han är flyttad till Akademiska sjukhuset i Uppsala och deras brännskadecentrum. Han skulle egentligen körts till Uppsala direkt ifrån början. Nu är han i alla fall på Akademiska men kommer troligen flyttas ytterligare en gång och då till Universitetssjukhuset i Linköping som har en specialistkompetens inom hand- och plastik-kirurgi på sin klinik vid brännskadeavdelningen.

Vi har bara att gå på vad han berättade på akuten i Södertälje hur han hade missbedömt tändandet av en grill med bensin.

– Okej, han har alltså inte sagt något ytterligare?

– Nej, han har inte det, fyllde Janne i. Han har svårt att tala på grund av ett enormt bandage över hela ansiktet. Men vi har lyssnat med en kamrat till honom som besökte Naim då han fortfarande låg kvar på Södertälje sjukhus.

– Förlåt, Naim, sa du väl?

– Ja, den som skulle tända grillen med bensin och nu ligger i paket, heter Naim Kalili från Iran. Det fick vi efter hand reda på genom personalen på akuten.

– Och hans kamrat, undrade Svanstrand, han heter?

– Han heter Nima Mohammedi och kommer också från Iran.

– Rent spontant, sa Svanstrand och tog sig om hakan… rent spontant tänker jag så här som en gemensam nämnare. Var det inte så vid bilbudföretaget i Norsborg där Aria arbetade som chaffis och körde iltransporter åt företaget och att det var två, möjligen tre, för Gösen kunde inte minnas antalet Iranier, som kom och hämtade Aria Ahmadi för hans sista måltid? Gösen trodde att de var Iranier, de hade samma sorts utseende som Aria Ahmadi. Han hittades ju senare död under byggställningarna på Sätrahagsgatan om jag inte minns helt fel. Det verkar i mina ögon och tankar som det är samma Iranier som det handlar om hela tiden. Ett slags fotfolk åt vår vän, nåja vän och vän, Mjesec Månen Jovanovic. Sådana som Månen skickar fram för att göra skitjobbet åt honom.

– Var bor denne Nima, då?

– Samma hus som Naim, sa Tessan. Samma lägenhet där de hyr rum av en Serbier.

– Serbier, undrade Fredriksson och hissade upp ögonbryn som om även han nu lade ihop ett och ett och fick det helt naturligt till två… ja rent spontant.

– Varför denna förvåning, undrade Svanstrand och såg aningen oförstående ut som omväxling.

– Jamen kom igen, Sigurd! Var kom Månen ifrån för land? Just det, Serbien! Och, dessa två Iranska grovjobbare verkar ju jobba åt Gudfadern själv, eller Mjesec Jovanovic.

– Kolla upp denne Serbier som hyr ut, eller låter dessa två Iranier bo hos honom gratis. Vem är han, har han möjligen någon kontakt med Månen själv?

– Lite kuriosa, sa Janne och log. Den där Iraniern, Nima, har jag kollat namnet på.

– Jaha och vad menar du med det, i så fall?

– Nima betyder på svenska, Sol. En Måne och en Sol.

– Då undrar man vem som är stjärnan i själva verket sa Anton, för att piffa upp stämningen.

– Hör ni gott folk. Min mage skriker så det ekar. Vi tar lunch och ses här efteråt för att runda av mötet. Utgå!

Sivert tog täten mot hissen med Sigurd i släptåg. De flesta andra gick till lunchrummet för att stoppa medhavd lunch i micron. Det var egentligen bara Sivert och Sigurd, de två parhästarna som var på väg ner till deras vanliga stamlokus på gården för att fylla krävan med dagens kalorier.

– Vad har vi på menyn idag, Sivert?

– Idag har vi pytt i panna vilket Bakfinkan brukar lyckas med.

– Låter som om jag skulle beställt detta, log Svanstrand. Det är en av mina favoriter när den är väl tillagad.

Med välfyllda lunchbrickor stegade man bort till sitt stambord. Det var gott om folk i restaurangen, men deras bord lite vid sidan, lät man bli att lägga beslag på. Det har hänt en gång då det var ett par polisaspiranter som inte visste bättre. Sedan har de fått ha sitt bord i fred.

Pytten var precis som de båda önskade sig. Rödbetorna fyllde sin plats också och var som själva prickarna över någon bokstav som annars skulle se fånig ut.

Sivert tog en öl, medan Sigurd nöjde sig med en Ramlösa.

– Har du kollat något lämpligt flyg för resan ner till Beirut, undrade Sigurd?

– Jo jag har en planerad avresa på tisdag, det är billigast avresedagen och på morgonen. Det är inte något strömhopp direkt över till Libanon ska du veta Sigge. Det gäller att haka på första bästa flygbolag och inte vara så nogräknad. En lång resa blir det för det är en mellanlandning på vägen ner i Turkiet på Sabiha Gökçen internationella flygplats i Istanbul.

– Aj fan, det blir en mellanlandning i Turkiet. Då vet man ju vad sådant tar i tid. Man får lämna flygplanet, de lossar alla väskor för att de som bara skulle till Istanbul, ska få sina väskor och sedan ska allt lastas om igen. Vad var er flygtid?

– Det är en genomsnittlig flygtid på fyra timmar och tjugofem minuter ner till Beirut. Men med stoppet nu i Istanbul, blir det närmare tio timmar och fem minuter.

– Oj det var mycket tid att bara bränna lyse på, sa Sigurd och lutade hakan mot handen. Kan tänka mig att det fanns flera flygbolag på denna rutt. Vilka flög ni med, sa du?

– Vi kommer flyga med Pegasus Airlines även om de nu på kort tid har hasat av landningsbanan och kvaddat två kärror. Båda gångerna i regnigt väder. Kanske dåliga däck, eller för mycket av det Turkiska brännvinet, Raki? Vid krascherna var det ingen passagerare som omkommit, vilket är ju glädjande nog. Och något vi kan ta med oss som minne på resan. Vi får hoppas på soligt väder vid mellanlandningen och att man stoppat undan Rakin. Men nu är detta historia och det är nya bollar och insatser som gäller. Vi ska åka med en beprövad flygplanstyp, en Boeing 737 - 800.

– Det var inte dåligt ändå. Visserligen kom den första kärran i luften 1967, men det behöver ju inte betyda något Sivert. Man har nog tillverkat flygplan på senare tid också. Kolla bara så vingarna sitter fast ordentligt. Man har haft problem med sprickbildning vid vinginfästningen i flygplanskroppen. Men det har man nog fått bukt med nu tror jag. Hoppas det.

– Tack för alla glada tillrop och lyckönskningar på resan, Sigurd. Du är en riktig glädjespridare du.

– Äsch, så lite så. Man vill ju gärna informera de man kan om denna flygplanstyp före en trevlig avkopplande resa. Det finns förresten statistik på hur ofta trafikflygplan trillar ner. Ja, störtar, alltså. Rent statistiskt, ska det inte hända de närmaste sju åren i varje fall.

– Tack Sigurd. Det låter ju förtröstansfullt och tryggt. Tack ska du ha för dessa profetior.

42

Måste nog ta ett snack med den tekniska roteln och grabbarna
Karlsson som ju jobbat åt oss i vårt uppdrag med Operation
Mona, tänkte kommissarie Svanstrand. När har vi en ledig tid
i vår agenda?

Han gick in till sin sekreterare för att fråga om vi hade kollen
på var grabbarna Karlsson höll på med och var de befann sig
just nu.

– Jag behöver träffa Karlssons på tekniska roteln, sa han. Se
om det finns något hålrum för ett samtal med dem på max en
timma?

– Återkommer sa hon och log.

– Tack, du är en ängel!

Sigurd gick in i sitt rum igen och bredde ut en karta över
Libanon. Var låg hotellet som man iakttagit Månen, i förhål-
lande till den stora explosionen, funderade han. Han ville se
svart på vitt. Största skadorna i Beirut var ju nere vid hamnen
det kände han ju till, men var låg i så fall hotellet. Hur skadat
kunde hotellet vara?

Kunde han ha en sådan förhoppning att hotellet stod där det stod, även efter sprängningen men möjligen skadat kanske genom sprickor i fasaden och annat. Enligt Pernilla Öste, var det från början bara en grushög kvar, innan hon beslöt att inte överdriva. Hotellet stod kvar, men var avstängt innan man säkrat hållbarheten. Allt lär stå kvar när man lämnade hotellet på samma plats. Ingen går in i hotellet ännu. Myndigheterna har inte prioriterat byggnaden särskilt högt. Det är sprickor i väggar och rasrisken är stor för att tak ska vika in och kollapsa, hade man berättat för Pernilla mindes han. Det intressanta var dock att Månen hade checkat in där.

Hans sekreterare gläntade på dörren mitt bland hans tankar.

– Teknikerna är på ingång och de undrar om de har fri lejd rakt in?

– Då kan du hälsa grabbarna Karlsson att de är välkomna upp till mig!

– Jag tror de är på väg i hissen redan, Sigurd!

– Men vad bra! Du är en pärla, har jag sagt det tidigare kanske?

– Ja, det låter faktiskt bekant, men trevligt, sa hon med ett härligt varmt leende då hon stängde dörren för ett ögonblick innan Karlssons stormade in.

Så stod hon där igen i dörröppningen och släppte in teknikerna från roteln.

– Slå er ner grabbar och känn er varmt välkomna.

– Tack, kommissarien!

– Jag tänker skjuta ifrån höften, om det är okej för er. Vad fick ni fram av den röda 245:an? Jag vill minnas ni hittade ett dna som stämde med Iraniern.

han som låg under byggställningarna på Sätrahagsgatan, tidigare. Så var det vad?

– Så var det ja, sa Viktor.

– Men, var det inte så också att ni fann andra dna som vi inte vet vilka de tillhör?

– Stämmer också. De var Linköping och forensikerna där nere som konstaterade att det var två andra dna. Jag tror man hade räknat med att bilen skulle brinna upp totalt så alla sådana saker skulle därmed gå upp i rök. Nu blev det inte riktigt så.

– Nu vet jag vilka dessa dna tillhör efter att de duktiga forensikerna har matchat dessa med ett par oidentifierade vi hade. Idag inte oidentifierade. Det är samma bild på dessa som två Iranier är ägare av.

– Är det så, har vi haft sådant flyt plötsligt, Sigurd?

– Ja, så förhåller det sig. De dna ni hittade på ratten och på instrumentbrädan i 245:an, är identiska med den vi har som skulle tända sin grill med bensin och nu ligger på Akademiska sjukhuset i Uppsala på deras brännskadeavdelning. Det andra dna ni hittade, var på en Cocacola burk som någon druckit ur och avgivit tydliga spår och därmed dna från en annan Iranier som heter Naima Mohammedi och är kompis med den brännskadade som heter, Naim Kalili och de bor inneboende hos en Serbier, som också råkar köra taxi. Han äger ingen taxi, han är bara åkardräng åt någon.

– Sigurd... ibland har vi tur och allt trillar in på rätt sida om mittlinjen. Känns väldigt bra, sa Wilbur Karlsson som suttit tyst ända tills nu.

– Bra knogat, sa Sigurd!

– Tack chefen!

– Hur har det då gått med Mercan, där vi hoppades ni skulle hitta en kula på durken eller i dörren på högra sidan av bilen.

– Det var nog att ha för höga förväntningar. Som Wille och jag har dammsugit detta plåtskal. Vi räknade ju ut precis som du funderade om. Vi tänkte i kardantunneln, durken på passagerarsidan eller i dörren på samma sida. Men, inte då. Vi hittade inte heller hål där någon kula skulle passerat igenom vare sig det ena eller det andra. Kanske rakt ut genom högra sidorutan möjligen, och i så fall lär vi aldrig hitta den kulan. Har man tur, kan den i och för sig sitta i någon telefonstolpe i den tänkta färdriktningen eller i en hög med pallkragar som fanns på andra sidan diket tillsammans med lastpallar. Vi har ju varit ute vid diket och kört med en metalldetektor. Det blev ett jäkla pipande för hittat metall.

– Jaha, se där ja! Men, något säger mig att ni inte fann någon kula.

– Rätt kommissarien, fyllde Viktor in efter Willes långa utläggning. Vi fann en del, några räls spik och några muttrar, men inte en endaste liten kula. Vi kolla telestolparna i den tilltänkta kulbanan, men de stod i fel vinkel till den brunna taxin i diket. Vi kammade, som det heter, noll.

– Man kan inte ha tur jämt, sa Svanstrand och sträckte sig slentrianmässigt efter sina röka, som han inte längre förfogade över sedan veckor tillbaka. Det var bara en tiondels sekunds återfall, som han klarat med glans utan att tänka på det. Lika fort som den invanda rutinen uppstått, lika snabbt var impulsen och suget borta.

– Men, vi gissar att kulan finns i en riktning vi stakat ut.

– Kan du utveckla ert resonemang där? Svanstrand undrade, samtidigt som han lät bli att titta på sin armbandsklocka, om det var utredningsbart? Han insåg att den gamla devisen att klockan går fort när man har roligt.

– En Glock, som vi väl talar om här förstår jag, har en effektiv räckvidd upp till 50 meter med dödlig verkan. Utan hinder i vägen försvinner annars en kula iväg runt 300 meter, men kan då hamna ur den riktning den hade då den lämnade pipan. Så om man har skjutit fler skott än den kula Emma Winston hittade, och i samma riktning men ut genom sidofönstret och efter att den passerat genom offret, har det troligen ändrat riktning och kan säkert, eller möjligen spåras på närmare håll än 100 meter.

– Nu tror ju jag inte detta spelar någon roll längre med denna kula. Annat hade varit om vi inte hade något att gå på. Nu har vi ju dna på de som rört sig i bilen. Och den 245:an, har vi väl kvar i garaget fortfarande?

– Stämmer Sigurd, sa Wille!

– I så fall är det höger – vänster om, marsch! Tack för information och bra jobbat, grabbar! Nu har vi bara ett fåtal frågetecken kvar att räta ut. Några Iranier som ska bekänna färg och en Serbier vi ska syna lite efter dolda kort i skjortärmen eller kaniner i hatten.

43

– Sivert, kan du komma in till mig ett tag, ropade Sigurd när han såg sin vapendragare komma borta i korridoren

Sivert satte upp en hand som han uppfattat meddelandet ifrån sin chef. Men Sivert tänkte, nu får du snabba på med snacket för jag är på väg till Arlanda för att träffa Anton. De hade bestämt så. Men innan dess skulle han ringa Pernilla Öste och tipsa om sin närvaro på terminal fem. En liten pratstund innan de for iväg. Förhoppningsvis få en återkoppling till den kontakt hon hade nere i Beirut så de fick lite hjälp på traven i sökandet efter Månen, kanske.

– Och, sa Sivert med ett frågande tonfall när han rundade dörrposten in till Sigurd rum?

– Stäng dörren, sa han!

– Hinner inte, Sigurd. Knappt jag hinner stå här. Jag är på väg till Beirut, om du möjligen har glömt det?

– Visst fan, de hade jag faktiskt glömt. Är det idag… brådis?

– Brådis kan man lugnt säga. Du får se till att ordna fram en bil som kör mig ut till Arlanda.

– Jag tänkte bara på de där Iranierna...

– Iranierna?

– Ja, dum fråga av mig. Men visst var det Tessan som höll i den biten tillsammans med Janne?

– Stämmer, men nu måste jag dra. Hur blir det med bilen?

– Åk ner med hissen du, så har du en bil på gatan när du kommer ut. Okej?

– Tack ska du ha. Jag ska väl ha en trevlig resa till Libanon?

– Såklart du ska. Jag hinner bara inte med. Trevlig resa och akta er för hus som kan rasa ihop, tak som ramlar in. And good hunting!

Det sista hörde inte Sivert för han stod otåligt och väntade på hissen.

När Sigurd följde sin kollega ut i korridoren var där tomt. Han var antagligen redan på väg ner med hissen. Vad fort allt händer när de väl börjar?

Han såg bara deras till synes ändlösa korridor med raden av dörrar. Samtliga stängda. Fredriksson var som uppslukad.

Han stod där ett tag och funderade över vart allt folk tagit vägen. Han tyckte sig se sig ljuset i andra änden av tunneln, eller i det här fallet, korridoren. Han tyckte sig se synonymer med talesättet, han såg slutet, kunde skönja en ände. Var det bara en förvarning, järtecken eller ett varsel, tänkte han vidare? Ett orakels profetiska tankar? Han blev stående i sina tankar en längre stund. Kunde inte flytta sig. Visst var det väl ett ljus han såg, där i andra änden?

Han ruskade på sig av obehag. Så här har han aldrig känt tidigare. Kanske dags att ta semester och göra den där utflykten till Mjölby, sin hembygd, sin fädernegård med sin kära Britta?

Ja, om hon kan få någon dag eller två, ledigt. Vi kanske skulle kunna bo på Mjölby Stadshotell?

– Har chefen tid, hörde han någon säga bredvid sig?

Han vände sig om lite för hastigt så han blev nästan yr och tog ett snedsteg.

– Ja sa han, och såg att där stod Tessan.

Hon såg lite frågande ut på honom.

– Jo, jag har tid. Jag har egentligen alltid tid för mitt folk. Kom igen, vi går in på mitt rum så behöver vi inte torgföra allt du har på lilla hjärtat här i korridoren.

– Jamen vad bra, tack sa hon. Jo jag tänkte på de där Iranierna…

Sigurd höll sig för pannan och föreslog de skulle hämta var sin mugg kaffe, innan de fortsatte. Nyss frågade han Sivert om det inte var Tessan som höll i trådarna kring de där två Iranierna som figurerat flitigt nu ett tag. Och så kommer Tessan till honom i samma ärende, säger på exakt samma sätt som han själv, alldeles nyss. Håller han på bli knäpp, tänkte han? Det är sådant här som gör att man börjar tro på någon ovan där…

De gick in på Sigurds rum med var sin kaffemugg och Sigurd var intresserad av att höra hur Tessan hade det och vad hon hade på tungan.

– Iranierna, undrade du?

– Ja, vi vet ju nu vad båda heter, var de bor och så.

– Men vad bra, kan du berätta, eller tänker du dra det nu på mötet?

– Helt okej. Du kan få lite förhandsinformation, sa Tessan. Kan vara bra att vara lite påläst, som flickan sa.

– Shoot, sa Sigurd och gnuggade handflatorna.

– Den brännskadade grillmästaren, vet vi ju sedan tidigare att han är ifrån Iran och heter Naim Khalili 1999-05-12. Han befinner sig i landet utan uppehållstillstånd enligt Migrationsverket. Man kommer snart meddela honom att han inte kommer få stanna i Sverige.

Hans kompis, den som följde med honom till akuten på Södertälje sjukhus och sedan besökt honom, heter Nima Mohammedi och är också ifrån Iran. Nima, betyder för övrigt Sol och han kallas också på svenska för Solen. Samma förhållande som med Månens tilltalsnamn kompisar emellan. Nima är lite äldre än Naim och är född 1997-11-27.

De bor inneboende i Hallunda, i ett höghus som jag berättat om tidigare där det även finns en gemensam grill tillhördande bostadsrättsföreningen, men den får man inte använda efter klockan 20:00. De har jag också berättat vid förra mötet.

– Okej, men vem bor de hos, för de har väl ingen egen lägenhet kan jag tro?

– Nej, något eget boende har de inte. Båda har ju sänglampan från Migrationsverket hängande över sig och väntar på att bli utvisade. Den de är inneboende hos, är en taxichaufför som kommer ifrån, hör och häpna, Serbien. Han heter något så tillkrånglat som, Jaroslaw Przedepelski, men kallas för Jarek.

Han kör också en glassig Mercedes Bens. Han hade kört dessa två unga män från Arlanda in till Stockholm utan att de visste var de skulle bo. Jarek hade tyckt synd om dem och sa att de kunde få bo hos honom tills de hittade ett boende. Man kan säga att enligt Jaroslaw Przedepelski, så är det på den vägen de är för tillfället. Men vi är inte så säkra på att detta är sant.

– Är det du och Janne Klinga som håller i detta?

– Ja, ifrån början var det så. Nu är det jag och Mia Liedberg som kör detta race. Mia är bra, hon är iskall när hon frågar ut dem vi har på vår anslagstavla.

– Bra, Tessan, jätte bra! Jag förstår att de du nu berättat för mig, kommer du strax dra igen på morgonens möte, om jag inte är ute på velocipeden? I stora drag har ni rapporterat detta vid förra mötet, men nu hade ni skrapat ihop mer kött på benen.

– Stämmer på öret, chefen!

– Vi kommer ju sakna Fredriksson och Franke på mötet som du förstår. De sitter på flyget nu på väg till Beirut. Du skulle ju varit med du också, men jag förstår dina tankar om oroligheterna där nere. Jag anar, det kommer gå fler tåg... menar flygresor. Då syns vi snart på bönemötet, Tessan. Är det något du vill jag ska poängtera efter din rapport eller så, vid mötet? Ja berätta gärna i så fall, de gör jag i så fall gärna. Vi kanske ska plocka in den där Jarek också för skyddande av brottsling? Ja, det där sista, var mest att jag tänkte högt.

44

Tessan hängde upp ytterligare tre bilder på den stora skärmen med övriga inblandade i deras pågående utredning, Operation Mona. Det var två, lätt mörkhyade män, samt en bild på en man med ett mer europeiskt utseende.

– Bra, här är det full rulle ser jag, sa kommissarie Svanstrand när han klev in i händelsernas centrum. Man hade börjat tala om de brott man var upptagna med just för tillfället och därmed utredningen, Operation Mona.

Då ska ni känna er välkomna till dagens möte allihop. Ni ser kanske att här saknas kriminalinspektörerna Fredriksson och Franke. Vill bara berätta att de just nu sitter på ett flyg ner till Beirut. God morgon, förresten!

– Jag har passat på att hänga in en bild på den som försökte, enligt hans egen utsago, tända en grill med bensin istället för det mer rekommenderade, T-Gul som tändvätska. Det är han på bilden här, sa Tessan och pekade ut Naim Kalili. Bilden är tagen innan hans försök att tända upp grillen med bensin.

Här, sa Tessan fortsättningsvis och pekade på nästa bild, ser vi hans kompis som var med för att grilla, Nima Mohammedi. Båda två är ifrån Iran och uppehåller sig olagligt i landet. De bor inneboende hos denne man, Tessan sträckte på sig för att nå bort till det övre högra hörnet och den tredje, nya bilden och inte samtidigt stå i vägen för den stora tavlan. Det är taxiåkaren Jaroslaw Przedpelski. Kommer ifrån Serbien och som av en händelse är landsman med Mjesec Jovanovic, eller Månen. Båda kör taxi och slumpmässigt så rattar de även en exklusiv Mercedes.

Ni som var vakna då vi redovisade bilder ifrån trafikövervakningskamerorna, såg två taxibilar aktuell natt i området kring industriområdet, där den ena av dessa två taxibilar brann upp efter en singelolycka i korsningen Varuvägen - Konsumentvägen. Det är den officiella dateringen av händelsen till dess vi bevisar något annat.

– Kan bara inflika sa Svanstrand, att efter ha talat med åklagaren, så är rubriceringen efter denna singelolycka i ett otrafikerat industriområde mitt i natten, med en dikeskörning som följd, numera mord.

– Det är väl precis den tankegång vi själva jobbat efter från första början, sa Tessan? Men, det måste väl liksom gå den rätta vägen. Nu har det äntligen gjort de. Kvarnen har malt färdigt. På tal om kvarn, fortsatte hon. Kan man gå och hämta en mugg kaffe? Kanske fler som vill ha, men ingen bensträckare, bara kaffe.

– Gör det ni som känner att ni vill hålla er vakna och pigga. Det kan inte ta särskilt lång tid, sa Svanstrand och såg tämligen nöjd ut. Något börjar sticka upp ur fjolårsgräset så sakta.

Svanstrand märkte den goda förhoppningsfulla stämningen när de som hämtat sig kaffe, återvände. Verkade lovande. Bättre att ha medarbetare som trivdes med jobbet än tvärt om var hans analytiska tanke.

– Återstår bara några få små detaljer, innan vi är i mål och åklagaren också, sa han medan han blickade ut över församlingen runt bordet.

– Rent konkret, vad handlar dessa detaljer om i så fall, undrade Janne Klinga?

– Det handlar i första hand om vad grillaren har att berätta liksom hans kompis. Var det verkligen så att de grillade? Var i så fall gjorde man detta försök att tända grillen. Inte där de bor, de vet vi av hyresgästföreningen som påtalar förbudet om att grilla efter klockan 20:00 om kvällarna i deras gemensamma grillhörna mellan två av höghusen. Var, grillade man nu då om man verkligen ämnade grilla? Om inte, var befann man sig då den aktuella tidpunkten?

För vår del är det så praktiskt att för tillfället kan de inte prata ihop sig. Naim Kalili, befinner sig på Akademiska sjukhuset i Uppsala för brännskadade. Så vi kan nöta ut den andra, Nima Mohammedi, med tjatiga förhör under tiden.

– Ja, det var ju en liten detalj, sa Janne och log. Fler små detaljer?

Nu log även Svanstrand. Rättade till anletsdragen och fortsatte.

– Vi har hört av ett vittne som försvunnit ibland andra trådar vi haft att dra i, tyvärr.

– Låter spännande med ett vittne, sa Tessan.

– Ja, det är ifrån en nattvakt som mötte en vit skåpbil.

– Det var ju en vit skåpbil Jonna och jag plåtade i samband med att den där taxibilen kom för att hämta någon vid Sätrahagsgatan 62 mitt i natten. Då såg vi en vit skåpbil, typ den som Gösen hade för sin bilbudfirma. Kan det vara samma bil?

– Ja, man undrar ju över det, sa Svanstrand, kan det ha varit samma bil? Nattvakten hade mött det vita skåpet på Konsumentvägen som körde upp mot Älvsjö badet. Ni kan följa med här, sa Svanstrand och pekade färdvägen på en förstorad kartbild över området. Här, mötte nattvakten det vita skåpet i korsningen av Grossistvägen.

– Då sa Janne, kan han ju både fortsatt rakt fram under Huddingevägen upp mot Älvsjö badet och svängt vänster för att komma ut och upp på Huddingevägen i färd österut, mot Mässan. Eller svängt höger in på Grossistvägen för att komma ut och på Huddingevägen, väster ut.

– Mja sa Svanstrand. Nattvakten hade menat att det vita skåpet hade tagit vägen mot Älvsjöbadet. Och det stämmer säkert, annars hade vi nog haft skåpbilen med på kamerorna för trafikövervakningen vid Rågsvedsvägen där vi har bilder på de båda taxibilarna, men där det inte finns någon vit skåpbil med.

– Men vad bra, i så fall. Då kan vi nästan med bestämdhet säga att deras resväg har mynnat ut på Huddingevägen öster ut. Sedan finns ju ett spindelnät med vägar att ta sig vidare på om man är hemmastadd i området. Jag känner ju området ganska väl, men en iranier tror jag inte hittar lika lätt som i sin egen ficka, hängde Janne på igen.

– Jo, så är det säkert. Vi kommer också få göra en husis hemma hos Gösta Gustavsson, eller Gösen samt på hans firma med budbilar. Tror vi kan finna en hel del där.

– Borde vi inte få göra en husis hemma hos Månen också, undrade Tessan?

– Rätt så Tessan, men som jag sagt tidigare. Vi kan inte få nödvändiga papper ifrån åklagaren när vi inte kan presentera något oegentligt mot honom. Det krävs också att fängelse finnes i straffskalan för brottet. Syftet med husrannsakan är att finna föremål som kan tas i beslag, förvar eller utröna omständigheter som kan vara av betydelse för utredning av brottet eller att det är aktuellt med förverkande, enligt BrB 36 kap 1 b paragrafen. Vi har ju inte hittat varken fingrar eller dna ifrån denne Mjesec Jovanovic på de platser vi önskar. Vi får hoppas Fredriksson och Franke hittar något i kölvattnet efter vår Jovanovic som det annars verkar, får vi nog titta i månen efter denne Jovanovic. Hrmmm... Sigurd såg sig om i lokalen och väntade på bifallsrop eller applåder för sin lilla lustighet. Men ingen verkade reagerat. Han kände sig plötsligt som en misslyckad clown som satt sig i gräddtårtan utan skratt från publiken. Kladdat ner sig i onödan.

En bil hade Sigurd sett till att omedelbart få framkörd till Fredriksson med destination Arlanda flygplats, terminal fem. I bilen satt Sivert nu och knappade på sin telefon för att ringa Pernilla Öste, den lilla aptitretaren. Hon hade svarat redan på andra signalen.

– Pernilla!

– Hej Pernilla, Sivert, polisen Stockholm!

– Men hej, vad trevligt!

– Klart jag stör? Men ändå...

– Nej, nej, du stör inte det minsta. Har du vägarna förbi?

– Ja, det kan man säga. Jag och en kollega är på väg till Beirut, men mellanlandar så att säga vid terminal 5. Jag är nog där om tjugo minuter, vi passerar just nu Upplands Väsby.

– Då syns vi om tjugo minuter på de där fiket som senast, eller?

– Jag hade hoppats på det, sa Sivert och log medan hans puls troligen hade ökat en hel del. Jag vet inte när kollegan dyker upp, vi reser på olika vis. Jag får skjuts av en firmabil.

– Då ses vi på Coffe Le Monde om knappa tjugo minuter, Sivert. Vilken trevlig start på dagen.

– Ja absolut, vi ses, kram!

– Kram!

Sivert och Anton hade gott om tid på sig, de var på Arlanda nästan två timmar innan deras flyg skulle avgå. Då kunde han gotta sig med Pernilla utan att jäkta, tänkte Sivert.

Han hade berättat för Anton var de skulle ses för en kopp fika innan de klev ombord på flyget. Rulltrappan tog honom upp till våning 3 där de skulle fika och träffa Pernilla.

Pernilla hade hunnit före och stod där vid cafét och bara log. När han närmade sig, höll hon ut armarna för att fånga in honom i en stor kram.

– Oj vad glad jag är för att du kom tillbaka så snart, sa hon och hon kämpade för att hålla tillbaka en tår i ögonvrån.

– Ibland får man ta hjälp av arbetet för den där sparken i än-dan, sa han och log.

Ingen runt om var förundrade över deras kramande, det var en vanlig bild på Arlanda. Resande möttes och resande skiljdes. Det var en vanlig syn på denna stora internationella flyg-plats.

– Din kollega, undrade Pernilla?

– Han kommer säker när som helst, han kanske inte ville störa oss.

– Är han en sån finkänslig brottsutredare?

– Anton är inte särskilt finkänslig, tvärt om. Han kommer här förresten!

– Hej sa han och handhälsade med Pernilla, Anton!

– Hej sa Pernilla, vad trevligt att träffas. Ska vi kliva på?

Pernilla hade visat med handen mot cafét invid dem.

– Efter er mina herrar, sa hon lite elegant.

Sivert styrde bort mot disken för att beställa tre dubbla espresso så deras espressomaskin fick jobba lite. Han kände ett styng av svartsjuka när han såg hur Anton och Pernilla satt och talade med varandra. Nästa tanke slog honom… skärp dig Sivert. Det är mattan som gäller, annars får du gå i korgen och skämmas.

Han tog med sig brickan bort mot bordet och serverade två dubbla espresso och tog den tredje koppen själv. Han är inte så bra på heminredning och sånt till skillnad ifrån Frida, hans hustru. Men, de där knallvita kopparna med fat av märket, Illy, gillade han. Ska försoka få tag på sådana och skänka till Frida, därför befann han sig utanför både tid och rum.

– Hallå hörde han Anton säga!

– Vad, vaddå?

– Jo, Pernilla undrar om det var något särskilt vi hade på hjärtat eftersom vi skulle ner till Beirut.

– Ja, jo, just de.

– Kom igen, berätta Sivert?

– Jo, du hade ju en kontakt nere i Beirut vad jag förstod. Nu ska vi ju ner till de hotell där vårt objekt lär ha bott. Myndigheterna har stängt hotellet efter de att de genast evakuerades har du också berättat, så nu undrar vi… kan vi få kontakt med den polis du talat med och som är en i ditt digra kontaktnät?

– Då gör vi så här. Jag utgår en stund när jag fikat färdigt för att kolla med min kontakt i Beirut och vad som gäller i så fall för er. Ska vi säga så?

– Alldeles för vänligt av dig, men för oss är det väldigt bra.

Pernilla reste sig och tog med sig sin kaffekopp och ställde sig ensam vid ett terminalbord. Hon verkade bläddra upp ett anteckningsblock medan hon stod där med telefonen tryckt mot örat.

Hon såg sig omkring och hennes och Siverts blickar möttes för en kort stund, så började hon tala, märkte han.

– Kanon, sa han till Anton om vi kan få handräckning av en lokal polis. Vi kanske därmed kan komma in i det stängda hotellet, kolla i hotelliggaren och se vilket rum Jovanovic hade haft som sin bostad på detta hotell.

– Jag tänker vidare så här, sa Anton som hade suttit och grubblat. Hur beter man sig om plötsligt larm ljuder i hotellet för omedelbar utrymning. Torkar man då av kranar i badrum, dörrhandtag osv. Vi borde helt klart hitta en massa bevis som Mjesec har lämnat efter sig. Vad, vet vi inte ännu naturligtvis? Vi kanske inte får komma in i hotellet över huvud taget?

– Vad skulle behövas för att få något som pekar på brottslighet från Mjesecs sida? Ja, det vet vi inte ännu och kan inte fantisera om heller. Först och främst ska vi försöka ta oss ner till slutmålet, Beirut. Jag har aldrig varit i Turkiet tidigare. Men jag har läst på lite. Det är ganska hög luftfuktighet och blåser hela tiden. I Beirut föddes också kebaben. Gissar mellan tummen och pekfingret att det är mycket vitlök i det turkiska köket liksom stark chili och färska örter. Det kan kanske vara en upplevelse utöver det vanliga. Vi kommer senare under dagen att bli varse om detta. Vi får väl käka på flygplatsen under mellanlandningen. Kommer ta sin tid. Ut med alla väskor och så in med alla väskor igen. Ny säkerhetskontroll.

– Man lär sig så länge man lever, sa Anton. Spännande!

Just då, uppenbarade sig Pernilla igen och såg lika glad ut som tidigare. Det lovade gott.

– Visst är ni nyfikna sa hon då hon slog sig ner igen mitt emot de båda kriminalarna.

– Berätta, fick du tag i din kontakt i Beirut?

– Naturligtvis, tror du jag har andrahandskontakter?

När Pernilla ringer, svarar man på första signalen. Nä, jag skojar såklart. Men ja, jag fick tag i min kontakt som heter Gemayel och är i motsvarighet till er, polisinspektör. Han kommer möta er på flygplatsen Rafic Hariri International Airport i Beirut. Sedan kommer han att köra er till de hotell som det handlar om. Jag har förklarat för honom vad det är för hotell och han mindes genast de jag talat med honom om tidigare då Sivert var här själv. Alltså, med honom vid er sida, kan man säga, så har ni tillträde till de hotell som myndigheterna har stängt sedan man konstaterat att Diwan House, inte är förenligt med säkert boende.

– Hur kommer det sig att denne polisinspektör Gemayel nere i Beirut, ställer upp med allt detta för oss?

– Enkelt när man kan svaret. Han var skyldig mig en gentjänst.

Plingplong, hördes i högtalarna och utrop för att gå till gate F58 för avgång med PC1258 till Istanbul.

– Jahaja, när det börjar bli trevligt, är det dags för utgång. Men sa Sivert, vi kommer tillbaka så känn dig inte för säker.

Pernilla fick stå på tå för att krama om honom ordentligt. Hon märkte honom också med en kyss på kinden.

Anton hade sett road ut mindes Sivert efteråt.

– Vilket kex sa han och log åt Fredriksson. Wow!

46

De petade upp sitt handbagage på hyllan ovanför sina stolar och satte sig tillrätta. Anton satt närmast fönstret, men han skulle bara se molntussar, förstod Sivert. Kabinpersonalen verkade vara ifrån Turkiet, då blir säkert maten på väg hem typisk turkisk, eller interernationellt, turkisk. Nervägen är det troligen mer europeisk anrättning. Något med kyckling, gissade han. Man kan nog inte servera inhemsk mat, alla passagerare är inte turkar. Men det brukar vara gott, jag har aldrig serverats något som var dåligt på flygresa. Är det en varm mat som serveras, då är den också varm. Men deras lilla tripp var kanske för kort för att det skulle serveras mat?

Anton satt och tittade ut genom det lilla fönstret och såg hur markpersonal backade ut kärran med en specialbyggd truck. En truck som såg aningen tillplattad ut. Nu backades kärran ut som stått bredvid dem nyss. Först trodde han det var den maskin han satt i, som rullades iväg. Klockan pekade på att det var dags för avgång. Så kände han en lätt knyck och såg hur plattan där de stått, sakta gled undan. Nästan tretton minuter sena. Men vad då, vad är väl tretton minuter på en flygresa över dryga fyra timmar? Man kör troligen ikapp dessa minuter med lite medvind.

Medan de taxade ut, rullade fram mot startbanan, så petade Anton på Siverts armbåge…

– Jag kan flyga, jag är inte rädd, sa han och höll ut armarna.

Sivert hade bara skakat på huvudet och koncentrerade sig istället på vart den kvinnliga kabinpersonalen tog vägen plötsligt. Men de hade försvunnit då det hade hörts ett plingande ljud i kabinens högtalare… ping – ping.

Strax efter förstod han, då han kände draget. Allt var som han varit med om tidigare. Senast då han var i Paris, i tjänsten. Kul att ha med sig Anton, tänkte han. Vi två brukar inte arbeta ihop, inte så här taight som vi gör nu.

Anton satt och tittade på all flyginformation som fanns i ryggstödet framför honom som en dataskärm. Han såg att de lyft 13 minuter försenade och att de bordat den Boeing 737 - 800 från gate F58 via terminal 5 där de hade fikat med Pernilla. De skulle göra ett stopp, som de hette, på Sabiha Gökçen internationella flygplats i Istanbul, Turkiet. Oj, tänkte han, vad mycket information man kan få via denna dataskärm. Häftigt!

Efter starten hade man girat styrbord om kom att passera över Värmdö och vidare ut över södra skärgården och de var redan uppe på sjutusen meters höjd. Här går det undan.

De satt i första klass så man kom för att servera frukost. Det var ju trevligt, har man något att pyssla med. Han valde kaffe liksom Sivert gjorde, resten fanns på deras frukostbricka.

– Man ska nog flyga lite oftare, sa Sivert och log. Frukost serverad, men det är för kort flygtid antagligen för att vi ska hinna få lunch också. De äter vi annars på flygplatsen i Istanbul. Kan vara kul att se vad en sådan kan innehålla. Tror de blir något med kyckling, vitlök, chili samt en eldsläckare.

– Du, sa Anton! Hur ser vår strategi ut då vi landat i Beirut och hämtat våra väskor samt förhoppningsvis klarat oss igenom tullen?

– Jo, det ser ut på följande vis. Vi ska ju träffa den där Gemayel som har vår motsvarighet i grad, polisinspektör. Vi legitimerar oss med vårt polisleg. Han kommer säkert vara iförd sin uniform vilket för vår del kommer underlätta då vi ska ta oss in i hotellet som ju är avstängt och kanske plomberat. Han har ju den befogenhet som behövs för att bryta plomberingen för att vi ska kunna ta oss in. Detta skulle vi inte klarat utan den hjälpen han ger oss via Pernilla. När vi är klara, kommer han säkert att plombera hotellet igen efter vår rundvandring i det som varit ett hotell.

– Bra, då vet jag tågordningen. Vi bör kanske inge en förtrolighet gentemot Gemayel, hette han så, så vi kommer på god fot med honom. Det brukar underlätta om vi är på samma våglängd vid sådana här övningar.

– Exakt, sa Sivert. Han kommer alltså köra oss till hotellet där månen bott, fixa plomberingen, min egen gissning, sedan får vi hoppas han tar siesta eller något medan vi gör lite husis i de hotellrum som Mjesec Jovanovic bodde i. Allt ska ju vara orört sedan bomben detonerade och en del fönster trycktes in på hotellet medan hus i närheten kollapsat helt.

– Och, om han tassar oss i hälarna?

– Då får vi försöka stå ut med det. Hittar vi något vi vill lägga beslag på, talar jag om det för honom.

– Det skulle vara menar du?

– Ciggisfimp, för han röker säkert. Ja, lite av den typen. Vi tar det i så fall och lägger i våra plastfickor samt förseglar så forensikerna får något att pyssla med.

Anton tittade ut genom det lilla fönstret till vänster om honom och kunde nu urskilja landskapet på ganska nära håll. Antagligen var de på väg ner för att landa i Turkiet.

– Ser ut som om det snart kan bli lunch, sa Anton där han följde kärrans väg ner genom luften.

– Känns så, ja, sa Sivert.

Ping – ping, lät det och kabinpersonalen försvann till sina stolar i planet samtidigt som en skärm i taket tändes med ett meddelande som sa, ”Fasten Seatbelt”.

Sivert hade haft sitt på sedan starten ifrån Arlanda, men drog åt remmen en bit. Anton kopplade sitt bälte med ett enkelt, klick.

– Okej, here we com Turkey!

Anton såg nöjd ut och hade kollen på det som han såg utanför flygplansfönstret. Inflygningen var tydligen över en massa vatten, för det var det enda som erbjöds honom av utsikt.

Inte på något sätt dåligt alls, turkost, glittrande vatten!

En laber bris mötte dem på plattan utanför stationsbyggnaden och Turkiets flaggor vajade försiktigt välkomnande. Det var röda flaggor med en halvmåne och en femuddig stjärna i.

– Känns inte denna flagga igen, på något vis undrade Anton?

Sivert hade tittat upp mot raden av röda flaggor. Så hade han nickat och nickat igen.

– Det stämmer, Anton, sa han medan de vandrade in mot passkontrollen.

47

Fyra stycken kriminalare ur Svanstrands armé stod utanför bilbudsfirman i Norsborg.

Verksamheten verkade ligga nere. Det stod bara en vit skåpbil och ett släp, på gården. Ingen hund som skällde, inga medarbetare eller chaffisar som släntrade runt i väntan på bättre tiden och sin chef, Gösen.

Man hade däremot en låssmed med sig från Leffes Lås, för att klara av tillträdet.

– Okej grabbar, sa Svanstrand!

Svanstrand var med denna morgon för att med egna ögon få sig en bild av Gösens arbetsplats och hans företag.

– Vi, om det finns något, plockar bara med sådant som inte skall finnas på den här platsen. Vi måste ha i åtanke att Gösta Gustavsson inte kan försvara sig längre. Vi söker efter saker som pekar på anstiftan, vapen, pengar, narkotika sprängmedel och sådana saker som inte bör finnas här. Då kliver vi på, sa han då han såg att låssmeden hade gjort lokalerna tillgängliga.

Svanstrand nöjde sig att en kort stund trava runt i kontoret, eller det som antagligen skulle föreställa kontor, samt garaget, innan han åter stod på gårdsplanen.

Han tänkte på det han såg från sin position på gården, att man nog skulle behöva göra husis i varenda liten skuttfirma runt om Gösens bilbudfirma. Närmast låg en däckfirma, men man visste inte om den var öppen eller stängd. Det fanns inga bilar på den gården, inga öppna garageportar, ingenting som visade på en fungerande verksamhet. På andra sidan om honom tornade oljefaten upp sig tillsammans med mängder av lastpallar. Var kommer alla lastpallar ifrån, tänkte han. Nästa tanke var att en husis där kanske inte skulle ha något behov. Dagtid verkade företagen ligga på sparlåga till skillnad vid mörkrets inbrott. Företagen här, verkade ha nattöppet.

– Garaget gav inget, sa Janne Klinga då han kom ut därifrån. Jag tror grabbarna inne på det så kallade kontoret, har hittat en del.

– Okej, sa Svanstrand. Nu kan ju inte något av de man funnit om det är av kriminell karaktär, ändra på straffskalan för Gösen som du förstår. Gösen kommer att avskrivas som ej utredningsbar.

Janne hade nickat i ömsesidig förståelse. De andra kollegorna kom med någon kartong gåendes över gården mot Svanstrand.

– Skapligt fiskafänge, skojade han.

– Vi har, sa Wilbur Karlsson, några handeldvapen och några askar ammunition. Bakom en soffa fann vi ganska stora mängder sedlar i hundrakronorsvalörer. Tippar de handlar om en sådär ett par hundratusenkronor. Och massor av de vanliga små påsarna för leverans av 1 gram kokain

– Inte konstigt om Gösen hade kulor bakom soffan på kontoret. Om man säger, 1 gram kostar runt åttahundra spänn på gatan.

– Och, vad hanterar en pundare för mängd per lina, så att säga? Från 0,1 – 0,2 g linan.

– Jag tror så här, sa Svanstrand. Det är nog av denna orsak som Gösen fick bita i tångruskan. Både han och Månen var grossister på kokainfronten. Men, en för mycket. Månen styrde alltsammans med järnhand och hade några trogna som undersåtar och de som fick ta hand om skitjobbet när det behövdes. Upprinnelsen att det kokade över, tror jag är när Aria Ahmadi hittades skjuten under byggställningarna på Sätrahagsgatan där Månen hade sin adress. Beställare var såklart Gösen. Han litade inte på Aria, men vad han inte visste var att Aria egentligen jobbade under Månen. Deras adelsmärke är ju den intatuerade halvmånen med den femuddiga stjärnan på vänster lårs utsida. Det var liksom medlemskortet till klanen runt Månen. Jag gissar Månen själv har denna tatuering liksom de båda iranierna troligen har. Dags kanske att vi börjar kolla medlemskorten, grabbar och tjejer!

– Vad gäller mängden av kontanter, kan vi enkelt gissa att de väl kommer ifrån försäljningen av kokainet, fyllde Mia Liedberg i med.

– Låter som en klok sammanställning, menade Svanstrand och nickade. Och vapnen då?

– Ja, vapen har väl alla inom den här branschen. Särskilt grossister. Fotfolket har säkert inte samma ekonomi för att ha råd att skaffa sig en pistol eller revolver.

– Så sant som det är sagt. Blir lite jobb för våra forensiker.

– Stämmer fint, Janne. Om vi har betat av de vi var här för, så tar vi med oss det ni hittat och presenterar det för vår åklagare. Det blir han som i slutänden kommer få avgöra vad som kommer hända med dessa saker. Svåraste nöten blir väl alla pengarna och hur de ska hanteras. Brottsofferfonden, kanske?

– Vapnen, kommer väl bara helt enkelt att skrotas när vi kollat en del på dem.

– Vapnen, Janne. Kommer att kontrolleras med vapenregistret för att hitta en eventuell laglig ägare. Sedan skickar vi ner de vapen vi nu funnit, till nationellt forensiskt centrum i Linköping. Hittar vi inte under den resans gång någon som gör anspråk på dessa vapen, så förstörs de, ja. På NFC och vapendestruktionen, finns en hemsk maskin som tuggar sönder vapnen till småbitar innan de sedan smälts ner.

– Då har vi varit till nytta igen. Tror du det vi jobbar med nu, är en fråga om gängkriminalitet, Sigurd?

– Vi vet att det är på det viset Anton. Inga vanliga personer löser sina konflikter med vapen. Trenden mellan dessa gäng är att visa musklerna. Även om människor bara skadats och det är illa nog, så har de ändå skjutits. Det blir ett sätt för dem att visa sin styrka, eller sätta press på andra grupper. Jag är exempelvis övertygad om att då man dumpade kroppen efter Aria Ahmadi utanför bostaden till Mjesec Jovanovic, så var det för att markera vad man är kapabel att utföra.

– Vad är det för typ av människor som utför detta skjutande?

– Nästan uteslutande unga personer som vill komma högre upp i hierarkin än på detta verkstadsgolv de jobbar ifrån idag. Det är ju dessa som hela tiden skickas fram till fronten. Men de ser heller ingen annan utväg för att komma upp sig.

– Jag vet ju att det handlar mycket om gängkriminalitet något vi ofta talar om, men det är ändå intressant att få mer vetskap. Det är konstigt att unga är benägna att släcka någon annans liv. Att vara bödel klarar väl inte alla av. Vi gick igenom den biten ganska ingående i utbildningen. Vem som helst kan inte bara krama av ett skott i exempelvis huvudet på en människa, inte ens mot en hund eller katt.

Ja, enlig utbildningen, alltså. På sätt och vis ät det väl så att när tillräckligt många dör genom att ett skott avlossats, så finns det färre kvar som är benägna att använda dödliga vapen. Sedan spelar rollen in också. Skjutandet avtar i takt med att deras ålder stiger. Om de hinner uppleva det, vill säga. Grovt kriminella är inga robotar. De kommer till insikt förr eller senare. Tyvärr för deras egen skull, oftast senare. Ibland hinner det inte med att inse hur deras liv ändå är så kort här på jorden, innan det redan tagit slut.

– Med denna utsago, sa Svanstrand ifrån vår unge Janne Klinga, som faktiskt jobbar vid sidan av inom polisutbildningen som lärare i just detta han hållit ett föredrag om. Tala gärna med Janne om ni har funderingar kring detta. Han kan mycket mer än så här, kan jag berätta, för jag vet. Jag har suttit på en skolbänk när Janne hållit lektion. Det är inte på långa vägar konstigt att han jobbar hos mig. Nu när vi inte har Fredrikssons kloka ord ringande i våra öron, kliver Janne fram och förkunnar dagens budord. Då gör vi så att vi fortsätter att tjäna ihop till vårt dagliga bröd.

– Halleluja, skulle Anton sagt om han var här, fortsatte Janne nu uppe i varv efter en massa glada tillrop.

<h1 style="text-align:center">48</h1>

Det var becksvart i Istanbul när de checkade in på sitt hotell och följt doften som vägledde dem till restaurangen.

Nu hade Sivert och Anton flugit vidare och dagen efter anlänt Libanon. Det var nästan lika becksvart där. Men då var de äntligen vid destinationsorten, Beirut. Efter en snabb dusch, gick de ner via hotellets trappor för att äta frukost. Man ville inte fastna i någon hiss för att någon sprängt något och därmed slagit ut elektriciteten på hotellet. Trapporna var säkrare.

– Hoppas det blir en internationell frukost hade Anton sagt, så jag vet vad Beirut kommer bjussa mig på.

– Du, sa Sivert. Jag hade väntat mig en internationell frukost i Paris, men det som jag då serverades, kanske var vad fransmännen kallar för en sådan frukost. Hur som helst, så var det en mycket god frukost. Men som sagt var, efter deras måttstock på vad som är internationellt, så blev det så.

– Jag tror att alla länder har sin egen uppfattning och touch på en internationell frukost. Oftast för att marknadsföra någon lokal produkt. Man vill gärna synas på konnässörernas bord.

På kvällen innan, när det klivit ut genom tullen på Beiruts Rafic Hariri International Airport, hade de mötts av en tjusig uniformerad polis som efter reglementsenlig honnör, presenterade sig som inspektor Gemayel och visade sitt polisleg.

Sivert och Anton hade hälsat lika artigt genom att buga sig och hålla upp sina polislegitimationer. Med en elegant och servil gest, hade inspektorn visat dem mot utgången ur flygplatsbyggnaden. Där stod en vit polisbil med en bred blå bård som följde sidan av bilen med arabiska bokstäver i vitt. Under bården, kunde man också lite diskret läsa, *Police*. Den stod och väntade på dem. Vid sidan av polisbilen, stod en polis som gjorde honnör när de kom marscherande fram mot honom och bilen. Han öppnade bagageluckan så de kunde stuva undan sina resväskor.

Den chaufför som polisinspektör Gemayel haft med sig, hade han rekvirerat. Det hade sedan varit konstapeln som körde dem till ett hotell de ansåg lämpligt och förklarade att efter frukost dagen därpå, skulle de hämtas för att åka till platsen de ville besöka, Hotell Diwan House. Gemayel berättade att Pernilla hade förklarat för honom vad de ville se och vad hotellet hette. Inga problem, vad honom beträffade.

– Ha en god natt så ses vi här sa han och pekade lika servilt som vid flygplatsen, på trottoaren utanför hotellentrén, 'Arak lahiqaan, sa han och log innan de for iväg ut i den sammetssvarta natten.

– Vad sa han, undrade Anton?

Sivert hade bara ryckt på axlarna. Tittat sig frågande omkring utan att få svar.

– Tja, det var väl något som, god natt, eller liknande!

– Sivert, en sväng förbi baren innan vi kvartar, sa Anton och nickade inåt restaurangen som låg i bottenplanet på hotellet.

– Tja, inte min pryl, men okej kanske blir en sängfösare?

– En öl får vi väl ta, tror inte man blir särskilt uppkäftig av en liten öl.

Dom gick in i bardelen vid restaurangen och blandade sig med övrigt folk. Turister några få, men ändå, de fick gå. Man beställde in var sin iskall Beer Lebaneser Pale Ale, som inte satt i vägen alls i värmen.

– Skulle du kunna bo så här året runt, undrade Sivert?

– Och då menar du, vad då?

– Jag menar med värmen, klimatet?

– Kanske i varmaste laget för en nordbo, men vintrarna skulle passa mig perfekt. Jag avskyr snö och kallt ruggigt väder. Här är det väl mest lite regnande från november till, vad kan det vara, februari kanske? Tider som vi hemma har det som jävligast.

– Jag tror det är som du sa, vi är nordbor och är anpassade efter vårt klimat, sedan kan man ju gilla olika saker i olika åldrar. Jag var exempelvis en hängiven skidåkare i yngre år och då gillade jag när snön kom. Idag tänker jag, fan nu måste jag skotta hela uppfarten till huset igen.

– Men, har inte du nån snöslunga?

– Jodå, men ändå. Jag måste ut i nederbörden i alla fall, den kör inte undan snön av sig själv. Kommer kanske så småningom en sådan där snöslunga som de där små gräsklipparna och dammsugarna.

– Kul att sitta här i värmen och snacka om snöslungor. Vi tar en Lebanese till, innan det är sovdags? Kvartar vi bra sedan.

Hotellets frukost bestod mycket riktigt av en kontinental frukost med te eller kaffe bröd, ost och marmelad. Den varianten ordnade Sivert själv. Det var ju frukostbuffé, så bra så.

Anton ville ha det lite särpräglat och fick därför beställa sin annorlunda frukost, då han tog en Manakish. Det var en Libanesisk örtpizza med timjan, sesamfrö, sumac och olivolja. Bara något man måste prova om man är i Libanon, hade han läst sig till. Vegetarisk pizza med örter från Mellanöstern och Medelhavet. Blev med ett konstigt örtrikt te som luktade hö.

– Var den bra, frågade Sivert lite skeptisk när han såg Anton äta sin Manakish?

– Helt otrolig, egentligen sa Anton. Skulle haft en öl till denna, inte te. Men vi ska ju jobba och då hade jag fått på skallen av Svanstrand. Hoppas han förresten håller ställningarna nu då vi är nere i Mellanöstern.

När de precis avslutat sin frukost, stod polisinspektören Gemayel i dörröppningen i sin klanderfria uniform. Dom reste sig för att slå följe med Gemayel. Sivert ursäktade sig för han måste upp på rummet och hämta sin lilla väska med diverse polisiärt innehåll.

Ute på gatan stod deras vita polisbil med gårdagens konstapel vid ratten.

Deras hotell hade ju legat lite högt bland bergen, men nu bar det utför och de kunde följa kustremsan och landskapet de for igenom. Man byggde på alla de ställen och husen låg väldigt tätt intill varandra. Sivert tänkte att Libanon inte är större än Skåne egentligen och Beirut knappt som Malmö. Låter som väldigt hanterbart, tänkte han men de hade stora oroligheter i landet ändå, eller kanske just därför.

Alla ville hacka på lillebror skulle man kunna översätta det som.

Man märkte att man troligen började närma sig dagens arbete, Hotell Diwan House. Man såg hus som utsatts för tryckvågen efter de två stora detonationerna. Husen såg hålögda ut där de nu saknade både dörrar och fönster. Så ökade förödelsen sakta men säkert. Man röjde upp på alla de ställen och det var arbete med att köra bort rasmassor efter hus och fortfarande sökte man efter eventuella överlevande under rasmassorna.

Plötsligt stannade man vid ett hus som de påstod skulle vara hotellet. En halv skylt med hotellets namn, kunde de se och anade därför att de kommit rätt. De såg ödsligt ut, som ett spökhus. De två dörrarna satt sammanbundna med ett tjockt rep men ändå såg de ut att hänga på trekvart och kunna ramla ut över trappen när som helst.

– Ska vi verkligen gå in här, undrade Sivert och tittade på Anton?

– Ja, va fan, nu är vi ju här. Vi kan ju inte ha rest så här långt och länge och bara stå och glo på hotellets trappa utan att gå in?

Policeinspector Gemayel, visade då han lossat på repen, med en gest som antagligen betydde - varsågoda att kliva på.

49

Anton var den som tog så att säga spetsen. Klev in försiktigt. På golvet låg lite puts som rasat ifrån taket. Han tittade uppåt och kunde se sprickbildningar på flera ställen. Han förstod att hotellet var stängt av myndigheterna och att de absolut inte, borde befinna sig där.

– Ska vi verkligen fortsätta in, undrade Sivert.

– Ja va fan, ändamålet helgar medlen, som den tyske filosofihistorikern sa. Vår ciceron, verkar inte särskilt orolig heller fortsatte han och nickade mot Gemayel. Var tror du portierdisken är?

– Åt höger, där du ser det ser ut som en bardisk, och en sådan känner du väl till utseendet av?

– Anton skrattade. Kommer bara för det att ta en Beirut Beer, när vi är klara i detta dammiga kaos. Kanske två!

De kom fram till disken där det fann en tjock liggare som till och med var uppslagen vid senaste datum. Det syntes tydligt hur man lämnat allt i mer eller mindre panik. Det låg ett tunt dammlager från taken över liggaren.

Anton pekade på ett namn i liggaren, Mjesec Jovanovic.

– Det var väl en bra början, Sivert?

Sivert hade nöjt sig med att nicka, men ändrade sig…

– Kanon, sa han! Kanon!

Sivert plockade upp sin kamera ur väskan för att fotografera handstilen i liggaren. Troligen är det Mjesec som skrivit sitt namn då han checkade in. Blixten från kameran lyste lite spöklikt upp dem. Han vände sig mot Gemayel och pekade på namnteckningen.

– This is the guy we're looking for… sa han vänd mot Gemayel på stapplande engelska och visade även tummen upp för att förtydliga det positiva.

Man fann också rumsnumret han hade haft. Det låg bara en trappa upp. Inget nyckelkort eller liknande fanns på rumsnummer 12, såg Anton så han började gå mot trappan och tittade frågande på inspector Gemayel.

– Okej?

Gemayel hade nickat och log med vita tänder som om han tände en lampa.

Anton först, följd av Sivert medan Gemayel sladdade efter. I hotellkorridoren på våning 2, stod de flesta dörrar öppna, så även dörren till rum nummer 12. Det var inte bara att den stod öppen, den gick inte heller att rubba. Den stod i vinkel mot golvet och heltäckningsmattan. Dörren hade lämnat sina fästen i karmen och stod nu lutande ut i korridoren. Detta hotell var verkligen fallfärdigt tänkte Anton. Han fick pressa sig igenom liksom Sivert medan Gemayel avstod att följa med in. Han vill nog inte smutsa ner sin klanderfria uniform var den slutledning Anton drog.

Men det gör inget. Kanske lika bra att det inte finns ögon på allt vi gör, tänkte han om vi nu skulle hitta något som man inte behöver torgföra och som kanske skulle ställa till problem både för dem och i förlängningen för Gemayel. Kanske tänkte policeinspector Habib Gemayel på samma vis. Det han inte såg, visste han heller inget om.

Han fann sig väl tillrätta i hotellkorridoren och de kände nu att det luktade tobaksrök. Han hade tänt en cigarett antagligen. Det luktade bränd halmmadrass.

– Här, sa Anton när Sivert kom in i badrummet efter honom.

Anton hade pekat på ett tandborstglas.

– Här ser man tydliga tecken på att de var använt.

Sivert tog upp sin kamera igen och tog några bilder samt prov för dna och förseglade topsen i en plastficka som förseglades.

Här låg även nyckelkortet till hotellrummet. Ett svart kort med ett runt hål i för att hänga på kroken nere vid portierdisken. I guldtryck stod det 12 i fetstil, som även fanns på dörren till rummet. I guldtryck stod det också Hotell Diwan House i ett sirligt typsnitt på arabiska, ‎هاوس دي وان ف ندق‎.

Sivert tog några bilder även på detta nyckelkort, men de fick ligga kvar där de låg. De rörde inte kortet. En använd handduk hängde vid duschkabinen, men den fick också vara. De gick in i rummet igen. Där kunde de se Gemayel vanka förbi i dörrspringan blossande på sin cigarett.

Plötsligt stannade Sivert upp och tog Anton i armen.

– Vänta, sa han!

Anton stannade upp och tittade förvånat på Sivert som stod där och verkade ha glömt något.

– Har du glömt något, undrade han och tittade efter Sivert
som var på väg in i badrummet igen.

– En av de bästa platserna att hitta spår på, sa han. Men ingen
av oss har kollat papperskorgen här, sa han och pekade.

Han drog fram den lilla utsirade korgen klädd med en plast-
påse på insidan.

– Kolla Anton, sa han!

Anton tittade ner i plastindömet. Där skymtade man något
som blänkte som guld, men var bara något som påminde om
guld till färgen, men var mässing.

– Patroner, sa han med tydlig förvåning på rösten! Patroner!
Vad fan är det jag ser?

Jo, du ser just nu tre patroner som ser ut att vara 9mm för
en pistol. Sivert fotograferade. Sedan började han ta på sig ett
par skyddshandskar innan han satte ner handen för att plocka
upp patronerna. Visst, det var 9mm pistolpatroner han plock-
ade upp. Det blev till slut sex stycken. En plastficka igen där
man stoppade ner patronerna och förseglade.

– Undrar vad Gemayel skulle sagt om han sett detta?

– Kanske ingenting, eller så skulle man börja utreda något de
inte skulle veta vad de utredde, i så fall. För vår del kan det
vara värdefullt, sa Sivert. För den Libanesiska polisen, skulle
det bara ställa till problem. Vi säger inget om fynden av pa-
tronerna så slipper vi göra Gemayel sömnlös.

Anton nickade bara medan det gick tillbaka ut i hotellrum-
met. Han tittade sig runt om i rummet, men de fann ingenting
mer som intresserade dem. En spegel hade hasat ner från sin
upphängning och stod med spräckt spegelglas på golvet. Det
var en stilig stor spegel som nu gav en komisk bild av Anton.

– Är det du som spelat Ringaren i Notre Dame? Jag har inte sett filmen, bara en bild på den groteska figuren. Slående likt, Anton. Stå still så ska jag föreviga. Kan vara en kul bild vid hemkomsten då vi ska avrapportera. Kan vi ha en frågetävling om vem som döljer sig på bilden.

– Jag är tillräckligt galen för att ställa upp, skrattade Anton.

Man gjorde sig så smala det bara gick och mötte Gemayel utanför dörren som tålmodigt stått i korridoren för att vänta ut oss.

– Har det gått bra, hade han undrat?

– Ja, så bra man kan vänta sig, sa Sivert på sin skolengelska. Den var av samma klass som Gemayel använde sig av.

Vi fann ett tandborstglas och en tandborste som vi hoppas kunna plocka ur ett dna från vid hemkomsten, fortsatte han.

Gemayel nickade förtjust, nåja kanske inte direkt förtjust, men han såg nöjd ut. Hans uppdrag var genomfört. Kanske mest nöjd för att bli av med de där svenskarna. Sivert och Anton blev körda till sitt hotell där de tänkte äta middag innan hemresan senare på kvällen.

– Kan du föreslå någon typisk libanesisk maträtt vi måste prova innan vi far, undrade Anton.

– Då ska ni äta nationalrätten Kebbe trabolisie, sa Gemayel. Det är friterade nötfärsfyllda kuddar med bulgur och pinjenötter. Ni kan ta en öl till, prova Beirut Beer. Det är god mat där man känner av Mellanöstern, förklarade han. Sedan kan ni ta taxi till flygplatsen.

– Tack för all hjälp och vänlighet, sa Sivert och bugade lite snyggt.

– Tack själva, hade Gemayel sagt.

– Hoppas man river det där hotellet sa Anton, för det kommer snart ramla ihop totalt. Och hoppas ni får klarhet vad det var som exploderade nere i hamnen och varför sa han.

– Vi jobbar på det, sa Gemayel. Han räckte över ett dokument som visade att kriminalinspektörerna Sivert Fredriksson och Anton Franke har jobbat åt den libanesiska polisen med bombdådet nere i Beiruts hamn. Det är som ett diplomatiskt pass, sa han och log. Bara visa detta dokument om det blir problem på något vis, sa han. Får jag samtidigt be om en hälsning till Pernilla Öste, gränspolischefen uppe vid Arlanda Airport i Sverige, sa han och bugade.

– Absolut, sa Sivert. Och tack för dokumentet. Nästa gång kanske du behöver hjälp, och då vet du var vi finns, avslutade han då Gemayel satte sig i polisbilen och de for iväg medan solen droppade ganska snabbt bakom bergen borta i väster.

De såg ett flygplan och dess blinkande lanternor vara på väg att landa och förstod därmed i vilken riktning flygplatsen låg.

50

De hade valt att äta den nationalrätt som Gemayel rekommenderade och tagit ett par öl var av den inhemska Beirut Beer. Det hade varit en klar fullträff.

Nu stod det utanför sitt hotell med sina resväskor för att lasta in i den framrullande taxin.

Man skulle åter ut till Beirut Rafic Hariri International Airport som låg någon mil söder om huvudstaden, alldeles ute vid havet. Nu skulle det bli en flygresa upp till Turkiet igen och Istanbuls största internationella flygplats. Den flygplatsen ligger drygt tre mil norr om Istanbul och blir perfekt för dem när de ska söka upp den bank som sköter Mjesecs förehavanden av ekonomisk art som hans autogiro för att betala hyran på Sätrahagsgatan i Sverige. Nu trodde ju inte Sivert att banken skulle berätta om det är hos dem, som Mjesec Jovanovic är kund. Banksekretess, kallas det. Troligen kommer man säga, vi diskuterar inte enskilda bankkunder och deras eventuella affärer. Man kan antagligen bara tipsa om att de har många bankkunder som sköter sina ärenden via dem.

– Jo så är det naturligtvis, sa Sivert högt och såg sig om.

– Que? Uttryckte sig Anton som inte hade hört vad Sivert tidigare funderat över av förklarliga skäl.

– De kan inte gå in på specifikt vem eller vilka, som är deras kunder. De anser säkert att det vi borde förstå, att inte berätta vem eller vilka som de sköter autogiron åt via deras bank.

– Håller med dig, sa Anton. Kanske tur att det är så.

– Men vi kan ju ändå få en liten inblick i banken, hur den ser ut och så vidare.

Taxiresan hade gått väldigt snabbt ut till Beiruts flygplats och plötsligt stod de där för att checka in. Sivert hade glömt vad de hade i sitt bagage. Det där patronerna. Säkerhetskontrollen flöt på smärtfritt och man hade gjort honnör åt både Sivert och Anton, på samma vis som vid passkontrollen.

– Man ser i våra pass att vi är poliser och de skulle inte förvåna mig om Gemayel har ett finger med här. Han har kanske tipsat tjänstemännen på flygplatsen att uppträda artigt mot hans kolleger som hjälpt honom och Beirut med det kaos som är nere i hamnen efter bombsprängningarna.

– Jag tyckte till och med att de stod och bugade lite lätt, sa Anton och log. Vi kanske är någon form av hjältar, sa han och log igen på ett sådär pojkaktigt vis som annars Sivert brukar vara mästare på att kunna servera.

– Ja du Anton, då blir det ett litet skutt till Turkiet igen. Kanske att du minns vår flygtid då, du som brukar hålla kollen på all teknisk information. Nu är det i alla fall en timma och femtio minuter vi förhoppningsvis kommer vara i luften. Sedan gäller taxiresa in till citykärnan för att hitta banken. Och i varje fall höra när vi får avslag på vår förfrågan.

– Vi kommer landa på Istanbul Airport, deras största flygplats en liten bit utanför staden. Dom har en skapligt stor taxfree butik jag tänkte vandra runt i för vissa inköp innan vi styr färden hemåt mot gamla Arlanda igen.

– Sedan ska väl du träffa Pernilla också för att tacka för hjälpen med en flaska turkiskt vin, log lite illmarigt Anton?

– Där sa du ett sant ord. Bra idé. Det bör man kanske göra. Vi skulle ju också framföra en hälsning ifrån Gemayel som han bad om. Får man inte heller glömma. Bra du påminde. Man börjar nog bli lite senil?

Det blev en lite gropig flygresa i början, där det var lite kyttigt och turbulent innan vi kom lite högre upp i luftlagren och det blev en lite mer normal resa. Antagligen var de olika luftlagren oense åt vilket håll det skulle blåsa nära kusten.

Sedan var det lite lie back, och vi tackade ja till ytterligare en kopp kaffe. Poliser är ju kända för att dricka kaffe var dom än sitter och var dom står, så de var verkligen dags att leva upp till ryktet.

Den här gången skulle man vid stoppet i Istanbul även byta flygplan och flygbolag. Inte bara kliva av och hämta väskorna, för att kliva på ombord igen till våra flygplansstolar.

– Läget blir när vi landat - hämta väskorna, dra iväg med taxi in till byn för att kolla banken. Jag tror egentligen det är helt onödigt. Dom kommer nobba oss på alla håll och kanter. Vi borde skippa detta med hans autogiro hos Western Union.

Kriminalinspektören Sivert Fredriksson beslutar nu, notera gärna detta någonstans Anton, att visiten hos Western Union i Istanbul, som troligen har Mjesec Jovanovic, alias Månen som kund, är upphävt. Vi vill inte bränna krut i onödan.

Man kände att de nu var på inflygning mot Istanbul Airport och det där karaktäristiska pingandet i kabinen, ljöd.

– Fick du med de där att turen in till Istanbul City, blir mer otur än tur för att få upplysning om Månen hos banken?

Anton hade nickat och vek ihop den turkiska tidningen, Star Gazetesi, han hade haft och bläddrat i. Han kunde ju i alla fall titta på bilderna, tänkte han. Sivert hade sett imponerad ut där Anton satt med en dagstidning från Turkiet. Men det var ju bara ett spel för galleriet som roade honom. Humor!

Taxfree butiken var inte lika stor som Sivert hade väntat sig, Han hade ju varuhuset Lafayette i Paris kvar i minnet men skulle såklart inte drömt om den storleken i Istanbul och på deras Duty Free shop. Men, han fick tag i det han skulle. De små kaffekopparna med fat de hade druckit ur på Arlanda och som han köpte med sig hem nu som present till sin Frida, fanns i förpackning om två, till sex koppar. Han nöjde sig med presentförpackningen om två koppar. Sedan blev det en flaska Raki till Sigge och Pernilla. Detta är nationaldrycken för turkarna och påminner om den grekiska Ouzon.

– Vad då, undrade Anton… gillar Sigge Raki?

– Har jag ingen aning om. Detta är mer som ett minne ifrån Istanbul och ett minne ifrån det land han skickade oss till.

– Kommer vi äta här på flygplatsen, eller ska vi vänta tills vi är ombord på planet?

– Vi väntar med att äta tills vi är uppe i det blå på väg mot Bergsgatan igen.

– Muntergök, sa Anton! Kan vi inte få vara lite turister ett tag utan att tänka på knoget 24 timmar om dygnet?

– Så rätt så. Vi går och dricker lite turkiskt te medan vi väntar.

Det fanns flera möjligheter till att slappa med en kopp te, eller det turkiska kaffet.

De valde en bistro som verkade ha sköna fåtöljer för trötta kroppar. Sivert ville prova ett turkiskt te, medan Anton tog det säkra före det osäkra och beställde turkiskt kaffe.

Det te Sivert fick sig serverat, var inte i en te-mugg som han var van vid hemma. Nej, det serverades i ett glas i formen som av en tulpan och doftade friskt äppelcider eller som något duschschampo med doft av Åkeröäpple. Till sitt te fick han även en skål med strösocker. Men, nu var det ju i Turkiet man var och då var det väl på detta sätt.

– Helvete, frustade Anton över sitt kaffe. Det turkiska kaffet var starkt som svetsloppor och serverades i en liten kopp. Tur att det var en liten kopp, sa han. De var sött som kärleken, hett som helvetet och tjockt att man kunde ställa skeden i koppen.

– Det smakade inte gott?

– Nej, det gjorde de inte. Men, intressant att testa. Om polisen här i Turkiet dricker kaffe lika mycket kaffe som vi svenska snutar, då är de säkert sönderfrätta inifrån. Måste bara vara som ett stort svartbränt hål rakt ner. Gudars skymning, detta var inget att skriva hem om.

Efter ombordstigningen på den nya kärran upp till Arlanda, hade de nu gjort sig hemmastadda och satt skönt tillbakalutade i sina flygplansfåtöljer. Anton pillade igång sin dataskärm för att kolla lite uppgifter om flighten. Det flimrade ett tag innan kartbilden kom upp på skärmen.

– Du, sa Anton. Inte fan kommer jag åka upp till Bergsgatan nu, det får bli i morgon förmiddag någon gång. Nu är det hasta manjana, som gäller. När tror du det turkiska krubbet kommer serveras ombord?

– Någonstans då vi är uppe på tiotusen meters höjd. Kan du inte kolla på den där dataprylen du har i ryggstödet?

– Oj, här står det som du sa. Det blir till förrätt, smördegsrullar med fetaost. Som varmrätt kommer man servera kyckling på spett. Låter som ätbart. Det kommer också bland annat serveras den turkiska populära ölen, Efes. Ja den känner man ju till. Man kan även få alternativ. Tur vi flyger business class, det känns onekligen lite glassigt. De är vi värda tycker jag.

Det står också att vi flyger med Turkish Airlines med flighten TK1795 och det kommer att ta 3 timmar och 35 minuter innan vi är hemma. Vi kommer docka vid gate F58 som är den gate vi for iväg ifrån. Något mer innan vi stänger butiken för en middagslur, innan det är dags för mat?

– Nej tack, detta var mer än tillräckligt.

– Okej då. Väck mig sen!

51

– Hallå, hallå! Tag plats och välkomna skall ni känna er. Jag kan också rikta ett särskilt välkomnande till våra resenärer som nu återvänt till vår grupp. Jag tänkte, om Sivert och Anton hämtat sig efter sin lilla utflykt, att de då skulle få berätta för oss det som kan vara intressant för vårt arbete. Övrigt snack om resan och upplevelser, får väl bli i korridorsnacket då vi tar en bensträckare. De löser sig nog.

– Ja sa Tessan, lite solbrända ser dom ju ut, så det kan väl inte bara ha varit fönsterbord utan mera sand mellan tårna.

– Anton log. Om ni bara visste, sa han och såg hemlighetsfull ut.

– Rent konkret utan en massa omsvep, de kan vi ta sedan, vad har ni på fötterna?

Anton tittade ner på sina skor och tänkte säga, ett par Adidas! Men, han höll inne med detta. Men det var ju som att skjuta på sittande fågel, förstås.

– Ja, sa Sivert. Rent konkret så har vi lite material som är på väg ner till Linköping så forensikerna får lite att göra.

– Rent konkret sa du? Jag har inte hört någonting i den vägen ännu.

– Vi har alltså i första hand, fortsatte Sivert utan att låta sig beröras, sex stycken patroner samt lite fingrar på dessa och en Coca-Cola burk också med förmodade fingrar. På burken har vi plockat sådant som NFC kan vaska fram ett dna ifrån, hoppas vi. Vi fann också ett knippe av små plastpåsar, ni vet sådana där som man kan försluta och öppna igen, som med blixtlås. Zip-påsar tror jag de heter, med storlek 6 X 8 cm. Det var 40 stycken i en obruten kartong. Vad har man sådana till, någon?

– Tror man väger upp vitt pulver i just sådana och med just denna storlek, sa Tessan och log.

– Var ni i det hotell där Mjesec hade bott på, undrade Sigurd?

– Ja, av det som återstod av Hotell Diwan House, kanske man ska säga. Egentligen skulle vi inte gått in i huset av säkerhetsskäl. Hade det varit i Sverige, hade vi aldrig fått gå in i hotellet som när som helst skulle kunna rasa ner över oss. Då hade några skyddshjälmar bara verkat patetiskt, och utan mycket till skydd. Vi var till och med inne på Mjesecs hotellrum.

Flera av hotellets fönster låg på golven i hotellet. Det hade troligen av tryckvågen från explosionen, tryckts in. På grund av den oerhört kraftiga detonationen fanns flera skadade på detta hotell, men inga döda. Dörrarna till hotellrummen hängde på trekvart i lossnade karmar, det var stora sprickor i både tak och väggar. På vissa platser kunde man se genom sprickor i golvet, ner till våningen under. Man vågade inte nysa av allt betongdamm och annat, för då hade säkert hela byggnaden rasat samman. Så vi tassade mer eller mindre på tå.

Polisen vi hade med som dörröppnare, hade poliskommissarie Pernilla Öste, chefen ute vid gränspolisen på Arlanda, fixat åt oss. Utan honom hade vi aldrig fått tillträde. Han var den som såg till att vi fick med oss det vi fick utan att han ville veta vad det var för något. Vi berättade mest om dna spår och fingeravtryck. Han väntade i hotellkorridoren lite diskret. Just då, tänkte vi inte så mycket på farorna som så att säga hängde över oss i hotellet, då hade vi focus på annat. Reaktionen har kommit så här i efterhand då vi landat och som nu sitter här med er. Men, ändamålet helgade medlen. Det var bra material vi fann där nere i Beirut, tycker i alla fall jag och Anton.

På din fråga med ett rakt svar; Ja, vi var i det hotellet som Mjesec hade bott i som du säkert redan förstått. Man kan kanske säga att när vi landade i Beirut, lyfte Mjesec med ett flyg till Istanbul. Det visste vi inte då. Vi såg hans handskrivna incheckning i hotelliggaren som vi naturligtvis dokumenterade med en bild. En bild, bland många andra.

– Men det var ju alldeles utmärkt. Och tillsammans med de material, där ni är övertygade om att forensikerna kommer finna dna från Mjesec, så var resan inte bortkastad. Ni har helt klart gjort ett jävligt bra jobb, grabbar.

– Halleluja, sa Anton sin vana trogen vid liknande upprymdhet från deras kriminalkommissarie.

Svanstrand hade bara titta bortåt Anton, men kommenterade inte. Han kanske tänkte på söndagsskolan i Mjölby?

– Mjesec Jovanovic är som sagt internationellt efterlyst och vi har begärt att den turkiska polisen ska sätta en "överrock" på vårt objekt. Inte plocka in honom, utan hålla koll på vad han gör och varför. Jag vet redan att han ofta besöker en restaurang ute vid havet som heter Yalçınkaya Restoran. Det är annars mest fiskare i byn och den här restaurangen är det klass på med just fisk som sin specialitet. Fiskehamnar är de som dominerar och det är en väldigt diskret restaurang.

Ett passande tillhåll för dem som har svårt med den ljusa tiden på dygnets timmar.

– Istanbul span, med andra ord, sa Jonna Edelman. Jonna var ju deras egen inspektör på den svenska spaningsroteln. Hon kostade på sig ett leende som långtifrån var hennes adelsmärke.

– Ja exakt, Jonna! Hur går det med er uppsikt över Sätrahagsgatan då, på tal om span?

– De är öken, sa hon. Jag tror vi kan lägga ner. Det har varit helt tomt förutom tidningsbilen som kommer tidigt på morgonen. Någon taxi kanske, men de har åkt värdshus förbi.

– Man kan ju undra varför det finns ett kassaskåp därinne sa Sivert? Jag menar, vad innehåller det? Kanske helt tomt, ingen verkar vad vi nu hört, besöka lägenheten. Eller är det så att någon larmklocka har pinglat i leden hos Mjesec? Annars är det väl så att råttorna dansar på bordet när chefen är borta som man säger. Men här är det locket på, om man säger, med patentlås.

– På tal om råttor, vad har ni dragit ur den där Naim, eller vad han hette, han som skulle grilla? Och vad säger hans polare, Nima Mohammedi?

– Ingen av dem är särskilt talför, förklarade Tessan.

– De kan ju inte sitta och hålla käften hur länge som helst, i så fall kanske det är dags för mig att ta ett snack dem, sa Anton.

– Jag tror de kommer mjukna. Vi har ju grillarens kompis uppe på häktet och han tror jag kommer börja snacka snart. Och Naim själv, ligger fortfarande kvar på Akademiska i Uppsala. Han har mindre bandage nu som hindrade honom tidigare att prata. Men detta är ändå smågrabbar så de kommer snacka, vi får bara tjata lite på dem.

– Noll möjlighet för dem att snacka ihop sig, undrade Anton?

– Finns inte på kartan Anton, sa Svanberg. Det är ju så att om de snackat ihop sig tidigare, så suddar sakta men säkert tiden ut deras mantra för varje dag. Vad man sagt och kommit överens om, blir aningen suddigt. Det är tid det handlar om. Tid som bara är till vår fördel.

– Vad blir nästa steg vi ska ta, undrade Tessan?

– Vår strategi är att vi fortfarande ska ha span på Månens lägenhet. Det är nummer ett. Sedan ska vi ladda för att besöka lägenheten med lite verktyg som klarar av att öppna skåpet på Sätrahagsgatan. Jag ska snacka med åklagaren så fort vi fått svar om dna och fingrar ifrån NFC i Linköping. Ja, om svaren är positiva, förstås. Sedan lite praktiska saker innan inträdet i lägenheten. Men, det tar vi då. Vi ska kontinuerligt snacka med iranierna igen. De kommer ledsna på vårt tjatande. Vi måste ha i åtanke att det är relativt unga killar som säkert skulle tacka ja till en Coca-Cola och en påse chips.

Jag ska höra vad den turkiska polisen har att berätta om Mjesec och hans dagliga verksamhet. Så helt klart är det dags att flytta fram våra positioner betydligt.

– Thumbs up chefen, sa Tessan och såg glad ut.

– Kan vi då ta matrast kanske, undrade deras chef?

Alla nickade samstämmigt. Det blev kö ner till Bakfinkan.

52

De båda kriminalarna stegade på vant vis bort genom matsalen med kompassen inställd på sitt stambord.

– Tror du på det här, sa Sigurd och nickade mot sin tallrik?

– Visst, de här brukar vara bra på Bakfinkan. Det extra dom gör här, som jag tycker ger anrättningen höga poäng är den slantade moroten man har i grytan. En dansk sjömansbiff brukar inte innehålla detta lilla avsteg med morot i anrättningen. Det här kommer sitta som den berömda sportmössan.

Vid ett bord en bit bort, satt Anton med nyfikna kolleger som hade spetsat öronen när Anton berättade och svarade på frågor om deras äventyr i både Beirut och Istanbul. Han satt och gestikulerade bort mot sin resekamrat Sivert, som satt med Sigurd och berättade troligen mer sakligt om deras resa, än vad Anton gjorde.

– Du nämnde att Pernilla hade hjälpt er med kontakten hon hade med en polis i Beirut?

– Ja, det var suveränt jobbat. Vi borde kanske se till att ställa upp om hon kallar och behöver ett handtag av oss.

– Egentligen är det så Sivert, att jag har hjälpt henne tidigare och nu tackade hon för den hjälpen genom att återgälda min vänlighet. Vi är alltså inte skyldiga henne någonting, men såklart ska vi ställa upp om hon kallar. Du vet den där kända devisen, "om du kliar mig på ryggen, kan jag klia dig".

– Ja, det låter förnuftigt. Men det gäller även polisen i Beirut i så fall, han som hjälpte oss. Visserligen sa Pernilla att han var skyldig henne en återtjänst. Men ändå... när vi fann de där patronerna som låg i en papperskorg på Månens hotellrum, så tittade polisinspektören Gemayel åt ett annat håll. Och när vi skulle resa hem med patronerna i bagaget, fick vi ett intyg ifrån denne Gemayel som gav oss fri lejd genom diverse tullar om patronerna skulle påträffas och problem uppstå. Vi hade hjälpt polisen i Beirut efter bombattentaten med diverse tekniskt arbete, stod det. De var som vi reste som diplomater med detta intyg. Du ska få intyget sedan så du kan rama in, sa Sivert och log. Kan du hänga på tjänsterummet.

– Som en trofé, en raritet?

– Kan man kanske kalla den för. Men vad säger du om den danska sjömansbiffen?

– Finns bara ett ord, utmärkt!

– Hoppas resultaten ifrån NFC blir lika utmärkta vad gäller Mjesec och hans fingrar och förhoppningsvis dna.

– Man får leva på hoppet, som han sa Matti Nykänen en gång i tiden och radade upp sina guldmedaljer i backhoppning från OS och VM.

– När har du tänkt dig vi skulle vittja Månens kassaskåp?

– Ja så fort det bara går.

– Men, jag tror vi behöver resultat från NFC först.

– Korrekt, sa Sigurd. Om vår åklagare ska nicka bifall till att vi ska klampa in i Månens lägenhet och öppna kassaskåpet, vill han ha positiva resultat från Linköping som pekar på Mjesec. Krister kan vara lite petig med sådana detaljer ibland.

– Vi har ju inte resurser vad jag vet till att ta oss in i kassaskåpet, men du har säkert den saken ordnad redan. Har du varit och snackat med folk ute på Hall eller Kumla, där experterna finns?

– Den saken är fixad Sivert. Du kan lugnt sträcka ut dig i korgen igen vad gäller det högtidliga öppnandet av kassaskåpet. Kåkfararna på Hall och Kumla, är inga experter. Då skulle de inte sitta, där de sitter nu. De kör ju alltid med den brutala metoden att hänga på något kilo sprängdeg över låsmekanismen. Sedan går det som det går också. Experter? Nä, knappast. Charles-Ingvar ”Sickan” Jönsson, han var expert!

– Från det ena, Sigurd… har ni varit nere i Mjölby än, du och Britta?

– Ja, de har vi faktiskt. Inte mycket sig likt där idag. Kvarteret där jag växte upp finns ju kvar, men inte en enda kåk från den tiden. Det är ett köpcenter på platsen idag. De var inte mycket jag kände igen från min tid. Kyrkan där man gick i söndagsskolan, den stod kvar men den kändes overklig. Sedan fanns ju såklart järnvägsstationen kvar och hela rangerbangården liksom Mjölby Stadshotell på andra sidan gatan. Vi bodde en natt på detta anrika stadshotell. De andades fortfarande femtiotal i väggarna. Små byar har också ändå sin charm.

– Det blev en nostalgiresa, eller?

– Det var en resa i nutid, Sivert. Det var i stort sett motorväg ända till vi svängde av åt höger när det stod, Mjölby.

– En resa för Brittas skull?

– Javisst var det så. De var Britta som rattade både fram och tillbaka. Jag satt bara och kollade efter vägen. Jag hade glömt bort flygplanen som satt på pelare runt Linköping där Saab hade sin fabrik för dessa flygplan åt försvaret. Och ja, det var nog egentligen Brittas förslag till denna utflykt och man ville ju gärna uppfylla det lilla livets önskningar, till det föreslagna resmålet, Mjölby. Kändes nästan som en "sista minuten resa".

– Då har vi varit på resande fot båda två, summerade Sivert trosvisst. På tal om det, så ville Anton och jag tacka för förtroendet med en lite present ifrån Turkiet.

Sivert böjde sig ner och plockade upp en presentpåse ur sin väska.

– Vad nu, sa Sigurd förvånad? Kan jag inte skicka ut dig någonstans utan att du kommer hem med en smörjelse?

Sigge lät inte alls förargad, utan det var mest lite på skoj han sa som han gjorde.

– Vad är detta för något, undrade han och såg sig om. Ingen verkade ha noterat denna typiska presentpåse som inte kunde missförstås vad en sådan påse normalt brukar innehålla.

– Raki, sa Sivert!

– Raki?

– Ja Raki är nationaldrycken för turkarna och som man skulle kunna likna vid den grekiska Ouzon. Vi tyckte det kunde vara kul med lite orientaliskt från landet vi besökte. Kan väl vara trevligt att överraska Britta med denna dekokt? Du vet, man måste smida medan järnet är varmt, sa kriminalinspektören Sivert Fredriksson och log ett inåtvänt leende, 49% bara.

– Ja, som lite kuriosa, kanske man skulle säga, log även Sigurd.

– Sammanfattningsvis, sa Svanstrand och såg sig omkring i rummet... har alla kommit tillbaka?

Fredriksson hade tittat runt och såg ut att göra ett överslag i tanken. Nickade åt kriminalkommissarien att så var fallet så han kunde fortsätta sin påbörjade översikt av läget.

– Välkomna tillbaka... jo som jag sa i början. Sammanfattningsvis, ni får gärna protestera om jag missar något under resans gång, så började allt med mannen från Iran som hittades skjuten med två, inkorrekt, tre skott under en byggarbetsställning på Sätrahagsgatan 62 i Stockholm och förorten, Hagsätra.

På samma adress, Sätrahagsgatan 62, fann vi av någon anledning att en taxiförare hade sin bostad. Taxiföraren skulle vara Mjesec Jovanovic, även kallad Månen. Han var ryktbar till namnet, men vi har inte lyckats konfrontera honom utan han är mer som en månstrimma. Hans lägenhet är omöblerad om man undantar ett stort kassaskåp.

– Helt kort bara, undrade Anton, när kan vi öppna kassaskåpet?

– Jag kommer till det, Anton. Håll ut!

– Jo, jag har hållit ut ganska länge men något säger mig att svaret på våra funderingar finns i detta skåp. Det var inget känt skåp typ, Franz Jäger, eller?

– Nej, Anton, sköt Fredriksson in som var med vid första titten och då hängde upp polisens egen övervakningskamera väl dold. Sedan har man vad detta gäller, lagt locket på och stoppat huvudet i sanden.

– Vi har nu, Svanstrand fortsatte sin genomgång, med hjälp av SPAN satt upp en holk för att ha lite koll på 62:an.

Som ni alla minns så gav ju de lite utslag. Vi fick lite bilder på Gösta Gösen Gustavsson som mitt i natten och som av en händelse, kom gåendes på Sätrahagsgatan. Han knappade in portkoden till port 62 och klev in. Senare, någon halvtimma eller så, kommer en taxi och stannar utanför adressen för att plocka upp Gösen. Taxibilen hittas senare brinnande och utbränd efter en våldsam brand med hjälp av lättantändliga vätskor i industriområdet en bit ifrån Sätrahagsgatan. Vi finner att någon sitter, i det närmaste helt förkolnad, på förarsätet i den utbrända taxibilen. Det visar sig senare vara just, Gösen. Mer korrekt, Gösta Gustavsson, med en del kriminell verksamhet på sitt curriculum vitae samt något år på Kumla där han för övrigt träffade Månen, eller Mjesec Jovanovic. Denna har även han ett gediget register på brottets bana. Tror inte dessa två tungt belastade, var världens bästa polare. Man trampade omkring i varandras inpinkade revir. Han hade status som Gudfadern i den kriminella världen.

När brasan tänds i hans taxibil, befinner sig Månen på väg ner till Beirut. Vi visste att han bodde på ett hotell i Beirut, genom vår internationella efterlysning av honom. Två av våra gubbar, Fredriksson här och Franke… där, sa Sigurd och pekade, har ju varit nere i Beirut. Då var Månen på väg till Istanbul. Ja de var väl de hele.

– Och steg två blir, sa Anton?

– Det kommer bli att vi ska pressa skiten ur grillmästaren och hans kompis. Det ska ske i morgon. Detta kommer Tessan, Janne och Anton se till. Frågor på det?

Kriminalkommissarie Svanstrand såg sig om utan att upptäcka någon som viftade för att ställa någon fråga.

Till slut sa Tessan…

– Passar oss utmärkt, medan Janne och Anton nickade gillande. Får man ta med sig sitt basebollträ, frågade Anton… bara som en slags rekvisita, rent psykologiskt?

Kommissarien log bara åt frågan. Frihet under ansvar, var säkert hans tanke.

– Då återgår vi var och en till sitt. Själv ska jag åka hem. Morgonmötet blir till eftermiddagsmöte även i morgon, med som jag hoppas besked från Tessan och vad deras frågestund med Naim och kompisen, Nima, gav. De kommer vara av stor betydelse för vad vår åklagare Krister Wickström kommer att säga om ett besök hemma hos Mjesec Jovanovic i Hagsätra. Jag ska också ta kontakt med polisen och deras ”överrock” i Istanbul där Mjesec lär befinna sig. Dessa tre punkter, kommer vara helt avgörande för utgången av de fall vi håller på med.

Ha en fortsatt bra dag, det tänker jag ha. Go midda!

53

Som vanligt var det tungt i början när han skulle starta sin promenad på gåbandet. Trettio minuter var nästan ouppnåeligt, tyckte han när 42 sekunder hade gått och han inte såg målsnöret. Han tyckte han hade travat på i kanske två minuter, men displayen visade på bara 42 sekunder. Kan inte vara riktigt, tänkte han? Men plötsligt, när han kastade ett öga på displayen, hade han gått i sju minuter och genast var det positiva tankar som nu blommade upp inom honom. Men, trots de positiva vibbarna, låg tankarna på jobbet och den utredning han höll på med. Såklart var det två gängledare det handlade om. Frågan vara bara hur och på vilket sätt de försökte göra livet surt för varandra. Idag återstod ju i och för sig bara en av dem då Gösta Gustavsson, den forne legendaren inom mc-klubbarna, kvitterat det jordiska med lite hjälp på traven, till den sista vilan.

Tankarna virvlade i hans trötta huvud medan han traskade på bandet i, en för honom, lagom promenadtakt och han kastade åter en blick på displayen, mer av en vana än nyfikenhet.

Hoppsan! Sigurd drog på mungiporna, om nu någon skulle iakttagit honom. Den visade nu på 23 minuter! Han var nästan på upploppet och nu var det inte uppförsbacke längre. Någonstans kunde han ana den schackrutiga målflaggen.

– När du knallat färdigt, hojtade Britta ifrån köksregionerna och du passerat duschen, äter vi frukost. Vill du sitta på balkongen eller i köket?

– Balkongen såklart, ropade han tillbaka. Balkongen!

Där stod ett litet bord med två stolar och Britta visste att Sigurd, om det gick för väder och vind, gärna åt frukost, lunch eller middag, ute på balkongen. Hon hade bara retats med honom lite med att nämna, frukost i köket.

Själv knatade han på med ny energi de sista minuterna. Konstigt att det alltid är så trögt i början? Att sluta röka, var ju enklare än han trodde. Det var ju bara att bestämma sig. Men varför möter honom den gröna gummimattan som ett rött skynke? Han mår ju bättre sedan han klev upp på bandet första gången och Britta var hans stora fan. Okej, okej, hans tankar på jobbet krävde sin energi och uppmärksamhet.

När strilen sköljde av duschschampot, tänkte han… vem är det vi letar efter egentligen? Vem är Månen… Mjesec Jovanovic? Har vi sett någon bild på honom? Nej, det har vi inte. Det kan ju komma vem som helst och säga "hej, Jovanovic, här!" Det måste ju finnas en bild från hans pass? Ska lyssna med turkarna efter frukost. Dom borde kunna faxa över en bild på Månen.

– Är min lilla konstapel redo för lunch?

Han hörde Britta, tog morgonrocken och klev ut ur badrummet. Doftande som en nyutsprunget… tallskott kanske?

Först hade han tänkt kliva ut från badrummet i bara mässingen, det var ju så man ibland kallade polisen förr. "Det luktar mässing" när man såg en polis. Han doftade tallbarr av sitt nya duschschampo.

Det kanske skulle bli för mycket för hans narkossköterska om hon fick se honom stiga ut ur badrummet som vår herre skapat honom. Undrade, vem som då skulle bedövat vem?

Han föredrog denna ljuva årstid där gräs och gröda gror, till skillnad från den kalla delen på året. Den kunde han vara utan. Nu klev han barfota ut på balkongen och kände genast hur solen värmt upp trätrallen man hade att sätta fötterna på. Solen var på sitt bästa humör med andra ord denna dag.

– Hur ser dagen ut för dig, Sigurd?

– Jag ska efter frukost kontakta SPAN i Istanbul som har en överrock på Månen. Ja, han taxichaffisen du minns.

– Överrock, behöver man det i Istanbul så här års?

– Du är skojig du, har du sniffat på lustgas?

– Tja, man gör vad man kan.

– Man har hittat ett ställe i Istanbul, någon bistro, bodega eller vad det var där vår man håller till allt som oftast. Den ligger lite avsides ute vid en fiskehamn som heter Yalçınkaya Restoran, eller hur man nu uttalar det. Det är en liten by där man kan hålla sig gömd, där ingen frågar, där ingen ser det man inte vill se, där inga turister kommer och en plats som inte polisen gör några större ansträngningar för att hålla ett öga på.

– Polisen var osynlig i byn innan du bad om en internationell efterlysning, i varje fall. Eller hur Sigurd?

– Jo, det blev väl så. Men nu sker detta på en mycket försiktig bas. Någon har sagt om SPAN, "se men inte synas".

– Har du tänkt på vad mysigt det är här på balkongen. Vi ser ju i och för sig bara gården, men den är så fin. Det gör ingenting att balkongen är så liten. Trevnaden består allt som oftast i det sällskap man har, inte i en massa materiell bjäfs. Vi får plats med vårt lilla fina bord och två sköna anspråkslösa stolar utan överdåd. Närmast oss det fina smidesräcket, hur gammalt tror du det är, förresten? Den mörkrosa husfasaden på andra sidan gården... vet du vem som bor i det huset?

– Har inte en aning?

– En inom nöjesbranschen... gissa?

– Har inte tid nu.

– Skådespelare... manlig, försökte Britta.

– Plikten kallar, jag ska kontakta Istanbul.

– Istanbul, kommissarie Svanstand calling! Skojade Britta och log. Lycka till, vet ja!

54

Drygt två timmar senare rasslade hans fax ut ett meddelande från kollegorna i Istanbul. Faxet gällde såklart den internationellt efterlyste Mjesec Jovanovic. När Sigurd plockade upp faxet, började hans fax rassla igen. Nu växte en bild fram. Ett typiskt passfoto. Det var ett foto som mycket väl skulle kunna föreställa någon från Sverige eller våra nordiska grannländer.

Han hade ovalt ansikte, tätt sittande bruna ögon, rak näsa, smala läppar och kort välansat skägg. Håret var mörkt och även de välskött och relativt kort med sidbena. Uppgifter om honom i övrigt var att han kom ifrån Serbien, var av manligt kön och 172 centimeter lång. Han var född den 4 september 1977 i Kraljevo, en stad söder om Belgrad och han var nu 43 år gammal. Hans utseende var så alldagligt att miljoner människor såg ut på samma vis, företrädesvis då män.

Att hålla honom med en överrock, tänkte Sigurd, fordrar en väl ingången sådan av högsta kvalitet. Hoppas den Turkiska polisen har tillgång på en sådan polis. Jag måste såklart utgå från att man verkligen gör sitt jobb. Det var väl fan annars, tänkte han.

Jag kan inte vara på alla ställen hela tiden. Jag måste delegera och lita på kollegor även om det är från andra landsändar, blixtrade hans hjärna som tankebloss. Nu kände han åter närheten av sin förlaga och hans boks rollfigur, den nyutnämnde furiren, Will Knott. Hans ledarskap drar han paralleller med sitt eget och känner ett visst varmt samröre, trots att furir Knott, var med i andra världskriget i Ardennerskogarna och han själv nu satt med en fax som spottade ut de material han själv hade att arbeta med utan att behöva höra smattret ifrån en kulspruta och under en bråkdel av en sekund känna hur kulorna slog in i hans kropp.

Sigurd ruskade av sig dessa obehagliga tankar. Precis så, kände sig även Will Knott, när man läste boken, I månens klara sken.

Det som oroade honom med faxen, förutom bilden, var att man faktiskt tappat objektet! Vad i helvete, sa han så högt att Britta kom in i hans arbetsrum och undrade vad som händer?

– Du låter lite uppjagad, Sigurd?

– Ja, turkarna var satta att hålla kollen på Mjesec Jovanovic, de var satta att punktmarkera honom med mer än ett öga. Tror du den turkiska SPAN har klarat av detta då? Dom har inte sett till honom på tre dagar? Men okej, okej! Inte jaga upp sig. Sådant som de här händer lite då och då. Vi är inte mer än människor vi heller som jobbar inom polisen. Men, jag blir bara så besviken. Mer besviken än förbannad, trots allt. Hur fan kunde man tappa bort honom, det var det enda man hade att göra, tror jag?

– Mänskligheten, Sigurd. Det kallas mänsklighet, sa Britta!

Han fortsatte att fundera, men lät bli att göra det så högt denna gång.

Dom hade i alla fall kollat alla avgångar ifrån Istanbuls flygplatser, men inte fått något napp därifrån heller. Helt övertygade var de att någon Måne, inte hade lämnat Istanbul med flygplan. Det var ju alltid något, sa fan när han fick se Åmål.

Han tog telefon och slog numret till Krister.

Efter tre signaler svarade han.

– Överåklagare Krister Wickström?

– Ja, hej, det är Svanstrand!

– Jaha ja, hej!

– Jo du, en liten kortis bara. Har du tid några minuter för ett litet informellt samtal inom den närmaste timmen?

– Hur litet samtal då?

– Fem minuter, högst tio, utan preludier?

– I så fall syns vi hos mig om en timma, okej?

– Jätte bra Krister. De tackar jag speciellt för, hej.

Han tog telefonen igen och ringde Tessan. Det gick bara fram en signal.

– Kriminalinspektör Lövgren – Kneck?

– Sigurd här. Hur går det?

– Det går väldigt bra. Våra pusselbitar trillar på plats, bit för bit. Han har berättat att deras uppdragsgivare var en som kallades för Månen. Har du hört de namnet tidigare?

– Är det säkert?

– Bergsäkert, vi har det på band. Nu ska vi bara snacka med den som skulle grilla. Men hans kompis har alltså snackat, ångerfull och ledsen. Även tuffingar gråter.

– Bra som fan, Tessan. Vem förde snacket från vår sida?

– Den vi fick låna in, Mia Liedberg. Hon måste kört många förhör tidigare med den här typen av småfolk?

– Jo, det stämmer. Det var därför jag ville låna in henne. Visste inte bara att ni hade med er henne i gruppen. Men bra val, som du nu fick uppleva så att säga i natura.

– Anton och Janne tyckte vi var lite väl korta om vi skulle sköta förhör med två stycken. Varför var vi inte då fyra, tyckte grabbarna. Då kom jag plötsligt på att plocka in Mia också. Där är vi nu. Anton och Mia pressade grillarens kompis. Och, jodå, Anton hade haft med sig sitt basebollträ in i förhörsrummet och ställde det i ett hörn närmast honom. Där började vår offensiv. Anton hade bara suttit och kollat på Nima, grillarens kompis, men sa ingenting under hela förhöret. Bara det blev för mycket för honom. När sedan Mia kom med alla välformulerade frågor, var det klart. Han snackade sig rakt in i finkan utan att passera gå. Vi ska pumpa Naim Kalili, han som försökte tända grillen med känt resultat, innan mötet. Så vi har lite att göra nu, chefen som du förstår.

– Bra Tessan. Det skulle lätta även för vår åklagare när han ska avgöra om vi kan klampa in i lägenheten på Sätrahagsgatan. Vi syns på mötet med goda nyheter, hoppas jag.

– Jo en sak, chefen… jag fick ett pm som var undertecknat, Will Knott. Vem är det?

– Han kallas ofta för ”Want” och en jag brukar ta hjälp av ibland med tänkandet, bara.

– Jaha?

55

– Alla har kaffe ser jag, då kan vi köra igång. Välkomna till eftermiddagens möte.

– Om vi ska vara korrekta sa Anton och de ska vi väl, så har jag te!

Svanstrand vände sig mot Anton och höjde ögonbrynen… klart det kom ifrån honom tänkte han och nöjde sig med det.

– Vi har högintressanta saker att ventilera som kommer i förlängningen resultera i praktisk övning så fort vi bara kan. Det är en del formella saker bara, när dessa avbetats är det bara att köra så det osar svavel. Tessan, hur har det gått? Mia har ju hört grillarens kompis som väl heter, Nima Mohammedi?

– Chefen är påläst, sa Tessan och log. Men det stämmer som du säger. Nima har ju suttit på häktet ett tag så vi hade honom på armlängds avstånd. Och utan ytterligare kallprat, kan jag säga att han och hans kompis hade fått i uppdrag att förkorta den där killens liv. Uppdraget kom ifrån en som kallades Månen, enligt Nima. Månen är ju som ni alla vet Mjesec Jovanovic, han lär ska vara en taxichaffis, men ingen har sett honom.

– Det är han med lägenheten på Sätrahagsgatan 62 som bara är möblerad med ett kassaskåp, förtydligade Janne Klinga.

– Och två övervakningskameror, lade Sivert till som varit inne i Månens lägenhet, plus numera vår egen kamera.

– Hotet Nima fick höra och som var vanligt, var att Månen kunde ju tipsa myndigheterna om var Nima och Naim fanns någonstans, om de inte gick Månens ärende. De befann sig ju i Sverige olagligt. De ville inte återvända till Iran. Månen hade ju ordnat boende åt de båda iranierna och något kunde de väl för fan betala av för den välviljan, hade Månen ansett.

– Träffade de någon gång Månen, undrade Sivert?

– Nej, de gjorde ju inte det. Det var bara samtal över deras mobiler det handlade om. Men de var med i samma kriminella klan och alla medlemmar hade en månskära med en stjärna i tatuerad på vänster lårs utsida. De var deras medlemskort, kan man säga. Det var Nima som berättade detta för mig och visade också tatueringen. Den var väl i storlek som en tändsticksask. Vi kanske skulle ta en bild för att jämföra med andra tatueringar i gänget. Var det inte så också att den som låg under byggställningarna på Sätrahagsgatan, också hade detta medlemsmärke? Och där har vi en bild i alla fall, minns jag. Det är en månskära med en femuddig stjärna i. Han hade också en inrakad femuddig stjärna, på vänstra sidan av skallen.

– Det stämmer, sa Sivert. Visa mig din tatuering och jag kan säga dig vem du är, typ. Hur var det med grillplatsen då, berättade han var de skulle grilla någonstans?

– Där blev det lite jobbigt för honom, sa Mia och Anton nickade bifall.

– En kort fråga bara och ursäkta att jag avbryter.

Men hade du med dig ditt bisebollträ in i förhörsrummet, Anton?

– Jepp! Det står annars uppe på mitt tjänsterum i vanliga fall. Jag vill minnas det var någon som glömt det där för något år sedan. Tja, sedan har det blivit kvar och ingår numera som bric-à-brac i mitt annars asketiska tjänsterum istället för en stor affisch föreställande justitieministern i fyrfärg. Allt handlar ju om tycke och smak, Sigurd. Rätt som det är kanske killen frågar efter sitt bisebollträ, och då är det väl bra om vi har det kvar så han kan fortsätta spela baseboll?

– Ja, ursäkta som sagt var avbrottet, slutförde Sigurd. Du sa att han fick lite svårt att förklara var de hade tänkt grilla, var det inte så Tessan, eller Mia kanske kan fortsätta?

– Jo just de, sa Mia. Det tog sin tid, men när han förstod att han låg lite risigt till berättade han att de inte skulle grilla, däremot hade de satt eld på en taxibil för att hoppas dölja personen i bilen som var skjuten. Det var hans kompis som kastade in en tändsticka i bilen när vi tömt tre flaskor bensin i bilen.

– Visste han vem personen i bilen var, den de skjutit?

– Nej, han hade ingen aning om vem det var. Han hade bara instruktioner att skjuta den killen de hämtade med taxin och sedan skulle de tända eld på bilen på en plats där det inte rörde sig en massa människor. Nima hade då målat in sig i ett hörn och har inte kunnat berätta vad som hänt om han inte varit närvarande.

– Så det var Nima, som skjutit Gustavsson alltså?

– Exakt, sedan var det Naim som satte eld på bilen med en tändsticka. Han berättade att det blev som en tryckvåg när bensinen antändes och Naim omslöts av eld.

– Och detta menar du att ni till och med har på band, undrade Sivert?

– Stämmer!

– Har ni lyssnat med grillmästaren Naim också, undrade han vidare?

– Det stämmer också väldigt bra. Jag skulle egentligen kunna berätta samma sak som Mia gjort nyss, i stora drag. Då var det jag och Janne som skötte förhöret.

– De gjorde ni på Akademiska i Uppsala, vad jag förstått sa Fredriksson. Har han hämtat sig så pass nu att det går att föra ett samtal med honom utan problem?

– Utan problem, kanske är lite mycket sagt. Men ja, på sin stapplande svenska, kunde vi förstå vad han menade ändå.

– Vi hade ju en liten fördel med att kunna förklara för honom vissa saker vi visste som han kompis berättat och vi hade med oss som facit. Men han berättade att de hade tömt tre plastflaskor med bensin i taxi bilen, sedan hade man slagit sönder en sidoruta i baksätet och så hade han kastat in en tändsticka. Det hade blivit som en bomb och bakdörren där han stod hade flängt upp. Han var omvälvd av elden, berättade han. Där fick vi ta en liten paus för att han skulle hämta sig. Han är lika ledsen och ångerfull som sin kompis. Dom skulle få betalt för de det utfört åt Månen, men några pengar har han inte sett. Han vet inte heller var han kan få tag på honom, sa han.

– Ja sa Janne, det där var väl i stora drag vad som sades. Det kan ju bli kompletterande förhör kan jag tänka mig, men i dagens läge räcker hans berättelse under förhöret ganska långt vad jag förstår.

– Det här är hur bra som helst, sa Svanstrand.

56

De båda parhästarna, kriminalkommissarie Svanstrand och kriminalinspektör Fredriksson satt nu på Sigurds rum som två snillen som spekulerade. Klockan drog sig mot hemgång, men de båda kriminalarna hade annat att tänka på för det kändes som att smida, när man hade bra fart på ässjan.

– Ja Sigurd, har du fått Kristers välsignelse för att vi ska ta oss in i Månens lägenhet igen?

– Jodå, det var inget problem nu när vi har detta på fötterna. Man kan ana att Operation Mona har inletts på allvar. Men det är ju lite småsaker vi måste ha klart för oss. Exempelvis, vilken typ av övervakningskameror fanns det i Månens lägenhet? Drevs de med batteri, eller hur var detta ordnat? Skickades information exempelvis till Månens mobiltelefon om någon obehörig klampade in hos honom? Vi måste veta allt om dessa kameror för att inte förvarna honom att något är på gång. Var är kamerorna placerade, exempelvis. När vi nu vet att det finns två kameror i lägenheten, måste vi se till att inaktivera dessa innan vi stiger på och avslöjar oss.

– Vad vi vet när vi var inne i lägenheten, var att övervakningskamerorna inte hade synbarlig strömförsörjningskabel via el-nätet. Alltså, någon form av batterier! Knappceller som startar då någon rörelse aktiverar kameran. Annars står de bara i standby läge, skulle jag tro.

– Jag har kollat med byggföretaget och dom har byggställningarna kvar och kommer ha så säkert fjorton dagar till. Man ska i sista fasen byta ut fönstren... låter som en planerad tanke. Jag tänkte att vi går in i Månens lägenhet via ett fönster från byggställningen utanför. Ingen kommer att reagera för det hänger ju vindskydd över ställningarna så vi kan liksom dra för ett draperi. Kan vi inte försiktigt bryta upp ett fönster, så tar vi glasmästar'n till hjälp. Skär helt enkelt ut rutorna och kan sedan hänga tillbaka dem med sin speciella tape till dess det är dags för fönsterbytet som byggherren kommer att göra vid alla lägenheter. Då kommer vi in lägenheten bakifrån kamerorna och kan tassa fram och hänga en svart påse över de båda bevakningskamerorna Månen har installerade. Vår egen kamera plockar vi såklart ner lite diskret för analys. Tror inte Krister skulle bli särskilt glad över ditt tilltag med vår egen kamera uppsatt på annans mark. Dock, samt ehuru, i ärligt spaningssyfte.

Du får göra en skiss var kamerorna sitter placerade med trolig bildvinkel. Ju högre diagonal bildvinkel, desto mer av rummet får plats i kamerans bild. Samtidigt innebär en hög bildvinkel även en förvrängd bild, här får vi kanske chansa.

– Så du tror att där Månen befinner sig, så kan han kolla i sin mobiltelefon, Smartphone eller vad han har. Eller har du läst på där också?

– Jag har lyssnat med Annica Nielsen på SPAN som satte mig in i hur sådant med övervakningskameror funkar.

– Men, behöver man inte tillstånd för att sätta upp övervakningskameror. Jag tycker det är ett väldans liv när vi vill utöka i stan med övervakningskameror?

– Inte när det gäller att kamerabevaka din bostad och din tomt utan att ta hänsyn till dataskyddsförordningen och kamerabevakningslagen. Det kallas då för privatundantaget. Så där har Månen det väl på fötterna. Och var han nu befinner sig, kan han i sin Smartphone, om det nu är en sådan han har, ta emot rörliga bilder om kamerorna aktiveras på grund av rörelse i hans lägenhet. Detta spelas även in och lagras under en viss tid, allt beroende på utförande och kostnad. Men kamerorna är uppkopplade via wifi och installerar en app i hans smarta mobil, eller vad han nu hade. Annica hade en lång utläggning om lagar och förordningar vad man får spela in och inte. Men i det här fallet, finns inget att erinra mot Månen. Han är grön!

– Då har vi den lilla detaljen att vi ska ta oss in i kassaskåpet som väl var ett Robur Grade klass 12.

– Exakt! Jag har såklart folk som kan öppna det utan sprängdeg, bulldozer, skärbrännare eller annat bullrande tillvägagångssätt. Vem tar du du mig för Sivert? Nu blir jag lite stött.

– Du stött? Visst, när det blir sju torsdagar i en vecka, eller hur man nu sa när morsan var ung. Hur klurar du ut detta?

– Man hinner fundera en hel del medan man går där på bandet. Jag kör ju mina trettio minuter varje dag. Och solo utan störande momentum, så flyter en och annan tanke upp till ytan på ett även krusigt och sjudande Sargassohav.

– Jaha, ser man på. Du travar på som den gamle Svarten?

– Ja, jag har ju köpt gåbandet och helvetesmaskinen, då måste jag väl utnyttja den också. Under travandet tänkte jag på den som tagits av daga och låg under byggställningarna i Hagsätra. Visst hade väl han en sådan där månskära med en femuddig stjärna tatuerad på vänstra lårets utsida?

– Det stämmer precis, Sigge! Vi har tatueringen på bild.

– Men varför jobbade han som springschas åt Gösen? Jag menar om man har denna tatuering, så tillhör man ju Månens gäng, eller?

– Ja, av tatueringen att döma så, ja sa Sivert och ryckte på axklarna.

– Var han kanske satt av Månen att infiltrera Gösens gäng och som Gösen genomskådade och därför fick Aria Ahmadi från Iran bita i gräset istället för den utlovade lunchen?

– Jo, så kan det vara. Men det var ju Gösen som hade efterlyst sin chaufför, väl?

– Exakt, men minns du vad Gösen sa vid ett förhör? Vi har det i ett protokoll. Jo, det står ordagrant så här, i förhörsprotokollet: "Det var alltså ni (menas Gösta Gustavsson) som anmälde honom (menas chauffören Aria Ahmadi) till polisen som saknad?

Den förhörde (menas Gösta Gustavsson) svarade då: "Ja, det var jag som anmälde honom försvunnen, inte saknad!"

– Det ligger lite i vad du säger, Sigge. Man läser protokoll för dåligt. Så är det såklart. Gösen betalade några dräpare för att likvidera den opålitlige iraniern. Men hut går hem. Naturligtvis fick Månen vetskap att Gösen avrättat en broder ur hans armé och en hämndaktion var naturligtvis nära förestående.

– Jamen, det är klart det gör. Gösen är ju inte mycket att göra åt idag utan det är väl mest att skriva av sådant som skulle legat honom till last. Månen är det lite annorlunda med. Vi har fått svar ifrån Linköping och forensikerna där. De patroner ni plockade hem ifrån Månens hotellrum ur hans papperskorg, bar på Månens dna. Patronerna är av samma typ och tillverkning som de som fanns kvar i den pistol våra tekniker fann i den urbrunna bilen i Älvsjö Industriområde. Det är samma typ som vi hittade i kroppen på Gösen. Och det är samma spår av räfflor och bommar i pipan på den Glock som hittades fastplastad i högra sidodörren på taxibilen. Efter provskjutning, stämmer dessa spår på pistolkulan vi hittat som på provskjutningen. Det var också samma dna på den Coca Cola burk som fanns på hotellrummet. Allt har varit positiva resultat för vår del, men negativa såklart för Mjesec Jovanovic. När jag kommer hem, ska jag skicka ett fax igen till den Turkiska polisen i Istanbul för att höra om de nu lokaliserat vårt objekt och satt ytterligare en överrock på honom för säkerhets skull.

57

Det var lite uppsluppen stämning när alla trängdes i dörröppningen till högkvarteret. Det var som man vädrade morgonluft. Det hade spridit sig till alla på roteln att iranierna snackat in sig bakom lås och bom om de nu inte skulle skickas tillbaka dit där de kom ifrån. Men antagligen av humana skäl, skulle det inte bli så, för de skulle kanske gå ett väntat öde till mötes. Men alla utredare och samtliga under Svanstrands vingar, var liksom på tårna och anade nästa steg.

– Skärpning, sa Svanstrand med höjd röst. Välkomna allihop! Den här ansamlingen av folk skulle prästen i Mjölby gillat på sin högmässa, sa han och log.

Fnissandet efter detta kunde man inte undgå. Chefen hade vaknat på rätt sida idag, hade Tessan antagligen konstaterat.

– I morgon 09:00 kommer vi ta oss in, samtliga har ett pm om alla praktiska detaljer och tillvägagångssätt i er dator som ni kan studera efter mötet eller så fort ni får tid. Men ni skall ha detta glasklart i minnet för er vad som gäller när klockan är 09:00 i morgon. Har jag varit tillräckligt tydlig?

Man hade nickat lite varstans runt bordet. Sigurd gav dock ingen utrymme att yttra sig, utan körde på.

– Alltså, 09:00 stiger vi på hos Mjesec Jovanovic och ser då ut som byggjobbare, inget annat. Ni har väl haft maskerad i plugget någon gång, så då förstår ni vad jag menar. Bästa kostym, vinner! Vi kommer ha ett par skåpbilar med snygga fejkade loggor på utsidan. Jag kommer själv sitta i en av dem. Några frågor?

– Blir det taklagsfest också, undrade Anton?

– Som sagt, läs ert pm och följ det som står där.

Nu är Sigge Banan ordentligt varm i kläderna, viskade Janne till Tessan. Hon nickade och log. Känns som skarpt läge eller vädrar han också morgonluft, tänkte hon?

– Jag var i kontakt med SPAN i Istanbul igår kväll för att få veta om man hittat Månen. Märkligt nog hade man ingen aning om var han befann sig nu heller. Han var ju skriven i Istanbul på en adress som kollegerna där nere vittjat, men utan resultat. Den hade varit spartanskt möblerad utan personliga föremål, det fanns bara ett kassaskåp i bostaden. Man kan ju undra vad det är för liv Månen lever egentligen. Ingen familj, ingenting. Eller, lurar han bara skjortan av oss? Han kanske bor i ett helt annat land, i ett helt annat namn med ett helt annat pass och med ett helt annat utseende? Men, vad har han då sin lägenhet i Hagsätra till? Har han sådana där små lägenheter lite varstans? Nu även i Istanbul synbarligen. Lika asketiskt möblerad och öde som i Hagsätra. För att hålla dessa lägenheter igång, behöver man en del slantar. Det är inte helt gratis att ha en lägenhet. Oftast är hyresvärden lite sniken och vill gärna pådyvla en smärre boendekostnad, dock av en icke blygsam storlek. Men det är ju beroende på förstås var, lyan är belägen.

Boendekostnaderna i Tensta, Rinkeby, Djursholm eller Fältöversten, kan ju variera en del. Ja, jag fick en massa kunskap av vår gamle pensionerade överåklagare ni vet, Ann-Sofie Hamilton på Lidingö. Vi hade en trevlig samvaro över en utsökt middag i vanlig ordning. Hon ville gärna förhöra sig om läget på Kronobergaren och gärna lite skvaller om hennes gamla kamrater som ännu jobbar kvar, ni var ju inte närvarande.

– Ni utbyter erfarenheter och tankar, har jag förstått. Men satt ni där och snackade jobb?

– Nej, nej! Men nu råkade vi som sagt in på vårt lilla problem. Hon har ju gedigen erfarenhet från liknande brottmål och har en magkänsla om vad som är fågel eller fisk. Sällan något mitt emellan. Gösen, exempelvis ansåg hon kommer att skrivas av då Krister får alla fakta om hans inblandning. Han kan ju knappast dömas för varken anstiftan, stämpling eller vapenbrott eftersom han ju redan lämnat denna planet i form av stoft. De bägge iranierna kommer naturligtvis få skaka galler. Hur länge och under vilken omständighet, överlåter jag åt Krister att bläddra fram i lagboken. Jag har naturligtvis mina funderingar om påföljden, men jag vill inte föregå domen, så jag behåller mina tankar för mig själv, hade hon sagt. Vi var bara fem igår vid middagen. Egentligen skulle vår riksåklagare Petra Lundh varit närvarande, men hon var i Bryssel.

– Ingen som hade någon fundering var Mjesec uppehöll sig någonstans, undrade Sivert?

– Nej, ingen sa något om den saken i alla fall. Ann-Sofie lutade åt att vi nog skulle få skriva av honom också.

– Vi bör ju hitta honom om vi ska kunna fortsätta förundersökningen. Kanske skrivs Mjesec Jovanovics av som icke utredningsbart. I så fall har vi bränt en massa lyse i onödan. Eller så läggs det på is hos cold case gruppen. Är det de en del säger är charmen med polisarbetet, man vet aldrig hur det slutar?

58

Följande morgon rullade ett par skåpbilar ifrån Berras Bygg och en glasmästarbil från HG-glas, nerför Sätrahagsgatan och stannade utanför port 62 vid byggarbetsställningarna. Några byggjobbare släntrade ur bilarna åt olika håll. Några knappade in portkoden och försvann in. Två andra gick runt huset till dess baksida, och var ur sikte.

Ingen granne i huset eller på andra sidan gatan vid pizzerian, skulle tycka det var särskilt konstigt eller undra varför dessa var där. Man höll ju på att renovera huset, gudbevars.

I trapphuset befann sig nu Svanstrand, Fredriksson, Janne och Anton. Man väntade på att dörren skulle öppnas av teknikerna, som skulle ta sig in fönstervägen. Det hade inte varit något större problem för Karlssons att peta upp fönstret och klättra in via byggställningen. Någon glasmästare var man inte i behov av och kunde därför skicka hem honom.

Karlssons, Viktor och Wilbur, tittade på varandra medan de stängde fönstret från insidan.

– Känns lite spöklikt, viskade Wilbur. Vilken konstig känsla!

– Hur fan kan någon bo såhär, viskade Viktor tillbaka. Varför viskar vi egentligen?

Wilbur tittade på sin kollega och ryckte på axlarna.

– Gör vi, viskade han tillbaka och flinade?

Man avancerade försiktigt framåt mot hallen och de två bevakningskamerorna som man visste skulle finnas där. De skulle täckas över med ett par svarta påsar. Viktor ställde upp en liten trappstege vid platsen av den högra kameran medan Wilbur klev upp med en påse förberedd att bara trä över kameran och dra igen snodden. Samma procedur vid den andra kameran. Sedan öppnade de dörren till de väntande byggjobbarna som stod där ute. Svanstrand skulle säkert ta priset. Han hade vita hängselbrallor med en del färgklickar på och en bakvänd keps. Här kom familjen målarkladd, med pappa målare i första ledet ur kortspelet, Löjliga familjer. Finns kanske plats på statens scenskola, tänkte Wilbur när han såg kollegorna stövla in. Det fanns ett par till som skulle svara för det högtidliga öppnandet av kassaskåpet. Alla klev ut i köket som inte hade med öppnandet att göra och hjälpte Sivert att plocka ner deras egen utrustning man hade haft för att kolla frekvensen av besökare. Den kommer han vittja när han kommer tillbaka till sitt tjänsterum.

Sigurd, målarmästar'n själv, gick fram till fönstret och försökte lokalisera var deras holk varit förlagd i huset mitt emot. Han kunde ana från vilket fönster Tessan och Jonna suttit och spanat samt fotograferat, men nu var holken avvecklad.

Anton målare, stod i rummet där kassaskåpet fanns och där ett par specialister höll på att öppna kassaskåpet, utan dynamit eller nycklar.

Anton vara bara satt att bevaka polisens intressen.

– Okej, grabbar, sa Anton. När ni fixat så vi kan öppna skåpet, är ert uppdrag slutfört. Det kan finnas någon form av aptering i skåpet som vi inte vill ni skall få i ansiktet om ni öppnar skåpdörren, om ni förstår vad jag menar.

– Det är glasklart konstapeln, svarade en av teknikerna från företaget. Vi överlåter öppnandet med varm hand, fortsatte han och log. Vi är inte upplagda för överraskningar av den typen.

– Strålande, sa Anton.

Teknikerna ifrån företaget som pillade upp skåpet utan vare sig dynamit eller nycklar och koder, började plocka ihop sina prylar från golvet och ner i en aluminiumfärgad vaska och reste sig upp.

– Då så, sa den talförde av de två teknikerna, nu anförtror vi resten till myndigheten. Kan vi utgå då innan det eventuellt smäller?

– Absolut, sa Anton. Vi ska kolla av skåpet nu med våra tekniker. Snyggt jobbat. Ha en bra dag!

Nu kom det in en knippe byggjobbare, mest målare, i rummet där kassaskåpet stod. Karlssongrabbarna tog över och började checka av skåpets dörrsidor efter eventuell elektronik. Samma typ av kontakter som larmade fönster och dörrar i vanliga bostäder. Efter ett tag, då de bad alla stå på sidan om skåpet, tog Wilbur tag i dörrvredet ifrån sidan och öppnade. Inget hände av explosionstyp och det var inte utan att Svanstrand, hämtade andan av lättnad.

Man stod kvar utanför skåpets exponerade framsida där nu Viktor skötte kameran med ett intensivt fotograferande.

– Sådär, nu är jag klar sa han. Var så goda att kliva på och se vad för typ av godsaker som ryms i skåpet.

Svanstrand återtog befälet och klev fram. Skåpet såg välfyllt ut. Mer än välfyllt.

När Sigurd dragit på sig skyddshandskar, tog han ut en plastback som stod underst i skåpet.

Den var till brädden fylld med pistoler. Han räknade lätt fram att det handlade om sju stycken sprillans nya Glock pistoler.

– Sju stycken, sa han lakoniskt som om han inte trodde sina ögon.

Det var bara en av plastbackarna i skåpet. Vad ryms i det andra, ännu fler pistoler, tänkte han? Men så var det inte. Nästa back han lyfte ut var fylld med ammunition 9 mm som var avsedda för just denna pistol. Det är minst ett par tusen patroner i denna back! Anton nickade i takt med Sivert.

– Har vi flyttlådor för dessa plastbackar?

– Sivert höll just på att vika ihop flyttlådorna man hade haft med sig och svarade att vi har så det räcker, Sigge!

– Bra, då stuvar ni vartefter jag lyfter ut.

– Nästa back var fylld med attiraljer för narkotikahantering. Oj, gatuvärdet för narkotikan ligger på miljontals kronor. Det här ligger bra i paritet med operation Rimfrost i Västmanland.

Man har under Rimfrost beslagtagit både illegala vapen och en större mängd narkotikaklassat under nämnda operation på flera platser. Nu bidrar även Stockholm i upprensningen med detta, inte helt obetydliga tillslag. Genom dagens raid, kommer troligen en del personer frihetsberövas. Det är såklart svårt att säga i nuläget men sannolikt kommer vi plocka in en del mellanhänder och störa deras hantering då det här handlar om ett sådan pass stor mängd vapen och narkotika. Sedan vet man ju aldrig var det landar i slutänden.

– Okej, grabbar. Sista plastbacken… det gick ett sus genom rummet som om det var korsdrag. Ingen sa något på en längre stund.

– Snacka om kontanter, sa Anton!

Backen var fullpackad med travade sedlar. Det såg inte ut att vara mindre än hundrakronorssedlar. Måste handla om miljoner helt klart. Man skulle inte få plats med en tjuga ytterligare i backen än gång.

Nu var det tomt i skåpet och backarna var stuvade i tre flyttlådor. Man sköt till kassaskåpsdörren och tog sig ut genom ytterdörren, låste och lastade sedan in flyttlådorna i två av sin skåpbilar.

– Utan att säga för mycket sa Sigurd, kan jag bara konstatera att det utan minsta tvekan handlar om ett rekordstort tillslag vi gjort. Rent spontant och så som jag ser det, så är tillslaget ett av de största i Sverige i år, troligen det absolut största.

Man syntes tänka vad är det som händer, här i Hagsätra och inte i Tensta eller Akalla?

– Fan sa Anton, med de här i bagaget, skulle vi behöva poliseskort!

Det var till och med så Svanstrand log åt Antons eviga snackande, denna gång.

– Mot Kronoberg, sa han och pekade ut riktningen.

59

I hemmets lugna vrå, sa Sigurd till den som ville lyssna. Idel öra var naturligtvis hans bedövande fägring, Britta Elvira Gustavsson. Liten men som man säger, men naggande god. Britta var ju till professionen anestesisjuksköterska med specialistutbildning. Antagligen även för att söva kärlekskranka konstaplar med gradbeteckning på axlarna. Hon var inte heller denna kväll imponerad av det försök till bedövning Sigurd själv försökte åstadkomma genom de kvantum av destillatet Cutty Sark, livets vatten, skulle skänka honom.

– Sigurd, jag tror att det enda du kommer uppnå med din hälsodryck, är huvudvärk. Vad tror du pastorn nere i Mjölby skulle säga om den tid han ägnade dig, men som nu kan ses som spilld på Hälleberget. Hultgren, hette pastorn väl?

– Ja, Valfrid Hultgren, hette han. Vi kallade honom för "haltgren" för han var lite låghalt. Det var en snäll gammal man på den tiden. Tror han befinner sig på en annan planet just nu sittandes på sin molntapp. Jag firar bara de lilla tillslag vi gjorde idag då vi tog oss in i den där taxichaffisens kassaskåp.

Han, Månen, har en del på sitt samvete han.

– Jaha du, och vad hittade ni eller är det hemligt?

– Inte särskilt hemligt alls. Det kommer säkert stå en hel del om detta i tidningarna redan i morgon, tro mig.

– De där kriminella gängen, verkar ju ha ihjäl varandra, så det är väl lite självsanering man sysslar med. Ni behöver inte jaga dem. Och rättegången sköter de på sitt sätt utan möjlighet att överklaga. Titta bara på den där Gustavsson sa Britta, han behöver ni ju inte utreda längre. Nu kan ni väl… vad heter det nu… skriva av, allt som icke utredningsbart?

– Jo, så kan man ju förstås också uttrycka det. Vi kan ju inte lagföra honom postumt, om det är så du menar. Egentligen ointressant att fundera på vad hans påföljd skulle bli för de han uträttade innan han själv blev avrättad. Men, han skulle nog dömas för anstiftan. Ja man tycker ju att när flera kriminella gäng är med i karusellen, så borde ju antalet banditer minska drastiskt för att till slut utrotat sig själva. Men så är det nu inte. Hela tiden står en hel armé med förmågor och småpåvar i kö för ta klivet och få vara med att spela rysk roulett.

– Anstiftan, det låter lite klent, tycker jag sa Britta.

– Anstiftan är inte så klent som det låter, lilla gumman. Ett incitament betraktas den som förmår en annan person att begå ett brott. Anstiftaren kan dömas till lika strängt straff som gärningspersonen. Även försök till anstiftan, som då kallas stämpling, är straffbart vid mycket grova brott, som till exempel mord och grov misshandel. Men nu är det ingenting av detta som kan tynga Gösen Gustavssons axlar på grund av att någon förkortade hans vidare ökenvandring på denna jord. Ett ok att bära för Gösen, finns inte på kartan.

– Nä hä, men nu har ni hittat en del generande ägodelar som okar Månens axlar istället, om jag tolkat dig rätt. Något säger mig att denne taxiägare kommer att finkas under lång tid framöver, eller hur?

– Stämmer. Så fort han hittas, kommer han häktas.

Medan de satt och kopplade av på kvällen, Britta med idel öron för sin lilla gubbe och den lilla gubben snurrande på sitt glas med sin Cutty Sark, så surrade hans fax samtidigt ut en del dokument. Det kom att visa sig vara ifrån Istanbul. Det var den turkiska kriminalpolisen som lämnat en del information om en internationellt efterlyst serbisk medborgare, Mjesec Jovanovic. Hög sekretess var påkallad. Men detta var inget som Sigurd naturligtvis hade vetskap om för tillfället, det kom han att upptäcka senare under kvällen.

Även en kriminalkommissarie har fritid och ett eget liv, vilket han avnjöt för tillfället. Nu hade turturduvorna andra planer i sikte än att diskutera tjuvar och banditer. De satt och planerade en ny resa till Paris. En slags reprisresa.

Men någonstans hade Sigurd en magkänsla att han kanske skulle titta till sin fax. Det kanske rent av hade kommit något som berörde honom i högsta grad. Han gick därför ut i arbetsrummet för att kolla faxen. Han stannade som överraskad i dörröppningen när han såg att det mycket riktigt låg några ark i faxen och den röda larmlampan blinkade uppfordrande och beskäftigt.

Med några snabba steg var han framme vid faxen och ögnade snabbt igenom de tre arken. Det var mycket riktigt ifrån hans kollegor i Istanbul. Största sekretess, läste han under tiden han gick tillbaka till Britta. Han visste inte hur han skulle ta det?

60

– God morgon Krister, det är Svanstrand, sa han i telefon.

– Morron, Sigurd!

– Den turkiska polisen har nu hittat Mjesec Jovanovic i Istanbul.

– Men det var på tiden sa Krister och lät lite upprymd... men, sa han, vad konstig du låter?

– Ja, det kanske jag gör. Jovanovic hittades i fiskehamnen utanför kajen på två meters djup... död! Död som en förlist abborre, som du säkert förstår.

– Jaha ja, då får vi ytterligare ett fall att skriva av. Låter som vi bränt lyse i onödan, men hur ska man kunna veta det?

– Nä precis, de vet man ju aldrig och vi jobbar heller inte efter den tanken. Blir möte med mitt folk nu på morgonen. Har du tid att komma för att förklara läget, jag menar om någon nu undrar. Men vi ser det som polisiärt uppklarat, som det heter.

– Jo, jag tar mig den tiden. Det kan vara bra att stämma av. Vi syns klockan elva, innan lunch.

– Bra Krister!

– God morgon alla, började kriminalkommissarie Svanstrand, eller skall jag säga god middag, kanske. Hur som helst, i går kväll klockan 21:57 lokal tid fick jag ett faxmeddelande ifrån den turkiska polisen i Istanbul. Man hade nu funnit den vi letat efter så länge, taxichauffören, Mjesec Jovanovic även kallad Månen, död. Vi har därmed lite nya uppgifter om de fall vi jobbat med. I Yalçınkaya Restoran, som är en mindre bistro ute vid kusten med Svarta Havet utanför, drog några fiskare upp en människokropp i sina nät när de rensade dem i vattnet vid kajen. Enligt den preliminära rapporten vi har, kan han ha legat i vattnet sedan han försvann ifrån den bevakning den turkiska polisen hade på honom.

Han hade under längre tid vistats i den lilla byn som utökats och rustats från sömnig fiskehamn, till en av Turkiets snabbast växande stad. Till och med skuggorna verkar haft bråttom. Nu ser det alltså ut som om även fallet Operation Mona, får skrivas av. På de material vi tog med oss ifrån kassaskåpet, har inte forensikerna i Linköping hittat någonting som pekar ut Mjesec som ägare. Vad vi haft tidigare på honom är ju de dna som Sivert och Anton fann i de hotellrum han bott i då han var i Beirut från det bombskadade hotellet. Krister kan säkert utveckla det läge vi befinner oss i för tillfället.

– Ja, sa Krister. Det finns kanske en del att fundera över, men först och främst kan Svanstrand känna sig stolt över den armé av kompetenta utredare han har på sin rotel. Bra jobbat allihop! Vi får helt enkelt som Sigurd mycket riktigt påpekade, lägga ner denna utredning vad gäller Jovanovic. Det är första gången en avliden dömts i rysk domstol, en juridisk möjlighet som funnits i Ryssland sedan år 2011.

– Här i gamla Svedala finns det väl inte denna möjlighet tror jag eller, undrade Fredriksson?

– Nej, det stämmer Sivert. Vi kan ju jämföra med mordet på vår tidigare stadsminister, Olof Palme. Åklagaren Petersson pekade ju ut Engström som den skyldige. Hans slutsats var ju att Engström, om han hade befunnits i livet, hade begärts häktad för mordet. Men Engström avled år 2000 och Peterssons påståenden kan därför inte prövas i domstol. Engström kan inte hävda sin oskuld inför rätta. Jovanovic kan nu av förklarliga skäl inte heller hävda sin oskuld inför rätta.

– Känns onekligen lite konstig för oss som jobbat med det här fallet och anser att Månen var den stora boven bakom allt men går nu så att säga fri, menade Anton.

– Jag förstår dina tankar, men rättsapparaten och dess rättsvårdande myndigheter, måste hela tiden göra prioriteringar, men glömmer ofta att bakom varje avskrivet ärende finns ett brottsoffer. Kraven på en stark bevisning är enorma om en avliden ska kunna pekas ut som misstänkt, enligt rättsexperter. Vad vet vi egentligen om Jovanovic? Var det hans kassaskåp med all dess innehåll? Det var hans lägenhet och han skulle kunna hävda att kassaskåpet stod där när han köpte lägenheten. Är han fågel eller fisk, i juridisk mening?

– Vi har ju de två unga männen ifrån Iran som är inblandade upp över öronen. De säger ju att Månen, det enda namn de känner till, skulle betala dem för vad de uträttade såsom mordet på Gustavsson, exempelvis. Här kan man tala om ett tydligt incitament som i det här fallet. Där kan domen bli lika strängt straff som för en gärningsperson. Sedan har vi ju någon till att syna. Den som lät iranierna bo hos sig.

– Även om vi tycker på samma vis om vem som straffas borde, sa kommissarie Svanstrand, så kan vi inte göra annat än vad nu Krister har berättat för oss och som vi alla egentligen redan visste men nu fick vidimerat. På en fråga jag sände till den turkiska polisen om det fanns någon tatuering på de offer man hittat i hamnen, så faxade dom en bild på en tatuering föreställande en månskära med en femuddig stjärna i. Den hade funnits på den dödes vänstra lårs utsida och i storlek av 5 X 3 cm, som en tändsticksask. Vi vet inte än på vilket sätt Månen avlidit. Man har tagit prov för dna att jämföra med det dna vi har från Beirut och hans hotellrum. Men bollen är inte längre vår, den har Turkiet tagit hand om nu. Lite cyniskt kan man ju säga att påföljden för Månen blev livstid, trots allt. Vi ses i morgon.

På militäriskt språk gäller nu, höger och vänster om – marsch! En kort stund efteråt stod Sigurd där ensam i korridoren med sina tankar. Han kände sig lite besviken på upplösningen av deras fall, lurad på konfekten på något sätt. Han kände sig ensam, men till stöd fanns där furir Will Knott som pekat ut riktningen hela tiden för honom på något vis. Med hela handen. Plötsligt, såg han sambandet.

Det var som att tända belysningen i korridoren. Han såg stängda dörrar som i en bok-allé i lampornas belysning. Förnam den vintriga Ardennerskogen, i månens klara sken. Han kunde dunkelt urskilja, skönja, något som påminde om Mjesec Jovanovic… där bland träden, Månen? Så släckte han i korridoren, skenet ifrån bildspelet, var borta. Allt var över, borta! Både för Sigurds brottsutredare och för furir Knott och hans tappra spanare i de vintriga skogarna då det hade ägt rum.

Ett speciellt tack till den fiktive furiren och gruppchefen Will Knott från den femtioelfte spaningsplutonen

Persongalleri

Pierre Sigurd Svanstrand
Kriminalkommissarie grova brott ifrån Mjölby. Har ett väl-
växt luktorgan, kallas därför ibland Sigge-Banan

Sivert Uno Fredriksson
Kriminalinspektör grova brott boende sedan barnsben i
Stockholmsförorternas oas, Älvsjö. Gillar mat, livet samt ar-
betet

Pernilla Öste
Gränspolischef Arlanda

Annica Nielsen
Kriminalkommissarie SPAN

Jonna Edelman
Kriminalinspektör SPAN

Anton Franke
Kriminalinspektör grova brott

Tessan Lövgren – Kneck
Kriminalinspektör grova brott, runt de trettio

Janne Klinga
Kriminalinspektör grova brott, lika ung som Tessan

Mia Liedberg
Kriminalinspektör grova brott, inlånad

Viktor Karlsson
Kriminaltekniker, ej släkt med Wilbur

Wilbur Karlsson
Kriminaltekniker. Ej släkt med Viktor

Tryggve Ekholm
Rättsläkare, Biby Eskilstuna

Emma Winston
Rättsläkare och patolog, Solna

Petra Lundh
Riksåklagare, Djursholm

Krister Wickström
Överåklagare, Vasastan

Ann-Sofie Hamilton
Överåklagare, Lidingö, pensionerad

Britta Elvira Gustavsson
Narkossköterska SöS, närbo med Pierre Sigurd Svanstrand

Annefrid Frida Fredriksson
Egen företagare, fru till Sivert Fredriksson

Rolf Kotten Granqvist
Missbrukare, vittne, Skarpnäcksgården

Mjesec Månen Jovanovic
Taxiägare ifrån Serbien, svällande rikt, brottsregister

Gösta Gösen Gustavsson
Bilbudfirma med iltransporter i Norsborg. Tidigare mc-klubb
med kriminalitet som bisyssla.

Aria Ahmadi
Iranier jobbade som chaufför åt Gustavsson och uppehåller
sig illegalt i landet

Naim Kalili
Iranier som försökte tända en grill med bensin. Inneboende
någonstans med utvisningsbeslut hängande över sig

Nima Solen Mohammedi
Iranier och kompis med brännskadade Naim. Skall utvisas
men har gått under jorden. Inneboende någonstans

Habib Gemayel
Kriminalinspektör vid polisen i Beirut, Libanon.